Estelle Gach

Les enquêtes de David et Alicia

La clé du mystère

Synopsis

Nous sommes en 1851, à Monterey, en Californie. Un meurtre survient dans un saloon lors d'une animation de tir à l'arc. Le village est en effervescence, l'incompréhension est générale. Aidés par Martin Bart, le shérif local, David et Alicia, un duo de policiers venus de l'Illinois pour quelques jours de vacances californiennes, vont unir leurs forces et combiner leurs talents pour tenter de résoudre cette enquête.

Ce roman policier livre un récit qui mêle suspense, humour, amour et foi. Ces quatre thèmes font toute l'originalité de ce western.

« L'amour est le plus bel héritage qu'on puisse transmettre ;
rien sur cette terre n'est plus grand et plus beau que l'amour. »

*Merci à Hubert Letiers pour m'avoir aidée à retravailler mon
manuscrit.*

Première partie

I

C'était en 1851, à Monterey, un village de Californie, que David et Alicia s'étaient installés ; officiellement pour quelques jours de vacances. Cette destination pouvait sembler inattendue au regard de la réputation pesant alors sur l'ouest américain : celle d'une corruption endémique liée au chaos de la ruée vers l'or.

En réalité, Alicia avait un peu forcé la main de son coéquipier. Il s'agissait pour elle d'y retrouver une connaissance perdue de vue. Dès leur arrivée, ils s'étaient fait enregistrer au bureau du shérif du comté, juste avant de louer une chambre à l'hôtel *New Town Hall*.

À cette période de l'année, Monterey offrait un cadre de vie apprécié par ses habitants autant que par les gens de passage. Quadrillée par de larges artères en latérite, la ville était construite de maisons laissant en elles d'importants espaces fleuris, plantés d'arbres fruitiers au milieu d'une luxuriante végétation. Cette urbanisation très aérée facilitait la circulation autant qu'elle garantissait l'intimité des habitants.

David et Alicia étaient deux enquêteurs originaires de l'Illinois. Les années avaient installé entre eux une indéfectible amitié, au point qu'ils se considéraient l'un et l'autre comme frère et sœur. En dépit de leur engagement inconditionnel au service de la justice, ils en assumaient presque toujours les contraintes dans une bonne humeur partagée.

À trente-trois ans, David, un ancien lutteur, bénéficiait de sept ans d'expérience, contre seulement deux pour Alicia.

David avait toujours eu soif de résoudre des enquêtes policières. Alors, il y a quelques années, quand on lui proposa d'intégrer le groupe d'investigation piloté par John Sherman, une figure du monde policier, il n'hésita pas à mettre son savoir-faire au service du gouvernement des États-Unis.

De trois ans la cadette de David, Alicia était une trentenaire brune aux yeux noisettes et de taille moyenne, avenante, souriante, d'une nature plutôt serviable, et exaltée par toute perspective d'apprendre. De fins sourcils surlignaient son expression à la fois douce, amicale et faussement timide. Un petit nez retroussé et des lèvres minces relevaient le charme naturel de son visage. Le bas de sa chevelure gardait une ondulation parfaite, une coquetterie héritée de sa mère. Comme celle de toujours vouloir affirmer sa féminité en portant exclusivement des robes. Ses chapeaux ornés de dentelle fleurie, ses talons hauts, et ses boucles d'oreilles, trahissaient aussi une certaine fantaisie. Alicia aimait manger, bien manger. Se nourrir correspondait pour elle à un instant de convivialité qu'elle souhaitait pouvoir partager. Toutefois, forcée d'admettre qu'elle n'avait plus la minceur de la plupart des jeunes femmes de son âge, elle évitait maintenant les excès.

Son entourage appréciait sa sagesse, respectait son courage et admirait sa mémoire autant que la pertinence de ses analyses. De vrais atouts dans un job auquel elle vouait une réelle passion et pour lequel elle sacrifiait une part importante de sa vie affective.

Rapidement familiarisée avec la prise d'indices sur une scène de crime, elle n'hésitait plus à avancer des hypothèses avant d'aller interroger témoins ou éventuels suspects avec son équipier. Très solidaires des collègues, en particulier Josh, Sammy et Will, l'efficacité de leur duo attirait sur eux une haine croissante de la part des malfaiteurs.

Plus grand qu'Alicia et toujours vêtu avec une élégance étudiée, sous des cheveux noir ébène coupés courts, l'expression du regard d'émeraude de David traduisait sans mensonge l'intérêt qu'il portait aux autres.

Reconnu pour sa compétence, estimé pour son cœur débordant de compassion, il était aussi apprécié pour son sens de l'humour.

Autant de qualités dont son chef de groupe, John Sherman, se réjouissait.

Ce dernier voyait en David quelqu'un de confiance, toujours ponctuel, courtois mais très lucide.

En un mot, un enquêteur qu'il voulait absolument garder.

C'était en fin de semaine, qu'Alicia, accompagnée du shérif local, Martin Bart, se rendit au saloon, au cœur du village : une imposante bâtisse, surélevée par une solide structure faite de madrier et de planches en séquoia, et à laquelle on accédait par deux marches. « Ici on sert whisky et bon vin » annonçait l'enseigne. À deux mètres de la devanture, solidement ancré au sol par plusieurs rondins, un robuste bastaing permettait d'attacher les montures des clients au droit d'un abreuvoir ; une initiative particulièrement appréciée des cow-boys. Provoquées par le soleil océanique, quelques fissures étroites lézardaient ça et là la façade, sans toutefois altérer son cachet.

À l'intérieur de cette architecture tout en bois brut, seul le haut des murs avait été peint en blanc pour accroître la lumière déjà largement diffusée par les fenêtres. Les rideaux d'un ton cassis et un parquet rustique finissaient de donner à cet ensemble un aspect harmonieux.

Le parquet venait d'être ciré, et on avait regroupé les tables dans un coin du bar pour installer un stand de tir à l'arc ; une animation gratuite offerte le soir même aux villageois, en accord avec le propriétaire de l'établissement, Monsieur Vincent.

L'un des participants très attendu, Carlos, appartenait à un quatuor de Mexicains : l'élite des lanceurs de couteaux très populaires dans le domaine du cirque, au Mexique. Pour gagner leur vie, ces quatre virtuoses du couteau sillonnaient l'Amérique au gré de leurs représentations.

Pour l'occasion, et comme l'exigeait la coutume dans la plupart des fêtes qui se déroulaient à Monterey, tous les participants avaient ce soir-là revêtu un déguisement : une tenue indienne traditionnelle.

II

Tous les spectateurs du tournoi retenaient leur souffle. Sécurité obligeant, ils étaient assis à l'écart de la zone de tir, sur des rangées de chaises soigneusement alignées. Chaque adversaire bandait son arc, juste avant qu'une pluie de flèches s'abattit sur la cible. Un adolescent avait été désigné pour ramasser les flèches une fois les carquois épuisés.

Presque immédiatement, l'arbitre proclama haut et fort le nom du vainqueur : Carlos ! Une victoire sans vraie surprise, Carlos était le grand favori. Ravi, ce dernier leva les bras en signe de victoire et poussa un cri de joie dont la force couvrit le fracas des applaudissements. Quelques-uns se levèrent à leur place ; les mauvais perdants ne restèrent pas plus longtemps. Carlos décrocha le prix du meilleur archer. On félicita à nouveau le vainqueur de sa « *remarquable précision* ».

En dépit de sa performance, avec son mètre soixante-dix, son poids plume, sa peau cuivrée, son visage taillé à la serpe, ses cheveux très noirs et sa barbe rasée court, Carlos restait pour le shérif le parfait cliché du Mexicain.

Fidèle à son tempérament spontané, Alicia battait des mains sans modérer sa ferveur. Elle esquissa un bref sourire enjoué à l'homme assis à sa droite, lequel n'était autre que le shérif en personne. Respectueux, ce dernier lui renvoya un sourire, mais nettement plus sobre.

La soirée était maintenant bien animée mais sans incident. L'enthousiasme général dominait, quand soudain un cri de souffrance terrible déchira l'ambiance. Le regard d'Alicia se projeta instantanément sur Carlos, le vainqueur. Il venait de s'écrouler sur le sol, tué net par un poignard planté en plein cœur.

La salle était pétrifiée. Paniquées, plusieurs femmes tentaient d'étouffer des cris d'horreur. « Sauvons-nous » hurla l'une d'elles, au risque de donner le signal d'une débandade. Dépassée par la fulgurance des événements, Alicia ne contrôlait plus rien.

Le shérif bondit de son siège pour enjoindre la foule à retrouver son calme. Alicia jeta un œil vers la porte. Personne ne tentait de s'échapper, mais la jeune policière restait rivée à son siège, submergée par l'émotion. C'était la première fois qu'elle assistait à un meurtre de ses propres yeux. Elle dut prendre sur elle-même pour réprimer les larmes qui commençaient à déborder ses paupières, et vite retrouver son sang-froid. Elle s'arracha de sa torpeur et traversa en trombe le saloon pour demander à un passant de courir prévenir David.

III

Rapidement sur les lieux, David se pencha sur le corps du Mexicain, puis s'adressa à son équipière.

— Celui qui a lancé ce couteau doit être un professionnel.

— C'est le cas.

— Et vous n'avez rien vu venir.

— Non David. Tout semblait se dérouler dans un climat plutôt joyeux.

Martin Bart, le shérif, s'approcha. Il toussota pour attirer leur attention.

— Alors, vous avez trouvé quelque chose qui nous éclaire sur le mobile du meurtrier ?

— Non, rien, répondit David, je l'ai fouillé mais je suis tombé sur des poches vides. Pourquoi avoir fait ça ?

— C'est absurde, poursuivit Alicia, cet homme n'était qu'un simple employé du saloon. Il s'était déguisé pour participer à un jeu.

— Dans ce cas, il faudra poser cette question au criminel lui-même répliqua le shérif. Ça semble d'autant plus insensé que ce pauvre gars travaillait pour moi il y a encore quelque temps. Je n'avais jamais eu à me plaindre de lui. C'était un type bien… Il m'avait donné sa démission pour se faire embaucher ici. Et au final, il se fait assassiner ici… Tout ça est bizarre, très bizarre… D'autant qu'il n'était pas riche, l'hypothèse du crime sordide est donc à exclure. Sans doute s'était-il encanaillé avec je ne sais quel gangster…

— Quand vous a-t-il remis sa démission ? s'enquit Alicia.

— Il y a tout juste une semaine, précisa le shérif sans entrer dans les détails, tout en leur adressant un sourire contrit avant de reprendre sa phrase.

— Si maintenant vous voulez bien m'excuser, je dois vite rassurer tous ces gens. Monterey est une très petite ville où presque tout le monde se connaît… À ce propos, combien de temps comptez-vous séjourner parmi nous ?

Alicia voulut répondre à leur interlocuteur, mais David la devança.

— Nous étions censés partir demain. Mais vu les circonstances, nous ne partirons pas avant de vous avoir aidé à débusquer le coupable. Ce crime est comme une invitation à rester, au moins temporairement.

— Dans ce cas, jeunes gens, bienvenue à Monterey ! Mais dans l'immédiat, soyez prudents… Le meurtrier peut très bien être n'importe quelle personne encore présente sur les lieux.

— Ou déjà absente riposta Alicia. Je doute fort qu'il ait pris le risque insensé de se mêler à la foule.

— Ce serait en effet plus prudent, répondit laconiquement le shérif. Monsieur, saluant David en abaissant son chapeau. Mademoiselle, baisant ensuite la main d'Alicia dans une chorégraphie galante pour le moins inattendue.

Le shérif disparut dans la cohue, exhortant les gens à garder leur calme. Chacun donnait sa version des faits, tous parlaient à tort et à travers, et tout le monde se pressait autour du shérif dans un complet désordre.

— Je suis certain qu'il nous cache quelque chose, glissa David à sa partenaire.

— Que voulez-vous dire ?

— Il a trouvé un faux prétexte pour couper court à notre échange et nous fausser compagnie.

Lui prenant le bras, il invita Alicia à s'éloigner vers les rangées de sièges pour la plupart déjà désertés. Dans leur translation, ils croisèrent Monsieur Vincent, le propriétaire des lieux. Celui-ci, à l'évidence atterré par la triste issue de la soirée, les apostropha.

— Un mort dans mon saloon ! se désolait-il, évidemment, ça ne pouvait pas arriver à l'extérieur ?! Pourquoi faut-il toujours que les canailles règlent leurs comptes chez moi !

Un instant distraits par la complainte du propriétaire, ils avaient enfin pu s'éloigner de la foule des invités. Après quelques secondes de mutisme, le temps d'observer leur alentour, ils reprirent leur discussion là où ils l'avaient laissée.

— Vous n'étiez pas sérieux ?

— À propos de quoi ?

— De Martin.

— Alicia, vous ne trouvez pas ça étrange de partir aussi vite ? Nous venions à peine d'aborder le sujet de la piste du tueur. Mais cela est peut-être sans importance ; nous y reviendrons en tout cas.

— Ne perdez pas de vue que Martin est le shérif de cette ville, à cette heure il a d'autres impératifs. Les gens sont sous le choc. Ramener le calme est une priorité. Alors le moment était certainement mal choisi pour parler de l'enquête.

— Peut-être, mais une des fenêtres est en partie brisée, objecta David.

— Elle me paraît bien haute, très éloignée de la victime, et pas du tout dans l'axe de la cible visée par l'assassin. Impossible que le lancer provienne de cette fenêtre, et ça quelle que soit son habileté.

— Vous n'aviez pas pensé à lever les yeux avant de vous asseoir ?

— Non, c'est vrai. Mais nous n'étions pas non plus sur une enquête… Maintenant qu'on en parle, je me souviens avoir entendu comme un bruit sourd.

— Celui d'une vitre cassée ?

— À vrai dire… je ne pense pas. Mais dans ce cas, je l'aurais vu de l'extérieur, non ?

— Probablement, mais n'oubliez pas qu'il faisait déjà nuit.

— Laissez-moi vous montrer quelque chose, lui murmura-t-elle avec un éclair de fierté dans le regard.

Elle se mit face à David. Le temps pour lui de s'assurer que personne ne les observait, elle sortit de son gant une partie de clé sur laquelle un symbole avait été gravé : la moitié d'une planète…

— Qu'est-ce que c'est ? s'étonna David.

— La clé de ce mystère.

Ils sourirent amusés.

— Il n'y a pas de quoi rire ! lui dit-elle en lui donnant la partie de clé dans sa main.

Il la rangea aussitôt dans la poche de sa chemise, sous son veston, avant qu'un œil trop curieux la remarque.

— Je n'ai pas ri, la contredit-il gentiment.

Alicia redevint sérieuse.

— Quand tout le monde aura quitté les lieux, le mystérieux individu reviendra s'emparer de cette clé. Malheureusement pour lui, il ne trouvera rien.

— Excellent, comment avez-vous procédé ?

— J'ai demandé à examiner les papiers de la victime et je suis tombée dessus… Alors je l'ai glissée dans mon gant.

— C'est ingénieux, mais on pourrait vous soupçonner.

— Le shérif est le premier à s'être approché du corps. J'ai fait très attention, vous me connaissez, et je doute que le meurtrier vienne me demander si j'ai trouvé ce qu'il convoitait.

— Non, mais il tentera de la récupérer.

Un groupe d'hommes et de femmes s'approchèrent un peu trop près des deux enquêteurs. David la prit de nouveau par le bras et ils s'écartèrent. Alicia le questionna :

— David, vous pensez qu'il est encore ici ?

— Je penche plutôt pour votre première hypothèse. S'il a réussi à atteindre sa cible d'un seul lancer, c'est qu'il faisait sûrement partie du public. Il a très bien pu s'esquiver pendant la remise du prix pour commettre son crime et se cacher derrière les sièges du dernier rang pour ne pas se faire repérer. Il ne lui restait plus qu'à partir au moment opportun.

— Attendez, je me souviens avoir entendu le hennissement d'un cheval.

— Ce n'est pas surprenant, il y a un ranch au bout de la rue et ce n'est pas le seul.

— C'est vrai, j'oubliais soupira-t-elle. Qui ne possède pas de cheval à Monterey ?

L'établissement passé en revue par les deux enquêteurs, ils regagnèrent l'entrée. Le shérif était en pleine discussion avec ses deux employés, Mike et Travis.

Soudain, son regard se posa sur Alicia. David le remarqua.

— Eh bien, je crois que vous manquez à notre ami le shérif.

— Non, répliqua-t-elle en riant, j'ai rendez-vous avec lui. Je vous abandonne David !

— Vraiment ? d'un ton amusé.

Alicia lui sourit et alla rejoindre immédiatement le shérif. Mike et Travis regagnèrent leur poste. David les salua de loin en abaissant son chapeau et sortit à l'extérieur du saloon.

— Dites-moi Alicia, sans vouloir paraître indiscret, êtes-vous ensemble vous et David ?

— Non, pas du tout.

— Je vous pose la question parce que j'avais peur qu'il croit que nous le sommes à cause de notre rapprochement. Cette histoire ferait du bruit et ce serait mal vu par les villageois. Un shérif doit montrer l'exemple, vous comprenez ? C'est vrai, depuis votre arrivée, je ne vous vois jamais l'un sans l'autre. On pourrait s'y méprendre.

— N'ayez aucune crainte, nous nous aimons comme un frère et une sœur.

— D'accord. Et vous n'êtes pas mariée ?

— Non, je me consacre pleinement à mon travail, mais je songe au mariage.

— Drôle de passion pour une femme, d'autant plus dans le monde dans lequel nous vivons. Figurez-vous qu'il n'y a pas si longtemps j'ai chassé des brigands. Ceux-ci menaçaient d'attaquer Monterey.

— Oui, mais ça ne s'explique pas… C'est mon devoir de le faire. Et vous monsieur Martin, qu'est-ce qui vous a motivé à devenir shérif ?

— L'assurance de détenir l'autorité me permettant de faire régner la justice et de maintenir l'ordre public. Les villageois me respectent pour ma droiture et cela n'est pas pour me déplaire.

Il s'interrompit un bref instant et reprit :

— Les serveurs doivent nous attendre. Allons-nous dîner ?

— Avec grand plaisir.

En dépit des circonstances particulières, ils avaient jugé préférable de ne pas reporter ce dîner pour ne pas donner à l'assassin la satisfaction d'avoir gâché leur soirée.

Ils préféraient marcher, plutôt que rentrer à cheval ; le domicile du shérif n'était pas très loin. Ainsi, ils profitèrent de la fraîcheur de la nuit.

Le réverbère dans la rue éclairait en partie le jardin où les arbres s'élevaient parmi la végétation luxuriante ; un banc en bois avait été ajouté, et parfois Martin Bart y faisait une sieste. Au côté droit, il étendait son linge sur les fils en fer encastrés dans deux poteaux. L'allée conduisait à la jolie maison en briques peinte en beige, dans laquelle le shérif vivait dans l'aisance.

La lumière des bougies scintillait au rez-de-chaussé, laissant entrevoir les serveurs affairés à leurs tâches. À l'entrée de la maison, un large escalier repeint en blanc menait à l'étage où les rideaux étaient tirés. La salle à manger mesurait dans les quarante mètres carrés. La cheminée, située à proximité de la table, réchauffait la pièce et alimentait toute la maison en chauffage. Ils n'auraient pas froid pour souper.

Pour cette soirée, la table était recouverte d'une nappe rouge brodée sortie à cet effet et un chemin de table blanc sur lequel figuraient les couverts : les assiettes, les couteaux, les fourchettes, les cuillères et les verres à vin. À côté, une salière, un poivrier et une corbeille à pain surmontaient la table. Un chandelier à quatre branches soutenait les bougies.

Le parquet ancien, le tapis en laine et les murs peints en brun clair rendaient l'atmosphère sereine. Le mobilier était rustique : deux étagères à vaisselle, une bibliothèque, un canapé à deux places, un fauteuil rouge et un coffre utilisé comme fourre-tout. La cuisine se trouvait dans la pièce contiguë.

Alicia connaissait les lieux, quoiqu'elle n'eût jamais mis un pied à l'étage ; elle jugea d'ailleurs qu'il n'y avait aucune raison valable pour qu'elle inspecte la maison de fond en comble. La chambre de Martin Bart s'y trouvait ainsi qu'un cabinet de toilette. De plus, le shérif ne lui avait jamais permis d'entrer dans son bureau, la porte était toujours verrouillée et les volets clos. À l'intérieur, le secrétaire débordait de papiers en tous genres. Une pile de livres masquait la petite table carrée et une boîte en métal avait été mise en évidence sur l'une des tablettes de l'unique étagère, au-devant des manuscrits.

Dans une ancienne chambre transformée en salle de jeux, Martin Bart avait fait installer un billard, un canapé et une table basse sur laquelle se situait un échiquier. Il aimait beaucoup jouer aux échecs, mais il délaissa sa passion faute d'adversaire. Cependant, quand Mike venait le voir, ils se défiaient.

Les deux serveurs engagés pour la soirée assuraient le service dans une tenue noire soignée. Le shérif invitait parfois David à manger, mais pas ce soir. Il désirait dîner en tête-à-tête avec Alicia.

Ils s'assirent à la table de six personnes.

On leur servit une entrée et le plat de résistance, accompagné d'un verre de vin. Leurs assiettes se composaient de pommes de terre cuites au beurre, de légumes parfaitement assaisonnés, et d'un filet de dinde.

Martin Bart engagea la conversation :

— Parlez-moi de vous.

— Eh bien, je viens de Chicago et je vis encore chez mes parents.

— Oui, mais je le sais déjà, ça.

Alicia n'était pas dans son assiette ce soir. Ne sachant quoi dire, elle se gratta la tête. Elle repensait au meurtre de Carlos alors qu'elle se trouvait justement sur le lieu du crime. Elle aurait tant préféré qu'un tel malheur ne se produise pas. Mais elle décida de ne plus y penser ; sa douleur n'y changerait rien.

Elle leva la tête de son souper et regarda le shérif.

— J'aime mon métier, voyager, voir de nouveaux visages, aider les gens… énuméra-t-elle.

— Moi, je vis seul depuis le décès de mon frère. C'est arrivé il y a maintenant trois ans.

— J'en suis navrée !

— Vous ne pouviez pas le deviner.

Elle baissa son regard et mangea en silence.

Voyant que cela lui faisait de la peine, Martin Bart changea rapidement de sujet. Il reprit d'un ton enjoué :

— Je collectionne toutes sortes de choses que je juge précieuses.

— Lesquelles ?

— Les chapeaux ; je dois en avoir une dizaine.

Alicia rit de bon cœur.

— C'est original pour une collection.

— Elle avance doucement et je n'en suis pas peu fier. Dites-moi Alicia, vous comptez vraiment nous quitter ?

— Quand l'enquête sera finie.

— Rien ne vous retient ici ?

— Je suis attachée à Monterey, j'en garde de bons souvenirs. Mais ma vie n'est plus ici, il faudra bien rentrer chez moi.

— C'est parfaitement normal. J'ai pensé annuler notre dîner, mais je me suis dit que nous avions besoin de penser à autre chose, et…

Soudainement affligé, il cessa de parler.

— Ça ne va pas monsieur Martin ?

— Si, lui dit-il en la regardant à nouveau, c'est juste qu'à bien y réfléchir n'importe qui aurait pu être la cible du meurtrier, comme moi-même, le shérif.

— Il ne faut pas penser au pire. Vous êtes bel et bien vivant et n'êtes même pas blessé. Je ne crois pas que Carlos ait été choisi par hasard, l'assassin avait tout prévu.

— C'est incompréhensible, tout le monde avait l'air joyeux. Peut-être s'agit-il d'un règlement de comptes ?

— David et moi ferons tout notre possible pour vous aider à le retrouver. Il nous éclairera lui-même sur ses agissements.

— Comptez sur mon soutien pour mener votre enquête.

— Je vous en remercie.

À la fin du repas, les serveurs débarrassèrent promptement les couverts. Ils leur servirent séparément sur une petite assiette blanche en porcelaine à fleurs bleues un gâteau rond, moelleux, aux œufs frais, au beurre et aux amandes. Trois amandes se chevauchaient sur le dessus.

Martin Bart et Alicia s'empressèrent de donner les premiers coups de cuillère et prirent le temps de déguster cette première bouchée.

— Ce sont des amandes de Californie, l'informa-t-il.

— C'est un vrai régal ! s'exclama joyeusement Alicia. Je pourrais en manger souvent sans me lasser.

— Moi aussi, je raffole de ces délicieuses pâtisseries !

Le shérif reprit où il s'était arrêté :

— Vous serez toujours la bienvenue. Si vous avez besoin de quoi que ce soit, frappez à ma porte ; elle restera grande ouverte. Un shérif se doit d'être toujours disponible pour tous ceux qui font appel à lui, déclara-t-il avec fermeté. Et si je suis déjà appelé ailleurs, adressez-vous à Mike et Travis.

Alicia lui témoigna sa reconnaissance.

Le dessert se termina dans l'enthousiasme.

IV

David s'apprêtait à regagner l'hôtel *New Town Hall*. Quand soudain il entendit une provocation provenant de la rue ; il s'interrompit.

— Hé ! toi, quand je passe, je veux que tu baisses les yeux !

— Qu'est-ce que vous me voulez ? Je ne vous connais pas.

Le malfaiteur empoigna le jeune homme par le foulard.

— Allons, laissez-moi !

— Tu as peur, hein ? Tu vas faire quoi si je prends ta bourse, pleurer ?

Il s'empara de son petit sac et le rangea sur lui.

— J'ai travaillé dur pour gagner cet argent et pouvoir nourrir ma famille. Je viens de l'Oregon. Maintenant, rendez-moi ce qui m'appartient !

Mais le bandit ne put contenir un rire sarcastique à cause de son manque d'audace. En effet, il avait affaire à un jeune homme chétif de dix-sept ans.

— Rendez-moi mon bien ! répéta-t-il.

Pressé, le bandit le repoussa violemment, si bien qu'il tomba à la renverse.

David fit demi-tour et s'en mêla.

— Puis-je connaître la raison de ce raffut ?

— C'est cet homme, il a volé mon argent ! gémit l'innocent. Je suis un honnête travailleur moi, monsieur.

— Qu'est-ce que tu veux, toi ? dit-il en toisant le policier.

— Mon nom est David, indiqua ce dernier en évitant sa question.

— Reprends ta route.

— Vous allez lui rendre immédiatement son argent.

— Pas question, je l'ai trouvé et je le garde. Tout ce que je trouve m'appartient ! s'écria-t-il en éclatant de rire.

— Vous refusez de vous soumettre ? Alors nous allons régler ça maintenant. Pour remplir correctement ma fonction, la loi me confère le droit d'utiliser la force. Dans le cas contraire, mon autorité ne serait pas respectée. Mais je me contenterai de vous donner une leçon.

David le bouscula pour le provoquer. Le jeune homme assistait à la scène et s'effraya, il ne bougea point de sa place. Le malfaiteur fulmina en menaces.

— Tu me cherches, l'étranger ? Je vais te régler ton compte et tu vas retourner d'où tu viens.

— Si je vous assomme le premier ou du moins vous étourdis, vous rendrez son argent au jeune homme.

— Marché conclu.

Le bandit lui serra la main en signe d'accord. D'un geste rapide, David lui emporta son révolver qu'il jeta au loin.

— Sans arme, nous serons protégés d'un éventuel accident et pourrons éviter un drame.

— Vous êtes habile.

— Un policier doit savoir faire preuve de prudence, répondit-il avec un large sourire.

Profitant de son moment d'inattention, le bandit lui donna un coup de poing en plein ventre. Il se moquait de lui. David, plié en deux, reprit rapidement sa respiration, se redressa et l'attrapa par les bras, avant de l'envoyer contre les ballots de paille. Vexé, le bandit ne décolérait pas contre le policier. Il se releva sur ses deux jambes et marcha droit à David, avec la ferme intention de lui faire mal. Celui-ci esquiva plusieurs coups et, l'empoignant de toutes ses forces, le projeta dans une table qu'on avait jetée ; elle se brisa dans l'impact.

Quand il retrouva ses esprits, le bandit se releva furieux, en regardant le policier avec malveillance.

— Avez-vous quelque chose à ajouter ? demanda David fier de lui.

Toutefois forcé d'admettre sa défaite, le bandit jeta la bourse dans les mains du jeune homme, récupéra son révolver et prit la fuite, avant de proférer cette menace :

— On se retrouvera !

Le jeune homme le remercia, rangea précieusement l'argent dans sa poche et se plaça à côté de son bienfaiteur.

— Vous êtes vaillant monsieur !

— Pour un policier, il est nécessaire de savoir se défendre. À présent, puis-je connaître votre nom ?

— Taylor, monsieur.

— Taylor, je vous conseille de cacher vos biens hors de la vue des voleurs pour ne pas les tenter de s'en emparer.

— Je vous promets d'être plus prudent. Comment puis-je vous remercier ?

— En me disant s'il est normal que cet individu ne soit pas enfermé entre les quatre murs d'une prison ?

— Impossible, cet homme est un ami du shérif.

À cette révélation, David fut abasourdi.

— Vraiment ? Je croyais que vous ne le connaissiez pas.

— Pas personnellement, je ne fréquente pas les malfaiteurs.

— Alors qu'est-ce qui vous permet d'affirmer qu'il est ami avec le shérif ?

— La dernière fois qu'il est sorti de prison, ils se sont serré la main.

— Peut-être avez-vous mal interprété ce geste…

— Je ne sais pas. Je vous suis reconnaissant, mais à l'avenir n'intervenez plus car je redoute la colère de ce malfrat. Adieu David.

— Adieu.

Tous deux reprirent leur chemin. Le policier se dit en lui-même : « Il faudra rendre visite à ce cher Martin Bart pour lui demander des explications. »

Au moment de passer la porte de l'hôtel, un homme qui sortait au même instant le heurta. Son foulard masquait une bonne partie de son visage.

— Je vous demande pardon, monsieur.

— Ça ne fait rien.

Cette brève rencontre piqua la curiosité de David. Il le regarda s'éloigner dans la rue sans rien ajouter. Visiblement cet individu ne voulait pas qu'on le reconnaisse.

David se présenta à l'accueil pour avertir le dirigeant qu'ils prolongeaient leur séjour, lui et sa collègue Alicia. Colin ne dormait pas encore. David en profita pour payer les frais de leur chambre, à savoir dix dollars la journée et par personne, la nuit comprise, et il monta au deuxième étage.

Ce monsieur Colin travaillait dans un modeste hôtel. On entrait dans un local peu meublé, mais d'une propreté impeccable et bien rangé : les divers documents sur le comptoir en bois et dans les tiroirs étaient tous classés, et les clés des chambres disponibles suspendues sur leur support. À l'arrière se trouvaient deux pièces de taille identique, interdites au public ; le propriétaire y logeait avec sa famille.

La décoration était plaisante : les murs beiges clairs créaient un sentiment de sérénité, les rideaux verts apportaient une touche de couleur et de gaieté. On avait posé un tapis couleur taupe devant le comptoir – fabriqué à Monterey –, placé un portemanteau près de l'entrée et mis des plantes d'intérieur dans des pots en terre cuite.

David gagna son appartement d'un pas assuré. Mais un détail attira brusquement son attention : les rideaux étaient tirés alors qu'à son départ il les avait laissés grands ouverts.

Il alluma la lumière, ôta son chapeau, puis sa veste et se

déchaussa. Il observa sa chambre d'un œil soupçonneux et partit du côté de son lit. Il tapota le couvre-lit avec sa main. C'est alors qu'il crut sentir quelque chose à travers les draps. Il dut en avoir le cœur net et défit son lit. Quelle ne fut pas sa surprise quand il découvrit qu'on y avait glissé deux poignards. Il plissa les yeux, les prit dans ses mains et les examina. Son impression se confirma : ils étaient identiques à celui avec lequel on avait assassiné Carlos ! Cela signifiait donc que le tueur ou l'un de ses complices avait réussi à pénétrer dans sa chambre sans effraction.

Il aimerait bien comprendre comment l'auteur de cette intrusion s'y était pris. Les deux fenêtres du séjour donnaient sur la rue ; il ouvrit l'une d'elles. Il constata qu'il était possible de s'introduire chez lui si l'on possédait une échelle afin d'escalader le mur. D'autant que son absence de l'hôtel avait grandement facilité les choses. Connaissait-il la personne qui avait fait cela ? À moins qu'il ne s'agissait justement du mystérieux individu masqué.

Quant à Alicia, elle était partie faire un tour en ville. Elle avait besoin de réfléchir, le meurtre du Mexicain la tourmentait : elle se sentait coupable de ne pas l'avoir l'empêché. À cette heure, elle aurait pu rentrer à l'hôtel et tout raconter à son ami David pour bénéficier de son écoute et de ses sages conseils. Mais non, pas cette fois. « Il va me persuader que je suis innocente, car me dira-t-il, personne ne pouvait prédire ce qui allait arriver, je le connais, se dit-elle convaincue. »

Puis elle réalisa qu'il aurait raison s'il lui disait ces choses.

Alicia retourna sur le lieu du crime. Un cow-boy d'une quarantaine d'années qu'elle connaissait remarqua qu'elle était seule. Il lui fit signe de le rejoindre à sa table. Mais elle déclina son invitation amicale. Encore sous le choc, Alicia n'avait pas le cœur à lui discuter. Elle rebroussa chemin.

Quand elle rentra chez elle, elle découvrit avec stupéfaction la phrase suivante au dos de la porte : *Quittez la ville vous et David, ou vous en subirez les conséquences.* Le poignard ayant servi à graver cette inscription était resté sur la petite table basse.

Plus étrange encore, on frappa à la porte.

Alicia hésita à ouvrir, pressentant qu'elle était en danger. Prenant son courage à deux mains, elle l'entrebâilla. Par bonheur, c'était la voix de David.

— Alicia, c'est vous ?

— David, je suis contente de vous entendre ! On a voulu me faire peur…

— Moi aussi. Figurez-vous qu'on a glissé des poignards dans mon lit, mais je me doutais de quelque chose.

— Et moi, il est écrit sur ma porte que nous devons quitter la ville. Je ne me sens pas rassurée…

— Et si vous me laissiez entrer ? Je n'ai pas l'habitude de m'adresser à une porte…

— Oh, pardon !

— Me voici ! déclara-t-il à haute voix quand il fit son entrée.

— David, ne faites pas tant de bruit, nos voisins dorment peut-être déjà, dit-elle en baissant le son de sa voix.

Elle referma la porte. David inspecta la pièce, profitant de la lumière du plafond allumée. Alicia sourit de l'attitude sans-gêne de son ami.

— Vous avez fait du rangement ?

— Oui, je suis contente que vous le remarquiez.

Plus sérieusement, il examina attentivement l'inscription.

— Qu'allons-nous faire David ? dit-elle atterrée.

— Demander à Colin de changer la porte pour que vous n'ayez plus à supporter la vue de cette menace écrite. Et nous irons informer le shérif de ces deux intrusions. Avez-vous emporté une arme de Chicago ?

— Oui, elle est rangée à l'abri dans ma chambre.

Elle la pointa du doigt.

— Alors ne craignez rien Alicia, vous n'êtes pas sans défense. Évidemment rien ne vous oblige à vous en servir ; j'imagine très bien votre visage triste face à cette éventualité, dit-il en regardant toujours dans la même direction.

Effectivement David avait raison, Alicia arborait un air triste.

— Et n'oubliez pas : je suis juste en face de vous, reprit-il en la regardant à nouveau.

— Oui David… Mais la fonction d'une arme c'est de tirer, répliqua-t-elle peinée.

— Pas si elle se trouve entre les mains d'une femme. En cas d'urgence, elle vous servira plutôt à dissuader un individu malintentionné d'agir.

— Je veux bien l'admettre.

Alicia s'absenta momentanément dans la salle de bain pour ôter son manteau et ses gants. Elle cacha en-dessous de la baignoire la partie de clé trouvée sur le corps de Carlos.

— Et votre soirée avec le shérif ?

— J'ai bien mangé, je vous en remercie.

— Ça ne m'étonne pas, on est toujours bien reçu chez Martin Bart. Il lui arrive d'engager des serveurs et des cuisiniers pour concocter un bon repas à ses invités.

Il ne croyait pas si bien dire.

— C'est vrai, dit-elle en étouffant ses rires contre son bras.

— Je vous entends mal, est-ce que tout va bien Alicia ?

— Mais oui David.

Elle retourna dans le séjour et s'arrêta près de lui.

— Alors, quelle est la raison de votre venue ?

Il sortit un paquet de cartes qu'il posa sur la table.

— Oh, eh bien, j'ai quelque chose à vous apprendre sur un certain individu.

— Je vous écoute.

— Mais avant nous allons faire une partie de cartes.

Cette partie lui tenait à cœur, cela se voyait dans ses yeux.

Alicia accepta, bien qu'elle n'avait pas la tête à jouer.

Ils s'assirent. David tria les cartes et en distribua six par personne. Pour remporter la partie, il fallait être le premier à se séparer de toutes ses cartes. Pour cela, chaque carte jouée devait avoir une valeur supérieure à celle de l'adversaire. Sinon, la règle imposait d'en piocher une nouvelle.

David remporta la partie.

— Gagné ! Vous n'êtes pas en forme ce soir ma chère.

— Non, je suis fatiguée.

Il mélangea les cartes. La lueur des bougies créait toutes sortes d'ombres sur les murs. Il régnait un profond silence, si on oubliait le bruit des cartes qui s'entrechoquaient.

David les rangea sur lui.

— Inutile de vous faire patienter plus longtemps. Il paraît qu'un bandit vit en liberté parce qu'il est un ami du shérif. Mais je n'y crois pas.

— Bizarre. Qui vous a dit ça ?

— Taylor, un jeune homme que j'ai secouru. Plus étrange encore, un homme masqué m'a heurté en sortant de l'hôtel. En conclusion, je le soupçonne de s'être introduit chez nous pour nous avertir que nous ne sommes pas les bienvenus.

— Vous pensez vraiment avoir rencontré le criminel ?

— Il est encore trop tôt pour l'affirmer. Mais sincèrement, je doute qu'il puisse agir seul.

— Sauriez-vous le reconnaître si vous le croisiez dans la rue ?

— Non, le rez-de-chaussé de l'hôtel était mal éclairé. Je sais seulement qu'il avait des yeux bleus. Supposons qu'il connaisse le brigand avec lequel j'ai dû employer la force, ils pourraient très bien être complices. Cet homme-là par contre, je m'en souviens parfaitement.

— L'Amérique de l'ouest héberge toutes sortes de gangsters. Ils peuvent tous être facilement suspectés si on cherche de ce côté-là, et nous n'allons pas pouvoir interroger tout le monde.

Cela dit, si nous le retrouvons, voulez-vous faire arrêter cet homme ?

— Nous manquons de preuves certes. Mais en notre qualité d'enquêteurs nous pouvons user de ce droit. Il est impératif pour des policiers d'interroger un suspect, qu'il accepte ou non de nous suivre. J'irai consulter le shérif demain matin sur cette affaire. Si jamais vous croisiez ce bandit, sachez qu'il a le teint hâlé, des yeux marron, une moustache et la particularité d'avoir une cicatrice sur la joue gauche. Soyez prudente.

Après cette discussion, ils se séparèrent.

David retourna à sa chambre. Quant à Alicia, elle se sentait inquiète. Si l'individu était parvenu à s'introduire une fois, nul doute qu'il reviendrait une seconde fois.

Quand elle se mit au lit, elle repensa à ce pauvre Mexicain : Carlos ne reverrait pas sa famille. Elle imaginait l'immense chagrin qu'on éprouvait face à la perte d'un être cher auquel il fallait faire face. Assurément ses proches auront le cœur brisé en apprenant cette mauvaise nouvelle. Carlos sera enterré dans les prochains jours.

Elle entendait encore son cri et revoyait sa face blafarde. Cette pensée la glaça.

Alicia serra les draps contre elle et s'endormit, emportée par la fatigue. Elle ne rêva point de toute la nuit.

V

Alicia se réveilla vers neuf heures du matin. À peine levée, elle ouvrit les fenêtres pour aérer la chambre.

Le soleil projetait généreusement ses rayons sur la ville, les maisons, les rues, les villageois, les animaux… Partout le soleil frappait fort. Les hommes portaient un chapeau à larges bords, se protégeant ainsi des rayons de l'astre radieux. On observait la même tendance chez les plus jeunes.

Un groupe d'enfants riaient au loin, mais un vieil homme les chassa en les traitant de *vauriens* car ils s'amusaient à imiter les brigands pourchassés par le shérif, les tournant ainsi au ridicule. Ils détalèrent à toutes jambes pour ne pas se faire attraper.

Les clients se rendaient au saloon de bon matin et dans les commerces florissants.

Une femme aisée d'une quarantaine d'années, Mme. Rachel, se pavanait fièrement avec sa robe luxueuse. Des bijoux et des boucles d'oreille composaient sa parure. Un mendiant se tenait assis sous un arbre. Elle avança vers lui et lui fit l'aumône. Quelques passants le prirent en pitié, en dépit de leur dur labeur et leur maigre salaire, et le secoururent d'une obole ; c'était tout ce qu'ils pouvaient donner. Le pauvre les bénit au nom du Seigneur Jésus.

À l'horizon, des cow-boys chevauchaient vers de nouvelles contrées en convoyant un grand troupeau d'animaux, des bœufs, des béliers, des brebis et leurs petits. La route sera longue, ils devront faire face à de nombreuses difficultés pour arriver à destination.

Alicia se laissa attendrir par les agneaux, se réjouissant de voir les petits des animaux. Elle les trouvait magnifiques.

Elle s'était accoudée à la fenêtre et respirait l'air frais du dehors. Le soleil éclairait intensément aujourd'hui, trop sans doute, elle songea qu'il valait mieux ne pas s'y exposer pour ne pas souffrir de la chaleur.

Son regard se posa sur une femme qui berçait sa fille dans ses bras. La petite pleurait. Sa mère essayait de la consoler par la douceur de ses bras et ses chants murmurés tendrement. Puis soudain elle vit au loin le shérif. Ce dernier était de sortie en ville et discutait avec David. D'une main, il tenait son cheval par les rênes. « C'est vrai, se souvint-elle, David m'a dit qu'il avait des questions à lui poser, et moi pendant ce temps, j'ai dormi plus que de raison. Je dois vite me préparer. »

Alicia s'habilla d'une robe lilas à larges bretelles, à la mode à cette époque, enfila un chapeau violet d'un ton plus foncé, mit des boucles d'oreille, appliqua du fard marron clair aux paupières et du fard à cils noir. Elle salua Colin, le propriétaire, et échangea quelques mots par courtoisie, avant de quitter l'hôtel.

Une fois dehors, elle s'auto-encouragea en se disant que cette journée serait meilleure que la précédente ; la vie continuait malgré la disparition tragique de Carlos.

Martin Bart était remonté à cheval et se dirigeait dans sa direction. Alicia le remarqua à son tour.

Le shérif, un homme de quarante ans sans embonpoint, avait le front haut non ridé et dégagé, de nombreux cheveux marron, le nez long et épaté, les lèvres charnues, une moustache et la barbe rasée. Des sourcils droits et peu épais surlignaient deux prunelles d'un joli bleu-vert. Il portait un chapeau noir, assorti à ses bottes.

Par galanterie il ôta son chapeau avant de lui dire : « Mes respects, Alicia. J'espère que vous avez passé une bonne nuit. C'est important de bien dormir pour affronter la journée à venir.

— Oui, monsieur Martin. » répondit-elle avec un sourire. Il se savait attendu, alors il ne s'attarda pas.

Resté en plein chemin, David observait les mustangs qu'un groupe de cinq jeunes hommes conduisaient à la prairie ; des enfants leur emboîtèrent le pas. Alicia cria son nom en agitant la main. Il reconnut sa voix et se retourna immédiatement. Elle marcha à sa rencontre.

— Alicia, comment allez-vous ce matin ?

— Je vais bien, merci. Vous ne m'avez pas attendue ?

— Vous dormiez, je ne voulais pas vous réveiller. J'ai jugé préférable de parler seul au shérif. Nous avons une enquête à mener. Je sais que la mort de Carlos vous a beaucoup affectée, mais j'ai besoin de vous pour retrouver l'assassin. Allez-vous me prêter main-forte ?

— Oui David. Je me sens mieux, je vais laisser mes émotions de côté.

— Il n'y a rien de mal à laisser paraître ses émotions, mais comme le dit un verset biblique : il y a un temps pour pleurer et un temps pour rire.

— Vous avez raison, merci David.

Il lui sourit, ayant l'air de dire : « C'est normal. »

— Que vous a-t-il dit ?

— Saviez-vous qu'un cirque s'est récemment installé en ville il y a moins d'un mois ? Ce sont des Mexicains venus du nord de l'Amérique. Parmi eux se trouvent des lanceurs de couteaux célèbres ; ils manient le couteau comme personne au monde. Leurs numéros sont impressionnants ; j'en ai encore des frissons. Mes yeux se souviennent parfaitement de ce qu'ils ont vu.

— Vous pensez que leur profession fait d'eux des suspects ?

— Peu de temps après leur arrivée un crime a été commis.

Nous devons enquêter sans pour autant les accuser à tort.

— Il est peut-être question d'un règlement de compte à cause d'une rivalité dans leur clan.

— Il peut aussi s'agir d'un piège : un Mexicain qui se fait tuer par un autre Mexicain d'un lancer de couteau. Vous connaissez leur réputation ; ça fait d'eux les suspects idéaux. Les soupçons me paraissent trop évidents. Toutefois, des témoins afffirment avoir vu Fernando, le plus brillant d'entre eux, assister à sa victoire et disparaître brusquement quand Carlos a été assassiné. Je n'ai pas pu en apprendre davantage sur lui, ses proches n'ont pas souhaité répondre aux questions du shérif.

— C'est compréhensible, ils traversent un deuil.

Alicia resta silencieuse, réfléchit, et reprit :

— Alors nous avons une piste. Quand irons-nous interroger monsieur Fernando ?

— Quand vous voudrez.

— Je suis prête, allons-y.

David et Alicia n'étaient pas officiellement sous l'autorité du shérif, un autre chef les commandait. Néanmoins, parce qu'ils travaillaient pour le gouvernement des États-Unis et qu'ils bénéficiaient de la faveur de Martin Bart, leurs droits ne différaient en rien à ceux des policiers de Monterey.

Ils passèrent à côté des maisons, des commerces et des exploitations agricoles. Au bout du village, les habitations se raréfiaient. Ils s'engouffrèrent dans un chemin bordé d'arbres et de vastes pâturages, où l'herbe poussait drue. Les animaux sauvages et domestiques y paissaient en toute quiétude et s'abreuvaient aux cours d'eau.

Ils suivirent les traces de roue laissées sur la terre sèche et parvinrent au cirque.

Le cirque s'était établi sur l'ancien terrain municipal. À la prairie, les animaux bénéficiaient des espaces verts pour se nourrir. La cabane, les tentes et le petit local étaient occupés.

Les membres de la communauté nombreuse ne se sentaient pas à l'étroit. Tous ces gens, y compris les enfants, avaient revêtu une tenue typique du Mexique. Les hommes portaient la moustache et l'indémodable sombrero.

Les musiciens arboraient un air sombre. Ils chantaient en sourdine, sans joie et avec un fort accent. On entendait dans leurs chansons le nom *Carlos*, nul doute qu'il s'agissait de complaintes.

Au-dedans des cages figuraient des tigres, des lions, des singes de diverses espèces, des serpents, des éléphants et des perroquets. Ces animaux frappaient les yeux d'étonnement et d'admiration. Les enfants jouaient avec le petit chien.

Ils ne trouveraient pas Fernando à l'intérieur du cirque. D'après le shérif, il s'entraînait tous les matins dans sa loge. Mais Alicia tenait absolument à y jeter un œil, impressionnée par la ribambelle des animaux. Cinq Mexicains leur barrèrent la route quand ils eurent franchi le seuil.

— Que venez-vous faire ici ? les interrogea-t-on.

— Le cirque est fermé parce que nous sommes dans le deuil, nous avons perdu un frère hier, leur expliqua-t-on.

— Nous l'avons appris et nous prenons part à votre chagrin, leur assura David ému.

— Pourquoi seriez-vous tristes pour nous ? À Monterey, les Mexicains ne sont pas les bienvenus.

— Partez, leur ordonna-t-on.

— Nous ne faisons pas partie de ceux qui le pensent, affirma-t-il. Nous avons l'intention de retrouver l'assassin de Carlos, c'est dans votre intérêt de nous laisser agir, les raisonna David.

Une femme, intriguée par ce rassemblement, s'approcha sans se faire remarquer.

— Qu'allez-vous faire ?

Alicia prit la parole :

— Nous voulons interroger monsieur Fernando.

— Qu'a-t-il avoir là-dedans ?

— Toute personne détenant des informations susceptibles de faire avancer l'enquête est tenue d'être entendue par la police.

— Il ne voudra pas vous recevoir, répondit sèchement l'un d'entre eux.

— Mais si la conscience de Fernando ne lui reproche rien, il le fera tout de suite, reprit David sans se laisser troubler.

La femme s'avança au centre, inquiète, tremblante.

— Venez leur dit-elle, je vais vous conduire à mon mari.

Personne ne s'opposa à sa décision, chacun retourna vaquer à ses occupations. Alicia la remercia de sa coopération.

— Mon mari et Carlos se disputaient souvent, mais c'est parce qu'ils étaient toujours en compétition, Fernando voulait le pousser à donner le meilleur de lui-même. Notre réputation est en jeu à travers le monde, nous devons faire perdurer notre nom. Fernando n'est pas un assassin, pensez à nos enfants !

— Nous allons simplement poser quelques questions à votre mari, la rassura David, nous n'en avons pas pour longtemps.

Arrivés à la loge, l'épouse de Fernando les quitta. David frappa à la porte. Il entendit une voix forte lui crier : « Entrez. »

Un chapeau marron dépassait d'une charrette sans chevaux, sur laquelle étaient empilés des sacs de blé ; tout autour s'étalait pêle-mêle de la paille. Il disparut presque aussitôt. Il n'en fallut pas plus pour piquer la curiosité d'Alicia. Elle partit dans cette direction.

Avant que David n'entrât, il lui demanda :

— Vous ne venez pas avec moi ?

— Non, je vais voir quelque chose. Ne m'attendez pas.

David referma la porte derrière lui. Fernando s'entraînait au lancer de fléchettes contre la cible préalablement dessinée sur le mur en lambris. Sur une commode était exposée sa collection de couteaux importés du Mexique, avec lesquels il avait remporté quantité de titres.

Il jeta un rapide coup d'œil au policier.

— J'avais ordonné qu'on ne vienne pas me déranger.

— Permettez-moi de me présenter : je m'appelle David, je travaille pour les autorités d'Amérique et me déplace par région pour arrêter les hors-la-loi, avec l'assistance de ma coéquipière Alicia. Si vous daignez m'accorder un peu de votre temps, j'aurais quelques questions à vous poser.

— Je n'ai rien à vous dire.

Il lança une fléchette plus violemment contre le mur. David ne broncha pas.

— C'est au sujet du meurtre de Carlos, reprit-il avec la même assurance.

Fernando qui s'apprêtait à relancer une fléchette, baissa son bras et se retourna face au policier qu'il dévisagea. Sous ses gros sourcils se trouvaient deux prunelles noires. Il portait admirablement la moustache. David remarqua un détail : l'alliance à son doigt.

— Carlos était-il marié ?

— Non, il était encore trop jeune.

Il se radoucit.

— Vous le connaissiez ?

— Pas vraiment, je ne sais pas grand-chose sur lui, si ce n'est sa réputation.

— J'aurais dû m'en douter, c'est un inconnu pour vous, dit-il de nouveau avec mauvaise humeur.

Il lança la dernière fléchette qu'il tenait à la main, la pointe s'enfonça dans le plancher. David demeura imperturbable.

— Je comprends votre peine et je prends part à votre immense douleur, mais la seule consolation que je puisse vous apporter, c'est de retrouver l'auteur de ce crime.

— Vous parlez beaucoup mais ne savez rien.

David changea de sujet dans le but d'apaiser sa colère et d'obtenir des informations.

— Ce sont les fameux couteaux que vous utilisez lors de vos numéros ?

— À quoi bon vous répondre ?

— Pour prouver votre innocence.

À l'écoute de cette phrase, il redoubla de colère.

— Vous êtes en train de m'accuser d'avoir ôté la vie à un frère ?! Vous mériteriez de recevoir une bonne correction !

— Monsieur Fernando, si vous ne vous décidez pas à parler, je ne pourrais vous être d'aucune utilité. Pourquoi tant d'agressivité ?

— Vous semblez l'ignorer, mais on nous persécute depuis le premier jour de notre installation. Nulle part ailleurs nous avons été traités de la sorte ! D'autres villes nous avaient suppliés pour nous voir jouer. Mon père a vécu à Monterey jadis, et moi je suis reparti dans mon pays natal. Cela fait-il de moi un étranger ? Non ! On a tué huit de nos bêtes, on a enlevé un jeune homme pour le dépouiller de ses biens, on a menacé nos femmes et nos enfants. Pourquoi ne feriez-vous pas partie des responsables ?

— L'avez-vous signalé au shérif ?

— Cet homme se fiche pas mal de notre sécurité, rien ne change. Je l'ai chassé ce matin quand j'ai appris qu'il avait eu l'audace de mettre les pieds ici.

— Le shérif fait tout son possible pour faire régner la justice, il prendra les mesures nécessaires ; ne l'empêchez pas de faire son travail. Ce sont des hommes jaloux de votre renommée qui s'en sont pris à votre communauté. Le cirque va-t-il perdurer ?

— Je n'ai plus personne pour m'assister dans ce numéro. Carlos était comme mon propre frère, soupira-t-il. Les deux autres lanceurs de couteaux sont restés au Mexique et je ne me sens pas capable d'y arriver sans lui… Cette performance dangereuse n'autorise aucune maladresse, vous imaginez les conséquences désastreuses…

— Mais vous avez du talent et c'est la raison de votre succès. Je suis sûr que vous pouvez continuer seul, en attendant de les retrouver.

— Vous m'avez vu à l'œuvre ?

— Une fois oui. Je m'en souviens encore très bien ; on en parlait justement tout à l'heure avec ma collègue Alicia.

— Carlos était très doué, j'ai toujours pensé qu'il prendrait ma place un jour. J'avais placé toute ma confiance en lui. Vous savez, ce n'était pas l'argent sa motivation, mais sa passion : divertir les gens en gravant des souvenirs dans leur mémoire. Avec ma femme, nous avions prévu de nous consacrer à l'éducation de nos enfants et profiter d'eux le temps qu'ils sont en bas âge. Et notre rêve est réduit à néant : je vais devoir m'entraîner davantage pour continuer à proposer des numéros de qualité. Je n'aurais même pas eu l'occasion de parler à Carlos une dernière fois, réalisa-t-il consterné.

— Vous n'étiez pas présent ce soir-là ?

— Nous avons eu une altercation hier en fin d'après-midi et j'ai refusé de l'accompagner. Il voulait jouer les archers sans moi, alors j'ai prétendu qu'il n'était pas prêt. Évidemment il n'a pas voulu m'écouter et je me suis emporté, la discussion a dégénéré en querelle. Oui, je lui ai dit qu'il se ridiculiserait. C'est le genre de parole qu'on prononce pour attiser une dispute.

— Et il a remporté le titre.

— Je suis fier de lui, mais il ne le saura jamais. Comment aurais-je pu imaginer un seul instant qu'il ne rentrerait pas ? soupira-t-il attristé par sa propre conduite.

— C'est pour cela qu'il faut être en paix les uns avec les autres, parce qu'on ne sait pas de quoi demain sera fait.

Fernando approuva d'un hochement de tête.

— Quoi qu'il en soit, vous ne devriez pas vivre avec des remords. Retenez le meilleur entre vous et Carlos.

— Vous pensez qu'il m'aura pardonné ?

— J'en ai la certitude.

— Carlos était un bon gars et il me manque déjà.

Pendant ce temps, Alicia se déplaça sans faire de bruit et se cacha derrière une caisse en bois. Elle repéra un homme de dos : il fumait un cigare. Il promena son regard autour de lui, et, se croyant seul, jeta son cigare encore allumé sur un tas de paille près de la cabane. Il s'en alla furtivement.

Le feu commença à embraser la paille. Les animaux confinés dans les cages ignoraient le danger.

Alicia courut immédiatement à cet endroit et éteignit le feu à l'aide de ses chaussures. L'incendie fut évité.

Elle scruta le domaine et aperçut une carte de jeu biseautée, perdue à l'emplacement où se tenait l'inconnu cinq minutes plus tôt. Un soleil y était représenté. Elle la ramassa et la rangea précieusement sur elle.

Un jeune Mexicain l'aborda.

— Vous attendez quelqu'un mademoiselle ?

Elle le regarda avec surprise.

— Non, personne.

— Je vous ai vue avec la femme de Fernando. Il n'y a rien de grave ?

— Je suis enquêtrice, j'ai fait mon devoir ; ne vous inquiétez pas. Il est primordial d'interroger les proches de la victime si nous voulons obtenir des informations pour notre enquête. Dites-moi, vous vivez ici ?

— Oui, avec mes parents et ma petite sœur de neuf ans.

— Les cartes de jeux produites au Mexique, ça vous dit quelque chose ?

— Bien sûr, vous avez besoin d'un renseignement ?

Elle le laissa consulter la carte.

— Que vous inspire-t-elle ?

— Elle ne vient pas de chez nous.

— Vous êtes sûr ? Je ne dis pas ça pour vous froisser, mais vous avez examiné la carte un instant. Comment pouvez-vous l'affirmer avec autant d'assurance ?

Le jeune Mexicain regarda attentivement Alicia.

— Un soir je jouais au saloon contre un bandit, avec des cartes identiques à celle-ci. Elle lui appartient. Quand je l'ai battu, il m'a menacé de me faire du mal si j'emportais mon gain et de s'en prendre aux autres Mexicains. Je suis reparti les mains vides.

— C'est un homme aux yeux marron, avec une moustache et une cicatrice sur la joue ?

— Oui, c'est bien lui. Il joue tous les soirs au saloon et ne manque jamais l'occasion de défier un adversaire, parfois contre une coquette somme d'argent. Mais si vous voulez mon avis, les parties sont falsifiées. Cet homme est un tricheur et il se sert de ces cartes pour tricher !

— Vous portez une grave accusation contre lui.

— N'aviez-vous pas remarqué la marque faite sur la tranche ? Il se fait de l'argent sur le dos de pauvres gens, je trouve cette attitude blâmable !

— À partir du moment qu'il y a un enjeu, c'est au détriment du perdant. Il vaut mieux travailler honnêtement de ses mains. Dites-moi, vous n'êtes pas un peu jeune pour sortir la nuit ?

— Oh, je n'y vais plus ! J'obéis à mes parents…

— Je ne disais pas ça pour vous vexer. Voyez-vous, il y a du danger.

— Il y en aura pour vous aussi si vous décidez de le défier.

— Je suis pourtant bonne joueuse.

— Vous devriez renoncer, mais je vois la détermination dans votre regard. Je vais vous donner un bon conseil : ne quittez jamais des yeux votre adversaire et n'acceptez rien de sa part.

— Je serais prudente.

Alicia retrouva David dans la rue sur le chemin du retour. D'au loin, ce dernier lui fit signe de le rejoindre. Il était à deux pas de la prison et du bureau de police, un local de trois pièces où Martin Bart avait fait installer son bureau. Quand il succéda à Lewis, l'ancien shérif, il engagea rapidement deux policiers compétents pour le seconder dans son travail.

La cour donnait sur une allée d'arbres verdoyants. On entrait par la barrière en bois ouverte de huit heures du matin jusqu'à sept heures du soir. En continuant tout droit, on accédait à la prison et en se dirigeant sur la droite, on arrivait au bureau de police.

Le tribunal situé juste à côté paraissait démesuré. David et Alicia n'avaient pas eu la possibilité de le visiter.

Le bureau de police était assez grand, repeint avec une douce couleur taupe et fermé par une porte blanche. En dépit des fenêtres restées grandes ouvertes, on n'entendait aucune voix ni remue-ménage à l'intérieur. Un léger courant-d'air faisait onduler les rideaux beiges. On se sentait à l'aise dans cet endroit où se réglaient les affaires de la justice.

La journée étant relativement calme, Mike et Travis, les policiers, sortirent prendre leur pause.

Mike était un homme de quarante ans de belle taille, bronzé, coiffé de cheveux bruns abondants et coupés courts. Il avait des yeux verts, un nez bien dessiné et une bouche mince souriante. Les deux rides marquées à son front ne le vieillissaient pas.

Les cheveux blonds de Travis, plus épais, cachaient en partie ses oreilles et descendaient sur son front. La disposition de ses sourcils donnait à son regard un air sympathique, soutenu par deux yeux bleu ciel. Il avait un grand nez et une bouche assez large. On lui reprochait souvent son étourderie.

Chez les deux policiers, on constatait une similitude dans leur tenue vestimentaire. La forte température les contraignait à n'enfiler qu'une chemise à carreaux rouges pour l'un et à carreaux noirs pour l'autre. Ils subissaient moins la chaleur grâce à leurs manches retroussées. La tenue décontractée de Travis affichait un manque flagrant de raffinement. En effet, il avait déboutonné le haut de sa chemise ; cela ne faisait pas très professionnel.

Les deux hommes discutaient amicalement.

David, ravi de retrouver Alicia, parla le premier.

— Je viens à l'instant de voir le shérif. Je lui ai confié les couteaux qu'on avait abandonnés dans nos chambres. Il m'a dit qu'il irait les faire examiner par un dénommé Ford, un fabricant d'armes et de couteaux. Il consultera le registre de la boutique, tout y est noté. Avec un peu de chance, nous connaîtrons le nom de l'acquéreur, et, si le vendeur a une bonne mémoire, il nous en fera une description fidèle. Mais je sais à quoi vous pensez : j'en demande beaucoup.

— Vous avez été plus rapide que moi David. Concernant votre visite rendue à Fernando, j'espère que vous ne m'en voulez pas de vous avoir faussé compagnie.

— Non, pas du tout. Il était dans un mauvais jour… Mais je pense qu'il m'a dit la vérité. Écoutez-moi bien, les témoins ont trompé le shérif : Fernando n'a pas mis les pieds au saloon le soir du meurtre. Et quand j'ai demandé à parler moi-même aux témoins, le shérif m'a répondu qu'il s'en chargerait lui-même. Si vous voulez mon avis, son attitude est bizarre. Et j'ai le curieux sentiment qu'il nous cache quelque chose. Il m'a laissé la même impression quand il a brusquement abrégé notre discussion le soir du meurtre de Carlos.

— Sa mort nous a tous chamboulés, il faut le comprendre.

— Et vous de votre côté ?

— Je sais où rencontrer le brigand dont vous m'avez parlé.

— Excellent. Je suis curieux de le savoir.

— Il joue aux cartes tous les soirs au saloon. Notre suspect est un tricheur ; ce n'est pas un hors-la-loi pour rien.

— Assurément.

— Si vous le défiez David, il ne se laissera pas prendre au piège parce qu'il vous connaît. Mais moi, il ne m'a jamais vue.

— J'ignore quelle idée vous avez derrière la tête pour le faire arrêter, mais permettez-moi de vous suivre sans me faire voir. Nous devons prendre des précautions, dans le cas où votre plan ne se passait pas comme prévu.

— J'allais justement vous demander de me prêter main-forte.

— Je serai prêt à intervenir. Quand agirons-nous ?

— Demain, si cela vous convient David. Ce soir je vais

sortir. Nous pouvons bien attendre une journée ?

— En effet, nous avons un plan à élaborer.

VI

Le soir, David rédigea une lettre à l'attention de leur chef, à destination de Chicago.

« Monsieur Sherman, je vous écris pour vous prévenir que nous n'effectuerons pas notre retour à l'Illinois. Un meurtre a été commis la nuit dernière, la veille de notre départ ; l'auteur reste introuvable, mais nous avons l'intention d'aider le shérif à résoudre cette enquête. Je ne doute pas qu'en lisant ces lignes vous approuviez notre décision. Avec tout notre respect, nous vous saluons chaleureusement. »

Avant d'expédier son courrier, David se relut, data, signa et cacheta la lettre.

Alicia quitta l'hôtel aux alentours de vingt et une heures.

Les gens pullulaient encore dans les rues. Mais Alicia ne se préoccupait pas de savoir ce qu'ils faisaient. Elle poursuivit son chemin.

Le village s'assombrit de plus en plus. Alicia ne se lassait pas de l'admirer.

Les réverbères diffusaient une faible lumière. Les bougies brûlaient à l'intérieur des foyers, la majorité étaient éclairés. Mais les familles n'envisageaient pas de se coucher tard. Une rude besogne les attendait demain.

Alicia s'engagea dans la rue où habitait le shérif. Le léger vent lui chatouillait agréablement le visage. Elle était trop couverte pour avoir froid.

La maison de Martin Bart était mal éclairée.

Elle entra dans le jardin en toute quiétude. Cependant, Alicia repéra un homme devant la façade. Elle ne l'identifia pas car il avait noué son foulard très haut pour dissimuler son visage.

Il paraissait observer la maison, comme un voleur qui viendrait prendre des repères avant de passer à l'action. Quelles étaient ses intentions ? Elle désirait le savoir. « Monsieur, dit-elle d'un ton non rassuré, que faites-vous ici ? » L'individu ne fit plus un mouvement, il cherchait d'où provenait la voix. Il la vit et marcha à sa rencontre. Alicia éprouva de la peur. Au fur et à mesure qu'il s'approchait, elle crut distinguer un révolver dans son ceinturon. Cela la paralysa.

Il la prit par le bras, la serrant fort – elle rencontra ses yeux bleus – et avant qu'elle n'eût le temps de réagir, il empoigna son châle de sa main libre et attacha Alicia par les poignets.

Déboussolée Alicia se détacha. Elle devait informer le shérif de cette étrange rencontre. Heureusement, il n'avait pas eu l'intention de lui faire mal.

Encore un peu glacée, Alicia frappa à la porte. Elle patienta, pressée qu'il vienne lui ouvrir. Martin Bart parut, il portait les mêmes vêtements avec lesquels il avait travaillé aujourd'hui. À l'évidence, quelque chose le contrariait. Mais quand il l'aperçut, il reprit son calme et se montra accueillant.

— Alicia, je suis ravi de vous voir. Entrez donc, ne restez pas dehors, il fait froid.

Elle le remercia car elle tremblait un peu à cause de ce qui venait de se passer.

— Monsieur Martin, vous vivez seul dans cette maison ?

— Mais oui, je vous l'ai déjà dit, pourquoi cette question ?

— Dans ce cas, j'ai peur que vous ne soyez en danger.

— Moi, en danger ? dit-il avec un rire bref en croyant qu'elle plaisantait. Allons, je suis le shérif et mon devoir est de protéger la population des malfaiteurs. Qui voudrait s'en prendre à moi ?

— Quelqu'un avec qui vous vous entendez mal par exemple. Vous le savez mieux que moi.

— Non, je ne pense pas, vous vous faites du souci pour rien. Toutefois, je suis flatté que vous vous inquiétiez pour moi.

— Je parle sérieusement monsieur Martin.

— Cela va-t-il Alicia ? Vous m'avez l'air un peu pâle, constata-t-il après l'avoir regardée de près.

— Justement, je m'apprêtais à vous rendre visite, et j'ai vu quelqu'un rôder dans votre jardin. Il a des yeux bleus. J'ai cru apercevoir un révolver dans sa ceinture, mais je n'en suis pas certaine à cause du manque de lumière.

— Un homme armé dans mon jardin ! s'écria-t-il. Non, vous devez faire erreur. Vous l'avez dit vous-même : vous n'êtes pas sûre.

— J'hésite c'est vrai, mais je peux presque l'affirmer.

— Alicia, si vous n'y voyez pas d'inconvénient, nous reviendrons sur cette discussion une autre fois. J'ai eu une journée épuisante. Les Mexicains m'accusent de négliger la mort de Carlos alors que je fais tout mon possible pour retrouver l'assassin. Des villageois projettent de quitter la ville *à cause de son insécurité*. Ils exigent qu'une décision soit prise rapidement. J'ai des papiers à remplir et à rendre demain matin à huit heures. Je ne vous chasse pas… Mais je suis fatigué. Je n'ai pas le temps de penser à ces futilités.

— Consentez-vous à me donner votre accord afin que David et moi surveillions les alentours de votre maison ?

— Si cela vous tient à cœur, allez-y. À condition de ne pas perturber ma tranquillité. Tout le monde m'admire car je fais toujours régner la justice. Personne ne voudrait faire de mal à un honnête shérif qui fait toujours appliquer la loi. Mais nous vivons dans un monde corrompu par la violence, les crapules en tous genres, est-ce de ma faute ? Si la police n'existait pas et si je n'avais pas été élu, qui leur mettrait la main dessus ? Les enfants ? J'ai un devoir et le respecte scrupuleusement pour le bien de tous.

— Merci pour votre autorisation. Je vous souhaite une bonne soirée monsieur Martin.

— À vous de même Alicia.

VII

Alicia se rendit au saloon comme convenu. Elle repéra assez facilement le hors-la-loi qu'ils recherchaient. Il jouait aux cartes contre un vieil homme qu'elle apercevait de dos. Le bandit n'était pas seul, quelqu'un occupait la chaise de droite. Alicia attendait qu'ils aient fini leur partie pour s'approcher.

Ils s'étaient assis à l'écart des autres joueurs.

Au même moment, David marchait en sifflant. Il s'arrêta au beau milieu de la rue, le regard fixé au saloon. Il sortit son journal qu'il omit de mettre à l'endroit. Deux individus louches traînaient devant l'établissement. Ils le dévisagèrent. David devina aisément qu'ils étaient les complices du suspect.

Il attira également l'attention d'un groupe de jeunes filles. Elles constatèrent qu'il tenait son journal à l'envers et rirent gentiment entre elles : ce ne serait pas facile de le lire. Trois d'entre elles lui firent un large sourire en le coudoyant – le trouvant bel homme –, qu'il leur rendit avec douceur. Le regard des autres demoiselles se fit plus timide.

David venait de l'acheter en échange de quelques pièces. Il désirait prendre connaissance des publications consacrées aux actualités de Monterey. Il s'aperçut de son erreur et remit son journal à l'endroit.

Il apparaissait à la une, en gros caractères, la mort de Carlos, le célèbre lanceur de couteaux venu du Mexique avec sa troupe, pour la joie des enfants et des plus grands, assassiné lors de l'animation de tir à l'arc organisée au saloon. Le responsable restait introuvable. Le shérif s'était exprimé pour faire part de sa tristesse et de son indignation : « Sa mort restera un drame pour les Mexicains et tout le village. »

David lut pour détourner l'attention des bandits.

La partie finie, le vieil homme repartit du saloon en se plaignant. Alicia prit l'initiative de s'asseoir sur la chaise vacante, elle devint ainsi une potentielle adversaire. Le hors-la-loi étala ses cartes devant lui sans se douter de rien. Le jeune Mexicain avait dit la vérité : la carte qu'elle avait trouvée par terre faisait bien partie de ce jeu.

Le brigand termina son verre de whisky, le reposa sur la table carrée et la fixa.

— Une femme ? dit-il surpris.

— Vos yeux ne vous trompent pas.

Le deuxième rit à cette remarque, se moquant de lui.

Ce dernier reprit sur le même ton désobligeant :

— T'as de l'argent ? Je joue pas gratuitement, moi.

— Nous pouvons jouer dans le simple but de nous divertir.

L'autre, ayant arrêté de rire, prit la parole sèchement :

— Tu nous fais perdre notre temps ! Sors de l'argent ou va-t-en.

Alicia déposa cinq dollars sur les dix apportés.

— Si vous me l'aviez demandé plus poliment, j'aurais misé une plus grosse somme.

— Ça me va très bien, répondit son adversaire avec des yeux remplis de convoitise.

Il misa lui aussi cinq dollars.

Ils piochèrent six cartes chacun. La partie débuta.

Son compère se leva et s'éloigna. Il rejoignit un autre homme au comptoir en lui faisant un clin d'œil ; ce signe prouvait qu'ils se connaissaient car ils s'étaient compris sans se parler.

Sous les conseils du jeune Mexicain, Alicia ne se laissa pas distraire.

— Je sais qui vous êtes, dit-elle sans lever la tête de ses cartes.

Il promena son regard sur la salle pour s'assurer qu'on ne les écoutait pas.

— Tu veux avoir affaire avec moi ?

— Pas exactement.

— Ne fais-tu pas partie de la police ?

— Vous êtes bien renseigné à mon sujet… Mais je ne suis pas là pour conclure un marché.

— Alors qui suis-je d'après toi ?

— L'assassin de Carlos.

Il fronça les sourcils et eut du mal à se concentrer pour établir une stratégie.

Les derniers rayons du soleil faiblirent et laissèrent peu à peu la place à l'obscurité. L'un des deux bandits, étonné de voir encore la figure de David, le surveillait du coin de l'œil. Il le reconnut subitement et le signala au deuxième. Aussitôt averti, il fit un signe de tête à un autre membre de leur bande ; il se trouvait à l'opposé de l'établissement, derrière David, près d'une charrette qui transportait toute une cargaison de denrées alimentaires de première nécessité et recelait des armes illégalement.

Ce dernier s'empara d'un fusil et marcha dans la direction de David, prêt à le prendre par surprise.

Les deux malfaiteurs abrégèrent leur discussion et vinrent au-devant de David. Il devina à leur mine menaçante qu'ils allaient lui chercher querelle. Intrépide, il ne bougea point de sa place. Il replia son journal qu'il mit sous son bras.

Quand ils furent en face de lui, il leur demanda sans se laisser perturber : « Je peux vous être utile, messieurs ? ». Mais le troisième le prit en traître et l'assomma avec son arme en lui donnant un bon coup derrière la tête. Tous trois l'entraînèrent dans un coin d'ombre du village et abandonnèrent son corps après l'avoir fouillé. Ils y trouvèrent un peu d'argent ; un voleur ne saurait contenir son envie de dérober. Ils emportèrent sa veste dans le dessein de la revendre et regagnèrent leur place. Cependant, un petit livre tomba par terre. L'un des trois s'en aperçut et le ramassa sans avertir les autres. Il s'agissait d'un Évangile. Il choisit de le garder, interpellé par cette phrase inscrite sur la couverture : *Matthieu 11/28 Venez à moi, vous tous qui êtes accablés sous le poids d'un lourd fardeau, et je vous donnerai du repos.*

Au saloon, Alicia conversait avec une parfaite aisance.

— Vous n'avez rien à dire pour votre défense ?

— Je connais personne qui porte ce nom.

— Et moi, je parie le contraire. Mais à ce jour, je manque de preuves pour vous faire condamner. Vous vous demandez sûrement comment je m'y suis prise pour retrouver votre trace ? Quelqu'un m'a indiqué où vous rencontrer et m'a affirmé la chose suivante : vous trichez aux cartes. De plus, j'en possède une et elle témoigne la véracité des faits.

Elle la posa sous ses yeux sur le bon côté.

— La marque sur la tranche n'est pas là par hasard.

— Je le reconnais, mais je nie avoir tué ce Carlos.

— Vous confirmez donc remporter de l'argent illégalement ?

Le bandit qui avait reçu le signal sortit une petite boîte en bois sur le comptoir, de manière à n'être vu par personne. Il prit deux poignées de poudre blanche ayant la propriété d'altérer la vision, d'étourdir, voire d'endormir complètement. Il les laissa tomber dans un verre de vin rouge qu'il remua à l'aide d'une cuillère. Dans un liquide aussi foncé, cela passait inaperçu.

Alicia parlait sans s'arrêter. Son adversaire, excédé, crut qu'elle allait le rendre fou, n'étant pas habitué à ce qu'on lui parle de la sorte.

Contre toute attente, Alicia le battit.

— Tu as remporté mon argent, t'es satisfaite ? Si tu n'avais pas tant causé, j'aurais pu m'entendre réfléchir ! Je ne jouerai plus contre une femme.

Alicia récupéra ses cinq dollars et se leva de sa chaise.

— Gardez votre argent, je n'en veux pas.

— C'est pour m'humilier.

— Non, je vous l'ai dit : je voulais simplement jouer.

Son compère se dirigea rapidement aux deux joueurs et leur servit un verre de vin.

— Mes félicitations ! La gagnante de la soirée a bien mérité un petit rafraîchissement.

— C'est aimable à vous monsieur, mais je ne bois du vin qu'occasionnellement. Et puis l'heure est avancée. Je préfère m'abstenir pour cette fois.

— Tu vas me froisser, bois-en un peu, insista le perdant.

Alicia se sentit incapable de dire non.

— Dans ce cas, je vais faire une exception, mais c'est bien pour vous faire plaisir.

L'enquêtrice avait baissé sa garde, elle oublia instantanément les recommandations du jeune Mexicain et but une gorgée. Un sourire narquois se dessina au coin de la bouche du brigand.

— Je lui trouve un bon goût. Vous n'aurez qu'à terminer mon verre si vous avez soif. Messieurs, leur dit-elle en les saluant.

Elle fit quelques pas, écoutant la musique qu'on interprétait ce soir-là ; le pianiste jouait merveilleusement bien.

Le dernier bandit vint retrouver ses complices. Tous les trois attendaient que la poudre soporifique agisse. Il leur certifia qu'il n'y en aurait pas pour longtemps et leur recommanda d'agir à l'extérieur du saloon.

Alicia éprouva tout à coup comme de la fièvre, ses paupières s'alourdirent, une grande fatigue commença à s'emparer d'elle. Elle bâilla et se frotta les yeux, se sentant anormalement fatiguée, alors que cinq minutes plus tôt elle se sentait en pleine forme. Elle préféra retrouver David dehors. Les malfaiteurs lui emboîtèrent le pas, en faisant mine d'être occupés, de peur d'éveiller des soupçons.

L'obscurité s'était parfaitement établie, les étoiles brillaient dans le ciel avec la lune.

Un mari et sa femme rentraient chez eux. Alicia stoppa sa marche. Sa vision s'altéra, elle voyait de plus en plus flou et ne les distinguait presque plus.

Soudain Alicia perdit l'équilibre, mais contrairement à ce qu'elle avait imaginé, elle ne s'étala pas par terre ; quelqu'un la maintenait. « Qu'est-ce qu'il m'arrive ? », l'épuisement était de plus en plus fort. On l'entraînait sans qu'elle pût distinguer un seul visage, seulement d'étranges silhouettes ; il devait bien y en avoir trois ou quatre peut-être. Elle était complètement désemparée. Cependant, elle entendait des voix d'hommes murmurer.

Le conducteur de la charrette vint s'assurer que leur plan se passait comme prévu et parla plus fort.

— Doucement, ce carton contient de la dynamite, il doit arriver à bon port, autrement cela contrarierait le chef. Et toi, tu fais quoi avec les armes ? Tu veux qu'on se fasse prendre ?

— Montez devant et moi, je reste à l'arrière avec elle, lança le bandit vaincu par Alicia à ses compères.

À ces mots *avec elle*, ils se souvinrent de leur prisonnière. Ils la regardèrent d'abord avec crainte, sans plus faire de bruit, avant de réaliser qu'elle se trouvait dans l'impossibilité de se défendre. Bien qu'elle était encore consciente, Alicia ne sentait aucune force dans ses membres pour tenter de s'enfuir. Elle ne voyait plus rien à présent, mais elle pouvait encore parler. Elle appela David à l'aide.

On la bâillonna avec un foulard pour la faire taire et ne pas réveiller les maisons endormies.

Chacun prit place. Le bandit coucha la policière sur son côté.

Alicia ne percevait plus rien. Le bruit causé par le galop des chevaux et les secousses lui firent prendre conscience qu'on la transportait en voiture. Que se passa-t-il ensuite ? Elle n'en savait rien.

Vers les onze heures du soir, une jeune fille quitta le domicile parental avec l'accord de ses parents. Elle referma la porte et parcourut le jardin. En regardant aux alentours, elle crut voir quelque chose de l'autre côté du jardin, dans la rue. Elle distinguait une forme dans la nuit.

La jeune fille partit à cet endroit précis afin de s'assurer qu'elle ne se trompait pas. Il y avait bien quelque chose, ou plutôt quelqu'un. Elle déplaça le corps pour mieux le voir grâce à la lumière du réverbère. C'était un homme. Elle devina qu'il avait fait une mauvaise rencontre à l'état de sa chemise arrachée ; des mains brusques l'avaient fouillé. Elle eut l'idée de lui prendre la main. « Monsieur, vous m'entendez ? Faites-moi un signe. » Mais il ne réagit pas. Il n'était pas mort, elle sentait battre son pouls. « Je ne peux pas le laisser ici. Tant pis, je sortirai une autre fois. »

La jeune fille courut chercher son père. Ils recueillirent David à la maison pour le soigner.

Ces gens avaient récemment emménagé à Monterey. Ils venaient du sud de l'Amérique. Ils eurent de la compassion pour cet inconnu.

VIII

Alicia se réveilla brusquement, un peu tourmentée par le cauchemar qu'elle venait de faire. En ouvrant les yeux, elle s'aperçut qu'elle était assise sur un parquet poussiéreux. Il ne lui fallut pas plus longtemps pour que son œil rencontrât des toiles d'araignée. Heureusement, elle ne craignait rien à sa place.

Son dos était appuyé contre une large poutre qui maintenait la charpente. On lui avait lié les poignets derrière la pièce de bois. Elle essaya de se détacher, sans succès.

Sur une feuille de papier plantée avec un poignard dans le mur, figurait un message. Elle corrigea spontanément les fautes d'orthographe dans sa tête : « Quittez la ville, vous et David, c'est votre dernier avertissement. »

Alicia examina attentivement la cabane : on dirait une sorte de débarras. L'unique fenêtre, haut placée, donnait sur un ciel bleu sans nuage. Divers objets traînaient sur le sol, des planches, des briques, des bougies, des bocaux vides et une chaise renversée. Une grande étagère se dressait face à elle, recouverte d'un drap rapiécé.

Terrifiée à l'idée de se savoir prisonnière, Alicia tenta à nouveau de défaire le nœud avec beaucoup de sang-froid. Mais impossible d'en venir à bout. Elle dut renoncer à s'échapper. « Si seulement je savais où je suis. » pensa-t-elle attristée.

Alicia avait faim et soif.

Elle se remémora sa soirée au saloon. Malgré ses efforts, elle n'en gardait qu'un vague souvenir. Elle se souvenait très bien du visage du brigand qu'elle avait quitté après sa victoire aux cartes. Le vin bu sans méfiance et le galop des chevaux lui revinrent à l'esprit. Une fois sortie de l'établissement, si elle eut été en danger, pourquoi David n'était-il pas venu la secourir ? Ne l'avait-il donc pas suivie ? Au fait, où était-il ?

Au contraire d'Alicia, David s'éveilla dans un lit confortable. Il y trouva des draps parfumés avec une subtile odeur de citron.

David quitta le lit.

Les rideaux tamisaient la lumière. David en ouvrit un : à son grand étonnemment il vit le saloon se dresser droit devant lui. Tout à coup, son visage exprima une vive douleur ressentie. Il posa sa main sur sa tête, à l'endroit endolori.

Il constata immédiatement qu'il n'était pas dans sa chambre : la décoration de celle-ci différait de la sienne à l'hôtel *New Town Hall*. Les bouquets de roses rouges représentés sur le papier peint prouvaient qu'elle appartenait à une femme. La console munie d'un miroir, le peigne et le châle abandonné sur le dossier d'une chaise confirmèrent son opinion.

Un silence pesant régnait.

David enfila ses bottes. Impossible de mettre la main sur sa veste.

Il s'engagea dans le couloir. Les portes des autres chambres étaient closes. David réfléchit un instant et descendit les escaliers, curieux de savoir dans quel établissement il était atterri.

Au rez-de-chaussé, il trouva un homme d'une cinquantaine d'années, son épouse et leur fille, attablés autour d'un café encore fumant. Ils s'échangèrent des regards interrogateurs.

La jeune fille, décidée à rompre le silence, se leva de table et s'avança pour être plus près de David. Elle parla la première.

— Monsieur, je vous ai trouvé inanimé dans la rue et mon père vous a conduit à la maison le temps de vous rétablir.

— Que s'est-il passé ?

— Des voleurs vous ont sûrement attaqué ; votre chemise était déchirée.

David resta dubitatif car il ne voyait pas les déchirures dont elle parlait.

— Ma chemise se porte très bien.

— Je l'ai recousue. Maman dit que j'ai un don pour la couture.

— En effet, on croirait que je viens de l'acheter.

— Merci, dit-elle enchantée de son avis.

Le père se leva et se plaça près de sa fille.

— Nous vous laissons rentrer chez vous monsieur. Mais à l'avenir, faites attention à vous.

David fouilla ses poches. Confus, il leur dit :

— Je n'ai malheureusement pas de quoi vous payer la nuit passée. D'habitude je sors toujours en prenant un peu d'argent sur moi.

— Nous n'attendons rien en retour, nous vous avons offert l'hospitalité au nom de Jésus.

— Je vous en remercie infiniment.

— Voulez-vous vous restaurer avant de partir ? Je peux vous servir, lui proposa docilement la jeune fille.

— Je regrette sincèrement, mais on m'attend. Je ne voudrais pas non plus abuser de votre bonté. Pour tout vous dire, j'enquête sur une affaire criminelle et je viens de me rappeler qu'hier soir, j'avais pour mission de protéger une femme de trente ans. Elle doit probablement me chercher. Vous ne l'auriez pas croisée sur votre chemin ? Elle est brune et porte des cheveux longs comme les vôtres.

— Je ne suis pas sortie aujourd'hui, et hier soir je n'ai rencontré personne.

Le père de la jeune fille suggéra à David d'aller la retrouver.

Il ajouta :

— Peut-être aurons-nous le plaisir de nous revoir.

— Si Dieu le veut.

Ils se saluèrent chaleureusement avant que David ne quittât leur domicile et qu'il ne leur dise : « Que la paix de Jésus soit avec vous. »

Qu'il était agréable de voir des chrétiens et de se réjouir ensemble quand on partageait la même foi.

David rentra promptement à l'hôtel et frappa à la porte d'Alicia. Mais elle ne répondit pas. Alors il se renseigna auprès du réceptionniste. D'après lui, elle n'avait pas dormi ici car elle n'était pas venue chercher la clé de sa chambre. David le remercia pour cette précieuse information. Inquiet, il partit devant le saloon.

Il regarda autour de lui : les gens allaient et venaient dans toutes les directions. C'était un va-et-vient permanent. Où pouvait-elle bien être ? Où commencer à chercher ?

David rendit visite au shérif ; Alicia avait l'habitude d'aller le voir à son bureau. Mais elle n'était pas là non plus. Il craignit qu'il ne lui fût arrivé quelque chose. Il l'avait laissée seule et se sentait responsable. Elle devait seulement défier le bandit aux cartes, que s'était-il donc passé ? David redoubla d'inquiétude.

Il signala sa disparition au shérif. Martin Bart ne fit pas paraître ses émotions dans un premier temps. Il réagit vite en ordonnant à ses employés de partir immédiatement à la recherche d'Alicia.

— Quelqu'un doit rester au bureau de police, je ne peux pas quitter mon poste, se désola le shérif.

Mike, Travis et David se dispersèrent pour fouiller la ville.

À midi passé, les recherches se révélèrent infructueuses. Mais David ne perdit pas espoir, priant Dieu qu'elle soit saine et sauve.

Dès deux heures de l'après-midi, Mike, Travis et David sillonnèrent de nouveau la ville. Cette fois-ci, le shérif les accompagna. Ils interrogèrent quelques passants, Monsieur Vincent et les habitués du saloon, car c'était ici qu'avait eu lieu la disparition d'Alicia.

Une serveuse les renseigna à propos de la personne qu'ils recherchaient. Selon ses dires, trois hommes étaient sortis du saloon presque immédiatement après la femme brune. Cela ne rassura pas David. Cette information l'attrista profondément.

Mike et Travis se proposèrent pour surveiller l'établissement et vérifier si les trois hommes en question ne remettraient pas les pieds au saloon ce soir afin de les interroger. « La nuit sera longue, mais si cela peut permettre de retrouver Alicia, nous le ferons, s'engagèrent-ils. »

À la nuit tombée, le bruit d'une planche qu'on posait brusquement contre la cabane réveilla Alicia en plein sommeil. Elle ouvrit de larges yeux, croyant qu'on venait la voir. Elle entendait des voix. Elle ne distinguait pas grand-chose, il faisait trop nuit. Mais Alicia crut apercevoir une légère luminosité par la fenêtre.

La porte s'ouvrit sur deux hommes. Ils semblaient ignorer sa présence. Ils discutaient toujours, sans se soucier d'elle. Le premier s'arrêta au centre de la pièce et éclaira tour à tour chacun des meubles à l'aide du bougeoir qu'il tenait à la main.

— Tu le trouves, ou pas ?

— Non, je crois que les gamins l'ont pris. C'est qu'on n'y voit rien.

L'inimaginable se produisit sous ses yeux : il vit une femme assise et bâillonnée. Effrayé, il poussa un cri d'angoisse. Il prit Alicia pour un fantôme et faillit déguerpir à toutes jambes.

— Tu es fou de faire tout ce vacarme, tu vas les réveiller. Tu veux qu'on ait des ennuis ?

— Il y a une femme ! dit-il en tremblant.

— Une femme ?

Le deuxième, resté à l'extérieur de la cabane, vint à côté de lui. Alicia vit qu'il s'agissait de deux Mexicains.

— Que fait-elle ici ? toujours apeuré.

— Tu le vois bien, elle est attachée.

— Pourquoi est-elle attachée ?

— Comment le saurais-je ? On ne la connaît pas, mais on ne va pas la laisser se tirer d'affaire toute seule et la regarder sans rien faire. Libérons-là. Cette affaire pourrait causer du tort à Fernando.

Les Mexicains rencontrèrent des difficultés pour dénouer le solide nœud. Toutefois, ils en vinrent à bout. Ils lui enlevèrent le foulard de sa bouche pour qu'elle pût s'exprimer.

— Qui êtes-vous ?

— Je suis Alicia, d'une voix altérée par l'émotion.

— Moi, c'est Alberto.

Remarquant qu'Alicia éprouvait des difficultés à se relever, Alberto lui offrit son soutien. Son dos lui faisait mal.

— Depuis combien de temps êtes-vous enfermée ?

— Je ne sais pas. Où sommes-nous ?

— Au cirque. Bon, ici c'est un débarras comme vous pouvez le constater. Nous avions besoin d'une pièce pour stocker les objets qu'on se sert occasionnellement. C'est le shérif qui…

Javier, remit de ses émotions, lui coupa la parole.

— Alberto, intervint-il avec précipitation, elle était avec David, le policier qui est venu interroger Fernando.

— Alors comme ça vous êtes enquêtrice ? Quelqu'un a voulu vous jouer un mauvais tour.

— La porte ne se ferme pas avec une clé ?

— Non, nous la bloquons simplement avec une planche. Sans cela vous imaginez le danger pour les enfants, d'autant que nous ne surveillons pas ce coin.

— Je vois, on aura voulu me faire croire que vous étiez les auteurs de mon enlèvement, mais je ne tomberai pas dans ce piège.

Alicia les remercia de l'avoir délivrée. Alberto et Javier lui donnèrent un bougeoir et lui indiquèrent le chemin à suivre.

Elle les quitta sans plus tarder et rentra à l'hôtel *New Town Hall*. Une chance pour elle, le réceptionniste n'était pas encore couché. Il lui ouvrit et l'informa qu'elle était recherchée par la police de Monterey.

Alicia monta au deuxième étage en toute hâte. Elle cogna doucement à la porte de David pour ne pas réveiller les voisins. David ne dormait pas non plus, il n'avait pas réussi à fermer l'œil depuis qu'il s'était affalé sur le canapé. Quelle ne fut pas sa surprise de la voir débarquer chez lui.

— Alicia, ma sœur !

Il la prit dans ses bras et la serra contre lui.

— J'étais si inquiet pour vous. Mais Dieu merci vous revoilà.

— Vous ne me laissez pas entrer ?

— Pardonnez-moi, mais je ne puis contenir ma joie.

David referma la porte derrière elle et lui demanda de tout lui raconter. Mais Alicia négligea certains détails : il lui parut trop bouleversé.

— Alors on ne vous a fait aucun mal ?

— Pas à ma connaissance.

— Merci Seigneur !

— Dites-moi David, vous n'étiez pas censé me protéger ?

— Normalement oui, dit-il un peu gêné. Malheureusement j'ai rencontré d'autres bandits au-dehors du saloon. Ceux-ci m'ont assommé sans me laisser la possibilité de me défendre. Quelle imprudence de notre part ! Cela aurait pu mal finir… Mais cette erreur ne se reproduira pas. Nous devons faire encore plus attention.

Alicia l'approuva. Cette mésaventure lui avait fait très peur.

IX

La vie suivait son cours à Monterey. Dans les journaux, on ne parlait plus de l'assassinat de Carlos. L'information principale concernait la construction d'une voie ferrée. On recrutait des hommes, peu importait leur âge ; dix places restaient toujours vacantes. Pour postuler, il fallait contacter le bureau de police. Le numéro était inscrit en bas de la page avec la signature du shérif. Martin Bart avait délibéré avec ses employés avant de donner son accord. L'utilisation d'un chemin de fer permettrait à chacun de voyager en train et d'atteindre plus facilement d'autres villes. On estimait à deux ans la durée des travaux.

Le shérif se préoccupait de la sécurité des voyageurs. Il se disait *honoré de faire partie du projet*. Ce programme enchantait vivement les habitants, bien qu'il impliquait de gros investissements.

Les mœurs respectables du shérif et ses décisions visant à améliorer la qualité de vie des villageois accrurent le respect qu'il leur inspirait.

Les hommes partaient travailler tôt. D'autres se rendaient dans les commerces, allaient se divertir au saloon ou profitaient des autres distractions publiques. Les femmes promenaient leurs enfants dans le village, en veillant à ce qu'ils ne fassent pas de bêtises et n'importunent pas les passants. Elles discutaient avec d'autres mères qu'elles croisaient sur leur chemin.

Parfois elles achetaient de nouveaux vêtements ou un jouet, si leurs économies le permettaient. Les ours en peluche, le fameux cheval à bascule, les marionnettes et les poupées en porcelaine connaissaient le plus grand succès auprès des enfants.

Les petites filles aimaient coiffer les cheveux de leur jolie poupée coiffée d'un superbe chapeau, habillée d'une robe de princesse, maquillée joliment, et inventer des histoires.

Le cabinet du docteur Samuel ne désemplissait pas ce matin. Un bon nombre de malades souffraient de divers maux et le consultèrent. Heureusement la secrétaire, sa fille, le secondait. Si seulement un autre médecin consentait à venir s'installer à Monterey, il prendrait en charge un tiers de ses patients. Cela lui offrirait du repos.

David et Alicia avait emporté chacun une enveloppe pleine de billets. Celle d'Alicia diminuait à grande vitesse car elle faisait beaucoup de dépenses. Trop sans doute. En revanche, celle de David ne bougeait quasiment pas, il était plus économe. « Je me prive beaucoup, disait-elle pour sa défense. » Amusé, David secouait la tête de gauche à droite, avec un sourire qu'il ne parvenait pas à dissimuler. Il en conclut : « Les femmes trouvent toujours quelque chose à acheter. »

À l'une de ces heures où Martin Bart l'invita à manger, Alicia n'avait qu'une hâte : qu'il lui serve un bon chocolat chaud. Il avait deux façons de préparer son chocolat : soit il ajoutait du sucre de canne, soit il l'aromatisait à la vanille avec des gousses spécialement importées du Mexique. Chaque gorgée avalée la remplissait de joie. Alicia buvait tout jusqu'à la dernière goutte.

Quand Martin Bart conviait David à sa maison, il ne lui servait que de l'eau ou un peu d'alcool. Il réservait exclusivement le chocolat chaud à Alicia et elle en riait ; c'était leur secret.

Il possédait toute une réserve de cacao.

S'il recevait des invités, Martin Bart ne cuisinait pas lui-même. Il engageait toujours des cuisiniers et des serveurs pour préparer et servir le repas. Les plats se révélaient délicieux et parfaitement assaisonnés.

Vers deux heures, Alicia but une dernière tasse de café. Ils partirent au cimetière. À un kilomètre de la sortie du village, une pancarte indiquait son entrée. La communauté du cirque et les villageois se réunirent pour célébrer les funérailles de Carlos.

En l'absence de prêtre pour présider à la cérémonie d'inhumation, les Mexicains et le shérif s'exprimèrent publiquement, avant que le cercueil rejoignît le fossé, excepté Fernando ; les larmes l'empêchèrent de parler en l'honneur de son ami défunt. Les femmes se lamentaient. David et Alicia pleurèrent aussi. Cet enterrement rappelait une réalité inévitable : les êtres humains vivaient sur terre pour un temps.

Des rangées d'arbres et de simples croix tapissaient le fond du cimetière, réservé aux familles pauvres n'ayant pas les moyens d'acheter un tombeau. Le nom du défunt, sa date de naissance et de mort étaient inscrits sur la pierre tombale. Parfois une photo y figurait.

Une pauvre veuve venait pleurer la mort de son mari. Son voile cachait en partie sa chevelure. Elle l'attrapa dans sa main pour sangloter dedans. David et Alicia furent vivement touchés par son chagrin.

Ils déposèrent un bouquet de fleurs sur la tombe de Carlos et s'éloignèrent en même temps que les autres gens venus lui rendre hommage.

Quand la veuve passa près d'eux, David et Alicia lui adressèrent un sourire ému. Cette femme se décida à parler et leur raconta les souvenirs qu'elle gardait de son défunt mari. Ils l'écoutèrent attentivement. Alicia ne dit pas grand-chose, si ce n'était quelques mots réconfortants. Elle ne savait pas comment faire pour la consoler ; elle n'avait pas connu la souffrance éprouvée face à la mort d'un proche. Seul le père de sa mère était décédé pendant sa jeunesse, mais elle ne l'avait pas connu.

David l'encouragea à surmonter son deuil. La vie continuait et il lui restait sûrement des rêves à accomplir. Il réussit à la faire sourire. « Vous avez des enfants et ils auront toujours besoin de vous, même s'ils ne vivent plus sous votre toit et qu'ils se sont mariés à leur tour. Un jour ou l'autre, ils vous réclameront. Qui pourrait se passer des conseils d'une mère ? Votre livre n'est pas achevé, il reste encore des pages blanches sur lesquelles Dieu peut écrire si vous placez votre confiance en lui. »

En fin d'après-midi, David et Alicia passèrent près de la maison du shérif. Ce dernier étendait ses chemises. Alicia se dit en elle-même qu'il était un peu tard pour faire sécher son linge. Mais après tout, la chaleur du soleil se faisait encore sentir. C'était le moment ou jamais.

Alicia sourit amusée : un homme avait sûrement mieux à faire.

— Monsieur Martin ! l'interpella-t-elle de loin.

Il reconnut la voix et regarda dans sa direction. Il les vit tous les deux et vint à leur rencontre après les avoir salués d'un signe de main.

— David, Alicia, vous vous promenez ?

— Oui, nous préférons profiter du beau temps au lieu de rester enfermés, répondit David.

— Le soleil se couchera tard ce soir, en déduisit le shérif.

— Et vous, qu'allez-vous faire ensuite ? enchaîna David.

— Je ne sais pas encore, accrocher le linge me prend un temps fou. À vrai dire, j'ai envie de me reposer. Cette journée a été éprouvante.

— Comment va votre dos ? s'informa Alicia.

— Beaucoup mieux. Ce n'était qu'une douleur passagère liée

au port d'une charge lourde.

— Faites attention à vous, lui recommanda David.

— Au fait, vous avez entendu la nouvelle ? L'ancienne boutique de vêtements a été rachetée !

— Excellent. Qu'est-ce qu'ils vont vendre ? s'enquit David avec étonnement.

— Des chapeaux pour femme et des robes.

— Ils vont faire concurrence à l'autre magasin, en conclut Alicia.

— Oui, la ville se développe et cela fait plaisir à voir.

— Qui sont les nouveaux propriétaires ? demanda Alicia.

— Monsieur et madame Bellamy, ils travaillent entre mari et femme. C'est un couple âgé d'une cinquantaine d'années. Ils m'ont paru très courtois. Quand la boutique prospérera, la dame travaillera seule.

— Nous irons leur rendre visite, s'engagea David.

— Dites-moi monsieur Martin, n'importe qui peut ouvrir un commerce à Monterey ? interrogea Alicia.

— Si l'intéressé posséde assez d'argent pour acheter un local vacant, je ne vois pas pourquoi on le lui interdirait. Il faut toutefois demander une autorisation au bureau de police.

— Évidemment.

David, qui ne participait plus à la conversation, regarda autour de lui : les volets avaient changé de couleur.

— Vous avez repeint vos volets ? demanda David.

— Oui, j'ai payé un jeune homme et je dois reconnaître qu'il a fait du bon boulot.

— On voit que c'est neuf, acquiesça Alicia.

— Ça fait plus beau renchérit David, ce travail n'a pas été fait à la va-vite.

Ils se réjouirent de ce constat. David songea qu'ils devraient partir.

— On va y aller ; vous êtes occupé.

— Oui, j'ai encore un tas de choses à faire avant ce soir. Pour rien au monde je ne voudrais manquer cela.

— De quoi parlez-vous ? poursuivit David.

— Une soirée de lutte est organisée au saloon à neuf heures, vous le saviez déjà j'imagine. Mais vous ignoriez peut-être que je ferai partie des participants.

— Non du tout, dit David stupéfait. Nous sommes partants. Y a-t-il un prix à remporter ?

— Pas vraiment… C'est pour le plaisir de faire de l'exercice physique et pour divertir les gens.

— Alors nous viendrons vous soutenir. Voulez-vous que nous repassions à votre domicile tout à l'heure ? Nous ferons le chemin ensemble.

— Eh bien, je pars toujours en avance pour m'assurer le bon déroulement de la soirée et me préparer avant de monter sur le ring. Nous nous retrouverons plutôt là-bas.

— Entendu. Nous n'allons pas vous retarder davantage.

— Bonne fin d'après-midi, leur dit-il en considérant Alicia, restée en retrait.

— À vous de même, répondirent-ils en chœur.

Les organisateurs du tournoi installèrent un ring avant l'arrivée des premiers lutteurs. Comme toujours, les villageois et les gens de passage en ville s'y pressaient.

Ce divertissement, très populaire à Monterey, rencontrait toujours un immense succès. Aussi bien auprès des adultes que des enfants.

X

À neuf heures, le premier combat de lutte commença. Ce soir encore, le shérif luttait vaillamment. Il battit deux adversaires, un jeune homme de vingt-trois ans et un autre d'une trentaine d'années. Du haut de ses quarante ans, Martin Bart avait une bonne condition physique. Mais son dos lui faisait mal de temps en temps.

Les lutteurs se défiaient en jean et débardeur. Les perdants se rhabillaient une fois le match terminé.

L'abandon restait toujours possible car il ne s'agissait pas de repartir blessé.

Le public acclamait le shérif. Alicia l'applaudissait vivement. Il y avait dans ses yeux un mélange de joie et d'admiration. Il lui vint soudainement à l'esprit qu'il était un bel homme et elle nourrit candidement cette pensée.

David vit fort bien qu'elle était complètement fascinée par lui. Désirant savoir si les matchs n'étaient pas arrangés, il voulut le défier.

— Vous plaisantez ? lui dit Alicia sans réaliser qu'il parlait sérieusement.

— Pourquoi ne pourrais-je pas m'avancer sur ce ring ? Je ne veux pas me contenter de regarder.

L'arbitre posa cette question : « Quelqu'un veut-il se mesurer au shérif ? ». Le public s'échangea des regards interrogateurs.

Personne n'osait relever le défi.

— N'y a-t-il plus de courageux ? insista l'arbitre.

— Moi, je le ferai, déclara une voix.

Tous les yeux convergèrent immédiatement vers David.

— Deux hommes ont subi une défaite cuisante. Êtes-vous certain, monsieur, de vouloir les rejoindre sur le banc des perdants ?

— Je peux le battre, affirma-t-il avec assurance. Laissez-moi le temps d'ôter ma chemise.

Son courage remplit d'enthousiasme la multitude de gens rassemblés autour du ring. Ils poussèrent des cris de joie, surexcités à l'idée de voir se battre ce nouvel adversaire.

Martin Bart éprouva d'abord une certaine gêne. Toutefois, désirant satisfaire la foule, il se plia aux règles.

David monta sur le ring et se plaça devant le shérif. L'arbitre leur adressa cette consigne :

— Pas de mauvais coup messieurs. Sinon le médecin aura du travail avant d'aller se coucher.

La présence du docteur Samuel et de son assistante, sa fille, garantissait une intervention dans les plus brefs délais, en cas de blessure.

Mike et Travis apparurent et firent une inspection surprise dans le saloon pour s'assurer du bon déroulement du match. Intrigué, Travis observa les adversaires et reconnut David.

— Hé, mais c'est David ! s'exclama-t-il.

— Tu dois te tromper, David ne… il s'interrompit. Tu as raison, c'est bien lui confirma Mike.

Apercevant Alicia au premier rang, ils se frayèrent un passage parmi la cohue et vinrent à ses côtés.

— Mike, Travis, vous voilà aussi ! les accueillit gaiement Alicia. Il ne manque personne ce soir.

David glissa à Martin Bart qu'il était un ancien lutteur.

— Nous allons assister à l'entraînement de deux policiers. Que le match commence ! annonça l'arbitre.

Les spectateurs exultaient de joie. Toute la salle scandait le nom de Martin Bart, leur favori. Cependant, Alicia encourageait David. Cela le réconforta.

Il se demandait pourquoi il était monté sur le ring alors qu'il ne voulait point affronter Martin Bart. Impossible de déclarer forfait, à moins de subir une humiliation. Il entendait déjà les propos malveillants des habitants de Monterey jusqu'à ce qu'il ait quitté la ville. Pour sûr, il passerait pour un policier lâche.

Soudain, au premier contact entre les deux adversaires, une détonation retentit à l'extérieur du saloon. Plus personne ne se souciait du match. David se sentit soulagé.

Saisis d'effroi, les gens se bousculaient.

Le médecin ordonna à sa fille de se cacher sous une table à cause du danger imminent. La soirée prit une mauvaise tournure. L'allégresse avait fait place à l'angoisse.

Une deuxième détonation tout aussi violente se fit entendre. Mike et Travis calmèrent la foule agitée et préconisèrent à chacun de se regrouper dans un coin de l'établissement. Personne ne devait mettre un pied dehors, le temps pour eux d'inspecter la rue et de s'assurer qu'ils n'encouraient aucun danger. Quelques-uns refusèrent d'obéir.

Alicia insista auprès des deux policiers pour les accompagner, malgré la réticence de Mike : c'était une femme, il voulait la protéger. Martin Bart les informa qu'il allait les rejoindre. David fut d'avis de le suivre. Tous deux quittèrent le ring pour prendre possession de leurs vêtements.

Mike sortit le premier, prêt à tirer, en scrutant l'horizon. Il ne distinguait rien d'anormal. Son regard se posa sur les restes de plusieurs dynamites. Travis vint à côté de lui, une arme à feu dans les mains, en visant droit devant lui. Alicia s'approcha un peu trop près : Mike lui rappela de rester derrière Travis et lui défendit de tenter quoi que ce fût sans son accord. Il avança courageusement jusqu'au lieu où survinrent les explosions quelques minutes plus tôt.

Le calme revenu dans la rue prouvait qu'on l'avait désertée.

Le shérif et David vinrent constater qu'il n'y avait pas de dégâts.

— Encore ces trafiquants d'armes ! Leur plaisanterie a gâché cette belle soirée, s'indigna Mike en colère.

— Le plus important, c'est qu'il n'y ait pas de blessé, lui dit Martin Bart.

— Que faisiez-vous avant de venir au saloon ? demanda Alicia aux deux policiers. Je suis assez surprise de constater que vous êtes arrivés peu de temps avant les explosions.

— Vous ne seriez pas en train de nous accuser d'être dans le coup ? répondit Mike sèchement.

— Je m'interroge.

— On ne m'avait encore jamais soupçonné… Navré de vous décevoir, je suis un policier intègre ! rétorqua Mike ulcéré.

— Je ne voulais pas vous froisser, mais plutôt dire que les responsables ont profité de votre absence…

— Non, j'ai parfaitement compris vos insinuations.

Le shérif intervint pour apaiser les tensions.

— Restons-en là pour ce soir. Je suis de ton avis Mike, et je crois d'autant plus que ces trouble-fêtes cherchent à semer la division parmi nous. Vous pouvez quitter les lieux. Je retourne vers les villageois pour leur demander de rentrer chez eux. Le combat de lutte est officiellement annulé. Quant à toi Mike, tu prendras note de ce qui s'est passé cette nuit. Nous avons de nouvelles charges contre les accusés, il te suffira de les ajouter à la liste. Un jour nous mettrons la main sur eux. Tu me rendras ton rapport au plus tard demain soir.

Martin Bart les salua et partit avertir les habitants qu'ils ne couraient aucun danger. Vexé, Mike s'en alla sans dire au revoir à personne. Travis, lui, leur souhaita une bonne soirée et rentra à son domicile.

— David, vous pensez que je suis allée trop loin ?

— Non. Une bonne nuit de sommeil et tout ira mieux ! Vous

m'accompagnez ? Il se fait tard.
— Oui, merci David.

XI

Dans les prochains jours, David désirant savoir si l'enquête progressait, se rendit vers le shérif.

Il croisa Mike dans la cour de la prison. Ce dernier garda le silence et continua sa route sans s'arrêter. Mais David remarqua tout de suite l'hématome à son front.

Il franchit la porte du bureau de police, se dirigea à l'accueil et patienta. Mais Travis demeura absent. « Le comportement des policiers m'inquiète. » pensa David. Travis, ne daignant pas se montrer, il alla frapper directement à la porte du shérif. Impatient de savoir ce qui n'allait pas, David entra sans attendre plus lontemps.

Plongé dans sa paperasse, Martin Bart arborait une triste mine. Néanmoins, il s'interrompit et leva la tête vers David, qu'il omit de saluer.

— Navré de vous l'apprendre David, mais on a dérobé les couteaux, ceux que vous m'aviez confiés.

— Cet individu a-t-il agi seul ?

— Non, ils étaient quatre et nous ne sommes pas parvenus à les arrêter.

— Vous connaissez leur visage ?

— Non, ils portaient tous un foulard.

— Et vous n'avez pas tenté de vous défendre ?

— Si bien sûr, vous devriez voir la blessure de Mike… Deux

brigands armés ont fait irruption dans mon bureau sans que je puisse leur résister. Pendant ce temps, les autres menaçaient Mike et Travis.

— Mais bon sang, vous faisiez quoi ?

— Je prenais ma collation comme tous les après-midi, et je n'ai pas l'habitude de manger en compagnie d'un révolver…

— Trouver une nouvelle piste pour notre enquête va devenir compliqué. Rassurez-moi shérif, le vendeur d'armes a eu le temps de les examiner ?

— Je regrette, mais nous ne connaîtrons jamais son avis. J'ai reporté ce rendez-vous, le temps pour moi d'interroger des suspects, car je craignais qu'ils ne disparaissent là-bas.

— Je ne vous félicite pas shérif, ce n'est pas du tout ce qui était convenu. Vous auriez au moins pu nous avertir.

David repartit mécontent. Il informa Alicia de la situation. Elle l'apaisa en lui disant qu'il ne fallait pas se décourager : tôt ou tard ils trouveraient un indice.

En fin de journée, il faisait encore chaud. David et Alicia en profitèrent pour flâner en ville. Alicia entra dans une boutique. Elle en ressortit pleinement satisfaite de son achat : une robe rose à larges bretelles qui lui coûta une coquette somme. David, quant à lui, se contenta d'un nouveau chapeau beige.

Alicia avait pris l'habitude de se promener dans le village chaque matin et de se rendre au bureau de police. Là-bas, elle faisait la conversation avec Travis, avant d'aller voir le shérif.

Travis trouvait la compagnie de l'enquêtrice très agréable : elle était bavarde avec lui. Il croyait vraiment qu'il ne la laissait pas indifférente. Persuadé qu'en allant rejoindre le shérif dans son bureau, elle avait trouvé un bon prétexte pour passer obligatoirement devant son secrétaire et qu'ainsi elle pouvait engager la conversation avec lui sans éveiller les soupçons. De plus, la présence de Mike ne la dérangeait pas.

Chaque matin, devant sa glace, Travis prenait plus de temps

à arranger sa coiffure, dans le cas où elle leur rendrait visite. Il se disait en lui-même : « Elle finira bien par le remarquer ». Il venait de faire cirer ses bottes, elles luisaient.

Le dimanche, les croyants profitaient de ce jour de repos pour se rendre à l'église et recevoir un enseignement tiré de la Bible.

À Monterey, la seule église était fermée. Jadis deux prêtres la dirigèrent et donnèrent de mauvais enseignements. Les fidèles se firent de plus en plus rares, si bien qu'ils la désertèrent. Les intéressés se trouvaient dans l'obligation de se rendre dans un autre village pour trouver une autre église.

Pour le shérif, une journée sans boulot, c'était une journée à se morfondre d'un ennui profond et regrettable.

Vers les trois heures de l'après-midi, Martin Bart rentra chez lui. Il venait de faire un tour. Il gagna le séjour et s'assit sur le canapé. Il regardait l'heure toutes les deux minutes : il ne savait pas quoi faire pour s'occuper et il s'était déjà reposé toute la matinée. Il soupira et se résolut à faire un travail pour que le temps passât plus vite.

Martin Bart se dirigea à l'étagère, ouvrit un gros dossier, sortit des feuilles à compléter et s'assit à table, le crayon en main. Peu inspiré pour répondre aux questions posées concernant les commerces à proximité, il soupira de nouveau. Il consulta l'horloge : seulement cinq minutes s'étaient écoulées. Il pensait plutôt que cela faisait dix minutes qu'il tentait d'apporter des réponses claires. Il écrivait une phrase, une deuxième un peu plus longue, les barrait d'un coup de crayon, notait autre chose, tout ce qui lui passait par la tête, sans parvenir à exprimer ses idées.

Soudain on cogna à la porte. Martin Bart leva la tête et se précipita d'ouvrir.

— Mike, ça me fait plaisir de te voir !

— Moi aussi Martin, dit-il en lui tapotant l'épaule. Je ne te dérange pas au moins ?

— Non, au contraire, je m'ennuie…

— Si tu veux, tu peux venir à la maison ; ma femme est partie rendre visite à sa mère et rentrera tard.

— Ce serait avec plaisir ! Laisse-moi cinq minutes. J'ai un cadeau pour tes enfants, mais ne leur dis rien, c'est une surprise.

— Tu les gâtes, dis-moi. Alors je t'attends!

Martin Bart sortit d'un tiroir un coffret en bois contenant plusieurs marionnettes. Il aimait beaucoup les enfants. Il se réjouit à l'avance de voir le sourire et le regard émerveillé sur la frimousse des bambins.

Mike et son épouse étaient les heureux parents de deux garçons de quatorze et douze ans.

<h1 style="text-align:center">XII</h1>

Un beau matin, David se rappela subitement d'une conversation qu'il avait eue avec le policier Travis. « Je devrais peut-être en parler à Alicia ».

— Vous savez, le jour où vous étiez retenue prisonnière, Travis m'avait rapporté qu'un dénommé Bryan, un ivrogne, ne payait pas toujours en temps et en heure ce qu'il consommait au saloon. Récemment, il a eu des ennuis avec Monsieur Vincent qui s'est vu lui refuser l'entrée de son établissement. D'après lui, il ne repart jamais sans semer le trouble ; il se bagarre souvent avec les autres buveurs. Carlos travaillait là-bas, alors Bryan doit sûrement le connaître. Il pourra peut-être nous apprendre quelque chose sur la victime.

— Je vais de ce pas l'interroger, déclara Alicia.

— Toute seule ? dit-il un peu perplexe.

— Faites-moi confiance.

Alicia convainquit David de la laisser partir, en lui assurant qu'elle n'encourait aucun danger. Elle se rendit au saloon, malgré le manque d'enthousiasme de son coéquipier.

Arrivée dans l'établissement, Alicia dévisagea chacun des hommes d'une cinquantaine d'années, cherchant celui qui correspondait le plus possible à la description faite par David.

À une heure de l'après-midi, il n'y avait pas grand monde au saloon. Le guitariste ne jouait pas encore de musique. Les deux serveuses servirent du vin aux consommateurs, pendant qu'ils jouaient aux cartes. Les hommes âgés parlaient fort.

Tout à coup, Alicia sentit une odeur nauséabonde de cigare. Elle cherchait sa provenance. Assis seul dans un coin, un quinquagénaire sans chapeau, le visage marqué par des signes de fatigue, fumait en silence. C'était Bryan.

Alicia se dirigea vers lui. Elle lui demanda poliment la permission de s'asseoir à sa table, mais il ne lui donna aucune réponse. Impatiente, Alicia prit cette initiative.

— Qu'est-ce que tu me veux, bonne femme ? dit-il en la dévisageant.

— Permettez-moi de me présenter : je suis Alicia, une enquêtrice et je voudrais vous poser quelques questions à propos de Carlos.

— Je connais personne qui porte ce nom.

— C'était un Mexicain qui a été assassiné récemment.

— En quoi ça me concerne ?

Non seulement il entrecoupait chaque réponse en fumant, mais en plus il ne semblait pas vouloir coopérer. Alicia se découragea : « Je perds mon temps » pensa-t-elle. Heureusement Bryan finit par écraser son cigare dans le cendrier.

Alicia poursuivit son interrogatoire plus sereinement.

— Vous venez souvent au saloon ?

— Je suis un habitué des lieux comme on dit.

— Pourtant Carlos travaillait ici. Il est assez surprenant que vous ne l'ayez jamais vu.

— Peut-être bien oui, ou peut-être pas. Est-ce que je sais, moi ? Je ne me rends plus compte de rien.

— Carlos a cherché un second travail en dehors du cirque, il ne travaillait donc pas à plein temps. Le shérif l'avait embauché il y a exactement un mois, avant que Carlos lui remette sa démission il y a une semaine pour devenir serveur. J'ai entendu dire que Monsieur Vincent misait beaucoup sur lui. Carlos était très appliqué dans son travail. C'était un bon moyen pour la victime d'obtenir un complément de salaire, tout en continuant ses représentations au cirque.

— Eh bien, moi je ne travaille pas et je m'en porte bien !

La bouteille de vin pleine, le verre de whisky et le fait qu'il fumait lui prouvèrent le contraire.

— Vous le pensez sincèrement Bryan ? Excusez-moi, mais en vous regardant, je n'en ai pas l'impression.

Au-dehors, des chevaux trottaient ; ils s'arrêtèrent aux alentours de l'établissement.

— Vous avez raison… Ma femme est morte il y a 3 ans et depuis ce jour tout est différent. Je ne vis plus.

Ses paroles émurent profondément la policière au point où elle préféra laisser l'interrogatoire de côté et l'écouter.

Le shérif fit son apparition dans le saloon, accompagné de Mike et Travis. Tous trois se présentèrent à Vincent. Ce dernier leur indiqua volontiers la table occupée par Bryan. Alicia fut surprise de les voir ici. Le shérif lui parut contrarié.

— Monsieur Martin, que nous vaut l'honneur de votre présence ?

— Alicia… Vous êtes assise en compagnie de l'assassin de Carlos !

— Comment ! s'exclama-t-elle abasourdie, vous devez faire erreur… dit-elle en regardant le quinquagénaire différemment.

— Eh, j'ai rien fait moi ! J'étais tranquillement assis en train de fumer un bon cigare quand cette femme s'est invitée à ma table pour me questionner à propos d'un drôle de type, et vous maintenant, vous prétendez que je l'ai tué. C'est ma journée, râla-t-il. Mais je le répète : je ne le connais pas. Qu'on me fiche la paix !

— Ce n'est plus l'heure de poser des questions, reprit le shérif. Nous vous avons démasqué Bryan ! Le soir du meurtre, des témoins vous ont entendu crier en pleine rue que Carlos était mort. Ainsi, vous n'auriez pas à lui rembourser vos emprunts. Vous les avez menacés, et savez-vous pourquoi ? Vous étiez ivre ! Nous venons de perquisitionner à l'instant votre taudis, et savez-vous ce qu'on y a retrouvé ? Les papiers d'identité de Carlos ! Vous étiez proches l'un et l'autre, je ne doute pas qu'il vous ait partagé sa passion pour le lancer de couteaux et appris à bien viser. Et vous, vous en avez profité pour l'éliminer, annulant ainsi toutes les dettes contractées auprès de votre créancier. La lettre signée par votre main confirme les dires : vous lui deviez beaucoup d'argent !

Travis posa le papier en question sur la table, Alicia le parcourut rapidement.

— Tout vous accuse, et… Vous allez être pendu !

— Pendu ! répéta Alicia en écarquillant de larges yeux.

— C'est le sort réservé aux criminels, expliqua Martin Bart. Il a tué un innocent, il mourra lui aussi. Quant à vous Alicia, vous n'aurez qu'à dire à David qu'il n'est plus nécessaire de poursuivre l'enquête : l'affaire est close.

Bryan se leva brusquement en faisant tomber la chaise par terre. Il tremblait.

— Tout ce que vous dites est faux, ce n'est pas ma signature et j'ai jamais commis de meurtre. Qu'on m'envoie en prison si je mens !

— Rassurez-vous Bryan, nous allons vous y conduire tout de suite. Regardez-vous, vous tremblez à cause de la boisson, comme tous les jours ! Dans un accès de colère vous avez assassiné Carlos et la justice réclame son sang. Arrêtez-le ! ordonna le shérif aux deux policiers.

Aussitôt ils s'emparèrent de lui et le conduisirent à l'extérieur pour ne pas perturber le saloon. Alicia entendit dire de la bouche de Monsieur Vincent : « Bon débarras, finis les dégâts ! Mais il ne me remboursera pas ce qu'il me doit, cette canaille ! »

Alicia s'était levée à son tour, très pâle.

— Pour quand est prévue la pendaison ?

— Dans une semaine. Cela lui laisse le temps de faire ses adieux à ses proches et de profiter de ses derniers instants. Vous connaissez le principe religieux, mais nous n'avons pas de prêtre à Monterey. Toutefois, s'il le désire nous en ferons venir un de la ville voisine.

— Ne vous donnez pas cette peine, David peut s'en charger.

Le shérif ne saisit pas le sens de ses paroles. Pressé de rejoindre le prisonnier, il l'abandonna sans rien ajouter.

Alicia était si triste qu'elle resta cloîtrée à l'hôtel le restant de la journée. Quand elle sortira demain, elle évitera Martin Bart si elle venait à le croiser en ville. Elle lui en voulait de se montrer si dur avec le prisonnier. Elle croyait en son innocence et n'avait pas l'intention de rester sans réagir.

Il était huit heures du soir et Alicia refusait de manger. David la raisonna : elle n'avait rien avalé depuis ce matin, alors qu'en temps normal elle ne sautait jamais un repas. Face à son obstination, il lui prépara son plat préféré : de la dinde et des légumes, accompagnés d'une sauce.

— Votre jeûne prend fin.

— Excusez-moi David, je sais que vous vous êtes donné de la peine pour moi, mais je n'ai pas faim.

— Voyons, vous priver de nourriture ne changera pas la sentence de Bryan.

— Je ne le crois pas coupable.

— Pourtant, il a été aperçu aux alentours du saloon le soir du meurtre et il est ressorti rapidement avec un poignard à la main.

— Qui a dit ça ? Je peux rencontrer l'accusateur ?

— C'est une source sûre d'après le shérif, nous pouvons lui faire confiance.

— J'ai vu un homme anéanti par le décès de sa femme. Il cherche un réconfort éphémère dans les boissons fortes et le tabac pour oublier son chagrin. Et je suis sûre d'une chose : je n'ai pas vu un meurtrier.

— Il n'a peut-être pas agi de sa propre volonté. Comprenez-le, c'est sa consommation abusive d'alcool qui l'a poussé à commettre ce crime sans qu'il y ait eu préméditation. Quoique nous ne saurons jamais la vérité… Les gens le disent violent. Monsieur Vincent le chasse fréquemment de son établissement car chaque fois qu'il y met les pieds cela finit mal…

— J'ai confiance en mon instinct, je prouverai son innocence même si je dois le faire sans votre aide David. Son regard ne trompe pas : il disait la vérité.

— Je ne comprends pas votre entêtement. Notre enquête est résolue, nous allons pouvoir rentrer à Chicago et retrouver nos collègues et notre maison. Je reconnais la sévérité de cette sentence dans le cas où Bryan n'a pas prémédité son crime. Alicia, je vous promets d'aller le voir à sa cellule pour lui parler de l'Évangile. Vous devriez manger un peu et vous mettre au lit, le sommeil vous aidera certainement à clarifier la situation, lui dit-il avec bienveillance.

— Vous ne voulez donc pas m'écouter ? Un innocent va être pendu !

— La police détient des preuves tangibles. D'ailleurs, j'ai omis de vous dire, j'ai parlé au témoin : il était formel.

— Il vous a trompé.

David changea brusquement de ton.

— En vérité, vous n'avez pas envie de partir à cause du shérif ?

— Qu'est-ce que Martin a avoir avec notre conversation ?

— Vous allez souvent le voir à son bureau et ne déclinez aucune de ses invitations à manger à sa maison. Et votre regard quand il luttait… Si vous croyez que je n'ai pas compris…

— Plaît-il ? Vous perdez la raison David… Je crois que vous avez sommeil. C'est vous qui devriez aller vous coucher !

Vexée par ses insinuations, Alicia quitta brusquement la table et lui remit entre ses mains l'assiette.

— Je jeûne dans l'espoir qu'un innocent ne soit pas condamné à mort pour un crime qu'il n'a pas commis. Je vous laisse David, je vais rentrer chez moi. Je préfère regagner ma chambre, plutôt qu'écouter vos sornettes.

— Mais vous êtes chez vous… C'est à moi de partir.

— Parfait, je ne vous retiens pas.

David remporta le plat chez lui. Il refusait de gaspiller de la nourriture encore consommable. Il remercia Dieu pour ce repas et le mangea sans tarder ; il n'était plus très chaud.

XIII

De bon matin, Alicia demanda au shérif l'autorisation de parler au prisonnier. Elle l'obtint, mais il lui interdit d'entrer dans la cellule car Bryan était considéré comme dangereux.

Par curiosité, il vint écouter ce qu'ils disaient.

— Je suis venue voir si vous allez bien Bryan.

— Je me sentirai mieux si j'étais chez moi. Je n'aime pas la nourriture qu'on me sert ici. D'ailleurs, on m'offre uniquement de l'eau et je lui trouve un mauvais goût !

— Il faut avertir la personne qui vous apporte les repas.

— Ce matin je n'en revenais pas : mon assiette était quasiment vide.

— Vous exagérez Bryan… Avez-vous réussi à fermer l'œil cette nuit ?

— Pas du tout… Un drôle de type est venu me parler de Jésus, mort pour moi sur la croix.

Alicia comprit qu'il parlait de David. Elle ne put contenir sa satisfaction.

— Toutes ses paroles raisonnaient dans ma tête. Il se dégage quelque chose de particulier chez cet homme, chez vous aussi d'ailleurs, quelque chose que je ne peux pas expliquer avec mes mots. Je n'ai pas pu m'endormir. Mais c'est sans importance. Bientôt, je ne ferai plus partie de ce monde…

— Me promettez-vous que vous n'êtes pas impliqué dans le

86

meurtre de Carlos ?

— J'ai jamais tué personne, on a porté de fausses accusations contre moi.

— Alors je ferai mon possible pour prouver votre innocence avant le délai imparti.

— Vous fatiguez pas, le shérif le sait très bien. Il cherche un moyen de se débarrasser de moi depuis longtemps et y est enfin parvenu ; je ne fais pas partie de son projet pour la nouvelle ville.

— De quel projet parlez-vous ? dit-elle surprise.

— Vous ne le savez pas, hein ? Moi si, j'ai tout découvert.

L'enquêtrice se sentit extrêmement troublée.

Martin Bart entra dans la prison et toussa légèrement pour attirer leur attention. Bryan fut incapable de lui répondre en sa présence.

— Alicia, je me vois dans l'obligation de vous sommer de partir.

— Pourquoi ? Il ne peut rien m'arriver, la porte est verouillée.

— Il ne vous est pas permis de parler au condamné si vous ne faites pas partie de sa famille. Je vous ai accordé cette faveur ; le temps est écoulé.

— J'étais sur le point d'obtenir un renseignement précieux et j'aurais souhaité poursuivre notre conversation.

— La boisson le fait délirer, risposta-t-il.

— Vous nous espionniez ? Dites-moi monsieur Martin, c'est bien de l'eau qu'on sert habituellement aux prisonniers ?

Le shérif, nullement embarrassé par sa question, adoucit le son de sa voix.

— Ce n'est pas moi qui m'en charge. Avec tout mon respect, je vous commande de partir Alicia.

— Vous me cachez quelque chose shérif, je ne sais pas encore quoi, mais je finirai bien par trouver.

Martin Bart perçut de la colère dans sa voix. Il la regarda

partir sans rien ajouter.

Alicia ne savait pas comment procéder pour disculper Bryan. David lui-même ne la suivait pas dans cette histoire. À moins qu'il ait changé d'avis suite à sa conversation avec le prisonnier.

Alicia cherchait désespérément une solution, les jours de Bryan étaient comptés. Le plus abracadabrant dans tout ceci, c'était qu'il n'allait même pas être jugé.

Déterminée à tenir sa promesse, Alicia retourna le lendemain au bureau de police. Mike l'informa de l'absence de Travis : il ne viendra pas travailler aujourd'hui parce qu'il était malade. Elle coupa court à la discussion en lui demandant si le shérif était là.

— Oui, confirma-t-il. Je vais voir s'il est disponible.

— Ne vous donnez pas cette peine Mike, il va me recevoir tout de suite.

Elle pénétra résolument dans son bureau sans frapper et claqua la porte. Mike en resta perplexe ; cette attitude impolie ne lui ressemblait pas.

Martin Bart avait ouvert les fenêtres et regardait dehors, tout en respirant un peu d'air frais. Qui donc pouvait être entré sans en avoir la permission ? C'était Alicia.

— Alicia, en quoi puis-je vous être utile cette fois ? dit-il en l'accueillant tranquillement.

— Est-ce que vous sous-entendez que je viens vous voir trop souvent ? plaisanta-t-elle.

— Je n'ai pas dit ça, répondit-il en manifestant un sourire. Mais parfois, je me demande si je ne ferais pas mieux de vous embaucher ; vous recevriez un salaire plus conséquent.

— Martin, n'y a-t-il vraiment plus rien à faire pour le prisonnier ?

Le shérif soupira, un peu las d'entendre parler d'un problème résolu.

— Vous me parlez encore de cette affaire. Mais je ne fais

qu'appliquer les lois de mes prédécesseurs.

Il se dirigea vers une étagère garnie d'une pile de dossiers et de feuilles non classées, faute de temps, choisit un manuscrit, le feuilleta et lui présenta deux pages qui confirmaient ses dires.

Jadis au palais de justice, après une longue délibération, les juges établirent des lois immuables. Les villageois de l'époque apposèrent leur signature en signe d'accord. Cinquante ans plus tard, aucune loi n'avait été abrogée. De plus, au paragraphe quatre, on avait décrété que *verser le sang d'un innocent était passible de mort par pendaison.*

— En devenant shérif, j'ai signé et me suis engagé à faire appliquer la loi dans son intégralité. Tout est écrit noir sur blanc comme vous le constatez.

Alicia ne put nier qu'il disait la vérité. Elle en fut abattue.

— Il n'existe donc aucun recours pour Bryan ?

— Dites-moi, que ferions-nous si les criminels vivaient en liberté ? Moi, j'ai mon avis sur la question et je vais vous le donner. Ils prendraient notre place. La justice n'existerait plus, nous dirions adieu à toute forme d'autorité.

Alicia demeura silencieuse un instant et reprit la parole.

— Expliquez-moi comment un homme qu'on accuse d'être fréquemment ivre a pu s'emparer d'un couteau, et malgré ses tremblements, viser sa cible en plein cœur ?

— Je dois reconnaître que je ne saurais répondre à cette question, mais il y a sûrement une explication. Peut-être qu'il n'avait rien bu ce soir-là. Peut-être avait-il un complice. Je dispose suffisamment de preuves pour le faire condamner.

— Vous vous trompez shérif, vous avez dit vous-même que les témoins ont prétendu être menacés par Bryan alors qu'il se trouvait en état d'ivresse !

Son assurance déconcerta profondément Martin Bart.

— Leur témoignage est faux : il n'a jamais commis ce crime odieux. Il est innocent, vous le savez maintenant. Renoncez à le faire pendre.

Le shérif ajouta simplement :

— Ce n'est pas possible… Mais si cela peut vous rassurer, il ne sera pas pendu à Monterey. Ce n'est pas moi qui m'en chargerait, et heureusement…

Alicia s'affala brusquement sur la chaise complètement démoralisée et pleura abondamment.

— Non, ne pleurez pas…

Martin Bart assistait impuissant à ce torrent de larmes qui dévalaient ses joues.

— Alicia…

Ne sachant plus quoi faire, il se ravisa.

— Bon, si vous êtes tant préoccupée par son sort, je veux bien enfreindre les règles pour cette fois. Mais il ne faudra le dire à personne !

— Vous pouvez compter sur ma discrétion. Qu'allez-vous faire shérif ?

— Je vais l'envoyer au bagne !

Alicia sécha ses larmes contre son bras.

— À quoi bon vivre en étant privé de sa liberté ?

— Qu'espériez-vous Alicia ? Que je le relâche ? Je lui offre la possibilité d'échapper à la pendaison, je manque à mon devoir, et vous n'êtes pas encore satisfaite.

— Vous pourriez aussi le garder dans sa cellule jusqu'à ce que David et moi retrouvions le vrai coupable.

— David aussi pense comme vous ? Cela me surprend venant de lui, car nous nous étions mis d'accord.

— Je crois qu'il a dû changer d'avis…

— Soit, si vous insistez, j'accepte.

Alicia se leva de sa chaise.

— C'est vrai ?

— Mais oui, puisque je vous le dis.

Alicia redevint souriante et joyeuse.

— Vous ne regretterez pas de m'avoir fait confiance !

Soucieux, Martin Bart ne s'exprima pas davantage. Leur

conversation si animée prit fin.

On frappa soudainement à la porte.

— Entrez, autorisa le shérif.

Mike surgit dans le bureau. Il avait l'air embarrassé.

— Martin, je dois te parler de toute urgence.

— Je ne suis pas seul comme tu le constates. Cela ne peut-il pas attendre que mademoiselle Alicia soit partie ?

— Je regrette, cela la concerne aussi : le prisonnier est mort.

— Comment ?! se récria la policière bouleversée, ce n'est pas possible…

— Il a reçu une balle en plein cœur, lui expliqua Mike.

— Personne ne le surveillait ?

— Si bien sûr, mais nous manquons de personnel. Travis est couché avec de la fièvre et je dois assurer les deux postes. Je ne peux pas être partout à la fois et faire mon travail correctement.

— Je vais me rendre à sa cellule, déclara laconiquement le shérif. M'accompagnez-vous Alicia ?

— Oui, je veux le voir une dernière fois, dit-elle tristement.

— Que vais-je dire aux villageois ? C'est une fâcheuse nouvelle… réfléchit Martin Bart tout haut.

— Je crois qu'ils sont déjà au courant, reprit Mike.

— Nous n'avons même pas entendu le tir, dit Alicia comme si elle se parlait à elle-même.

— Il faudra s'occuper des formalités au plus vite, continua Mike. Bryan ne payait plus son loyer depuis trois mois et il a contracté divers crédits au saloon et dans les commerces. Il faudra leur offrir un dédommagement. Bryan claquait tout son argent dans les boissons et le tabac. Il est sans famille et le peu de meubles qu'il possède ne valent pas un sou.

— Chaque chose en son temps. Sait-on seulement s'il s'agit d'un suicide ou d'un meurtre ? interrogea le shérif.

— Il s'agit plutôt d'un meurtre. Travis et moi l'avions fouillé soigneusement à son arrivée ; il n'était pas armé. J'ai trouvé une arme près du corps, avec deux balles. L'assassin veut nous faire croire qu'il s'agit d'un suicide pour maquiller son crime.

Mike la déposa sur le bureau du shérif.

— Nous allons examiner le corps du défunt, proposa Martin Bart à Alicia.

Elle lui emboîta le pas. Une fois à l'intérieur de la cellule, l'enquêtrice se sentit mal quand Martin Bart ôta entièrement devant elle le drap qui recouvrait le corps de la victime. Alicia vit la blessure ensanglantée de Bryan et éprouva du dégoût.

Hier encore, elle parlait au quinquagénaire. Et à présent, elle le voyait mort, le visage sans vie, les yeux fermés, la chemise tachée de sang. L'émotion la gagna violemment et elle pleura en portant les mains à ses yeux.

Prenant conscience de la sensibilité de l'enquêtrice, le shérif recouvrit rapidement le cadavre.

Se tournant dans sa direction, il vit qu'elle perdait l'équilibre.

— Ça ne va pas Alicia ?

— Non, je me sens bizarre tout à coup…

Alicia fit un léger malaise car l'émotion était trop forte pour elle. Heureusement Martin Bart la soutint. Il l'aida à s'asseoir sur le tabouret en bois qui traînait par terre. Il la maintenait par les bras, sans la serrer ; il ne voulait pas lui faire de mal.

— Alicia, reprenez-vous. Je crois qu'un peu de repos vous ferait le plus grand bien.

Elle secoua la tête de gauche à droite pour dire non. Malgré ses yeux ouverts, Alicia ne voyait plus rien.

Quelques instants plus tard, elle recommença à voir progressivement.

— Soyez raisonnable, David peut vous seconder ; vous avez pris cette affaire trop à cœur.

— Je n'ai rien avalé depuis l'arrestation de Bryan.

— En voilà des sottises ! Comment voulez-vous être en forme dans ces conditions ?

— J'étais trop triste de savoir qu'un innocent allait être condamné à mort et me sentais coupable de ne pas pouvoir empêcher ça.

Martin Bart fit une pause et poursuivit :

— Et si vous veniez dîner chez moi ce soir ? Je vais engager un cuisinier ; il vous concoctera un bon plat ! Non, j'ai mieux se ravisa-t-il. Une soirée dansante sera organisée au saloon vers neuf heures. Que diriez-vous de m'accompagner là-bas ? Cet amusement vous ferait du bien. À condition toutefois qu'en rentrant chez vous, vous mangiez quelque chose.

— Certainement.

Des bruits de pas se firent entendre et mirent un terme à leur discussion. David fit irruption dans la prison.

— Je suis venu à cheval aussitôt qu'on m'a averti du décès de Bryan.

— Les nouvelles vont vite, soupira le shérif.

Il les fixa du regard, un peu surpris de les voir si proches l'un de l'autre. Le shérif se justifia.

— Alicia se sentait mal… Il serait préférable qu'elle reste chez elle aujourd'hui.

— Je vais mieux, dit-elle pour les rassurer.

— Prenez un repas et reposez-vous. Je ne suis pas médecin, mais je sais que vous en avez besoin.

— Je suis du même avis, renchérit David.

Par galanterie, Martin Bart l'aida à se relever.

Alicia abandonna les deux hommes.

— Je vais examiner sa blessure tout de suite, si vous me le permettez shérif.

— Allez-y.

En traversant la cour Alicia rencontra Mike. Il avait pris sa pause habituelle et fumait un cigare. Comme il était seul, elle en profita pour lui poser quelques questions.

— Dites-moi Mike, la porte d'entrée de la prison est toujours fermée à clé ?

— En général oui. Tout dépend du nombre de prisonniers et de la dangerosité des détenus.

— Vous ne deviez pas garder Bryan ?

— Oui Alicia, se contenta-t-il de répondre.

— Pourtant quelqu'un a réussi à pénétrer. Si je comprends bien, la porte était restée ouverte ?

— Il fait un temps splendide aujourd'hui, alors pourquoi le prisonnier n'aurait pas le droit d'en profiter ? Il m'a dit que cela le réconforterait. Comme il était seul, j'ai choisi de lui accorder cette faveur.

— Mais il est mort à présent.

— Oui… Et ça ne serait pas arrivé si nous n'étions pas si peu nombreux pour accomplir notre tâche.

— C'est de ma faute, j'aurais dû me douter qu'on chercherait à le faire taire. J'y pense, au tribunal, personne ne peut vous prêter main forte ?

— Le shérif lui-même y siège. Si dans la loi les peines à appliquer ne répondent pas à une situation précise et qu'une grave affaire se présentait, le shérif réglerait le procès au tribunal avec ses deux associés. Tous les villageois reçoivent alors une convocation pour donner leur opinion et tenter de se mettre d'accord sur la peine à appliquer ; chaque voix compte. Le shérif peut toutefois exercer son droit d'opposition et infliger une peine moins lourde à l'accusé. Dans le temps, ce n'était pas comme ça. On élisait huit hommes de plus de trente ans pour siéger au tribunal et régler les affaires qui n'étaient pas du ressors du shérif.

— Merci pour vos explications Mike.

— Je suis ravi d'avoir pu vous renseigner.

— Une dernière chose, ça vous dit quelque chose si je vous parle de projet pour la nouvelle ville ? Peut-être l'avez-vous déjà évoqué avec le shérif.

— Non, je ne vois absolument pas de quoi il s'agit. Je ne peux pas vous éclairer à ce sujet, mais je peux lui en toucher un mot si vous le souhaitez.

— Oubliez ça, je ne voudrais pas vous attirer des ennuis.

— Pourquoi ? dit-il intrigué.

— Parce qu'il y a sûrement un lien avec la mort de Bryan.

— Je ne comprends pas où vous voulez en venir…

— David et moi n'en savons pas plus pour l'instant. Si je peux me permettre Mike, vous devriez prendre la décision d'arrêter de consommer du tabac car un tas d'hommes en meurent. Les producteurs vous ruinent et pendant ce temps, vous détruisez votre santé.

— De quoi vous mêlez-vous ? s'irrita-t-il. Tout le monde le fait… Et puis j'utilise le surplus de mon argent. Le tabac ne me coûte presque rien, se justifia-t-il.

— Les gens le font parce qu'ils en sont asservis. Vous savez, le père de ma mère est mort alors qu'il n'était pas vieux ; il ne buvait pas d'alcool mais fumait beaucoup. Pourquoi ne pas faire don de cet argent ? Vous feriez une bonne œuvre.

Il ne trouva rien à redire. Alicia lui sourit et prit congé de lui. C'était la première fois qu'il lui parlait autant ; cela lui fit grandement plaisir.

Mike écrasa son cigare sur le sol et se remit au travail.

Quand David eut terminé d'examiner le corps de la victime au cô té du shérif, il retourna dans la rue et alla rendre visite à Alicia à l'hôtel *New Town Hall*. Il la trouva affalée sur le canapé, avec une assiette vide près d'elle. Elle s'était restaurée.

— Vous allez mieux ?

— Oui David, mais je préfère me délasser encore un peu.

— Vous avez raison, mieux vaut être prudent.

— Avez-vous découvert quelque chose là-bas ?

— Non. À vrai dire, je dois admettre que vous aviez raison Alicia et je vous dois des excuses. Bryan n'était pas l'assassin de Carlos.

— Je suis contente de vous l'entendre dire. Pourtant, je vous l'ai inlassablement répété.

— Je regrette de ne pas m'être montré plus compréhensif.

Maintenant, j'aimerais bien savoir pourquoi les témoins ont donné un faux témoignage. Comment ai-je pu me tromper à ce point ?

— C'était dans le but de le faire taire. Voici la dernière chose qu'il m'a dite : « *le shérif cherche un moyen de se débarrasser de moi car je ne fais pas partie de son projet pour la nouvelle ville.* »

— Ma foi, cette révélation est stupéfiante ! Il ne nous reste plus qu'à découvrir de quoi il s'agit. Quand je pense que les papiers d'identité de Carlos ont été retrouvés chez Bryan, je me demande comment cela se fait-il qu'ils s'y trouvaient ?

— Quelqu'un les aura déposés dans sa maison pour lui faire porter le chapeau. David, vous croyez que le shérif puisse être mêlé à cette histoire ?

— Il faudra l'interroger pour savoir précisément ce qu'il faisait quand le crime est survenu.

— Inutile, j'étais avec lui dans son bureau. Mike nous a rejoints subitement pour nous prévenir que Bryan était mort. Nous sommes allés examiner le corps et vous êtes arrivé sur les lieux du crime.

— Je n'y comprends pas grand-chose. Pourquoi prétendre que le shérif avait pour but de se débarrasser de lui et quel est ce fameux projet évoqué par la victime ?

— Que pensez-vous de l'absence de Travis ? Il n'est pas venu travailler ce jour-là en prétextant avoir attrapé de la fièvre. Il a très bien pu s'introduire dans la prison.

— À mon sens, Mike aussi peut être suspecté si on cherche de ce côté là ; et si vous voulez mon avis, ce sera difficile pour moi de les soupçonner car ce sont nos collègues.

— En parlant de Mike, où était-il au moment du crime ? Et comment se fait-il qu'il n'ait vu personne entrer dans la cour ? Il n'y a pas pourtant qu'une seule entrée.

— Aucune piste ne tient la route, dit David en réfléchissant tout haut. À moins que le shérif sait quelque chose qu'on ignore.

— À ce propos, Martin m'a invitée à danser ce soir, mais je ne compte pas y aller.

— Vous avez tort Alicia, le moment sera idéal pour trouver des réponses à nos questions. Si je l'interroge personnellement, je risque de ne rien tirer de lui.

— Ça ne peut pas attendre demain ? Je suis fatiguée.

— Il ne pensera pas à l'enquête. Le fait d'être détendu l'aménera peut-être à vous faire quelques confidences au sujet du mystérieux projet.

— Entendu ! Mais c'est bien parce que vous insistez David.

— Je n'ai pas dit le contraire.

XIV

À neuf heures moins le quart, Alicia était fin prête.

Elle avait revêtu une robe bleue à manches longues, à la mode à cette époque, avec de jolis détails de broderie noire au col et aux poignets. Il se dégageait beaucoup de sobriété dans cette tenue féminine ; elle n'avait pas l'intention d'attirer les regards sur elle.

Alicia avait accroché un ruban bleu dans ses cheveux et enfilé une paire de mocassins en cuir beige, à talon compensé ; une patte argentée sur le dessus de la chaussure apportait une touche de modernité. Ainsi, elle se sentait parfaitement à l'aise pour danser.

Le shérif l'attendait en bas des escaliers.

Il portait une chemise écrue en coton, taillée près du corps, entièrement boutonnée de boutons blancs, avec une poche à la poitrine ; et un pantalon anthracite, composé majoritairement de laine ; maintenu par une ceinture noire en cuir. Un veston gris clair dépourvu de manches complétait sa tenue.

Cet homme coquet lui donna une bonne impression.

Martin Bart la salua et lui offrit son bras. Ils marchaient à travers les rues de Monterey encore bien éclairées, en discutant. La première chose qui lui vint à l'esprit, c'était de savoir si elle allait mieux. Alicia en fut vivement touchée, mais elle le rassura sur ce point : elle se portait à merveille.

Ils croisèrent du monde. Alicia se sentit un peu gênée par cette étreinte. En effet, il ne lui lâcha pas le bras, jusqu'à ce qu'ils aient rejoint le saloon.

À l'intérieur, Vincent regroupé les tables de jeux d'un côté de l'établissement, et les autres tables de l'autre côté, sur lesquelles se trouvaient des verres pleins ou remplis à moitié.

Les chaises au-devant du comptoir ne désemplissaient pas. De nombreuses bouteilles de vin avaient été mises en évidence pour inciter les buveurs à en consommer.

Au fond de la salle, les guitaristes et le pianiste jouaient de la musique.

Les serveuses assuraient le service dans la bonne humeur, en dépit de l'odeur de tabac qui empestait l'établissement.

Ils allèrent s'asseoir. Le shérif demanda qu'on leur serve deux verres *de bon vin*. D'un tempérament sobre, Martin Bart ne jugea pas nécessaire de commander une bouteille.

Les gens parlaient fort, riaient, c'était difficile pour Alicia de s'exprimer. Le shérif ne prêtait pas attention à la jolie serveuse qui les servait, il ne quittait pas des yeux Alicia. Il lui lança un bref regard pour la remercier.

Alicia comprit qu'avec toutes ces voix et ces rires confondus, il ne serait pas facile de lui poser des questions.

— Vous ne buvez pas ? lui demanda Martin Bart.

— Si. Je trouve les gens très bruyants.

— Moi aussi, mais ne vous préoccupez pas des autres car eux aussi sont venus se divertir. Profitons de cette belle soirée Alicia.

Il lui adressa un bref sourire et but la moitié de son verre. Alicia avala un soupçon de ce vin exquis et s'en contenta.

— Dites-moi, avez-vous jeté un œil à la boutique où l'on vend des robes et des chapeaux, près de mon domicile ?

— Non, pas encore. Je me suis laissé dire que le prix des tissus était élevé.

— Vous préférez économiser, en déduisit-il.

— Un peu, oui. Je suis dépensière, lui avoua-t-il, mais je fais des progrès.

Cela le fit rire. Le shérif termina son verre.

— Les villageois sont plus nombreux que je ne l'avais imaginé. Avant ce soir, je n'avais jamais vu ces gens, lui dit-elle en désignant du regard un groupe de cinq hommes.

— Ce sont des étrangers, ils viennent du sud d'Amérique. Et figurez-vous qu'ils ne sont pas américains, mais espagnols.

— Concernant l'enquête, David et moi croyons fermement à l'innocence de Bryan dans la mort de Carlos. D'après vous shérif, peut-on encore l'accuser ?

— Nous en parlerons plus tard. Allons plutôt danser.

Déjà parti rejoindre la piste de danse, Alicia dut le suivre contre son gré. Elle n'était pas d'humeur festive ce soir et commençait à regretter d'avoir écouté David. Qu'était-elle donc venue faire ici ?

Ils se mélangèrent au groupe et dansèrent en chœur. Ils se tenaient les mains et effectuaient des pas de danse sans se quitter des yeux. Chacun des danseurs se laissait entraîner par la musique harmonieuse ; les musiciens avaient un don pour la musique.

Mais tout à coup Alicia eut une bouffée de chaleur. À vrai dire, elle ne se sentait pas à l'aise à cause de l'ambiance du saloon. Elle jeta un coup d'œil involontaire au-dessus de l'épaule de Martin Bart ; elle aperçut alors deux femmes à l'écart de la piste de danse en train de la dévisager. Éprise du shérif, Mme. Rachel ne put supporter qu'Alicia ait le privilège de danser avec lui. Elle en éprouva de la jalousie et la regarda avec malveillance.

Aigrie, elle fit part de son désarroi à sa confidente :

— Que fait-il avec cette étrangère ?

— Il s'est bien moqué de toi en prétendant qu'il aimait toujours son épouse et ne désirait pas se remarier.

— Je ne peux pas croire qu'il porte ses regards sur cette

femme ! Le shérif devait se sentir seul ce soir et elle a profité de sa faiblesse. Mais cette histoire s'arrête là. Dans le cas contraire, je n'ai pas l'intention de me laisser insulter de la sorte !

— Et qu'est-ce que tu comptes faire Rachel ?

— Je ne sais pas encore, mais je trouverai bien un moyen de me venger. C'est pour me faire souffrir qu'il est venu au bras de cette femme ! Elle vient d'où déjà ?

— Aucune idée.

Le shérif tourna dans leur direction sans les regarder. Il portait toute son attention à Alicia ; il se concentrait sur ses pas de danse car il craignait fortement de lui marcher sur les pieds. Cela faisait belle lurette qu'il n'avait pas dansé.

Alicia l'avertit qu'elle ne se sentait pas très bien. Alors ils s'éloignèrent dans un coin plus calme.

— Est-ce que ça va mieux ?

— Oui, mais je préfère rentrer chez moi.

— Alors je n'insiste pas. Nous reviendrons danser une autre fois.

— Je suis navrée Martin.

Il lui sourit avec bonté.

— Il n'y a pas de mal, je vous assure.

Le shérif raccompagna Alicia devant l'hôtel *New Town Hall* où elle logeait. Les réverbères, disposés de part en part de la ville, apportaient suffisamment de luminosité pour permettre aux passants de retrouver leur chemin et ne pas se perdre à travers la nuit noire profonde.

— J'ai passé une agréable soirée en votre compagnie. Je suis navré que vous ne vous soyez sentie mal.

— Cette journée a été particulièrement éprouvante.

— Je suis d'accord. Demain est un autre jour ; vous passerez me voir dans mon bureau ?

— Oui, shérif.

— Je vous souhaite une bonne nuit Alicia.

Il lui baisa la main par galanterie. Alicia lui sourit brièvement et le salua poliment. Elle monta la première marche, prête à gagner la porte d'entrée.

Mais Martin Bart la prit contre lui, doucement, et approcha son visage du sien. N'étant visiblement pas repoussé, il lui donna un baiser. Alicia demeura inerte au contact de ses lèvres et ferma les yeux. Son esprit s'égara.

À peine eut-il éloigné son visage, qu'Alicia l'embrassa de tout son cœur.

Cette soirée, le brouhaha, la musique, la danse, la mort de Bryan, les émotions douloureuses de la journée, les sentiments qu'elle éprouvait envers Martin Bart et refoulés jusqu'alors, entraînèrent son cœur à prolonger ce baiser.

Puis elle réalisa qu'il savait maintenant qu'elle éprouvait des sentiments pour lui et cela lui parut très fâcheux. Elle se dégagea de ses bras.

Le shérif la regardait fixement ; il avait dans les yeux l'expression de la plus vive tendresse. Son regard, à elle, se voulait fuyant.

Elle s'éloigna dans la rue sans savoir où elle allait.

— Alicia, pourquoi me fuyez-vous ?

Il la rattrapa tout de suite.

— Vous ne dormez pas à l'hôtel *New Town Hall* ?

Effectivement il avait raison, et elle se sentit bête d'avoir réagi de la sorte.

— Mais oui Martin.

Elle resta devant lui sans oser lui parler. Elle aimerait partir au plus vite, pour ne pas avoir à se justifier, car elle avait la pénible impression d'avoir fait quelque chose de mal.

Il passa son doigt dans sa moustache et prononça d'une voix un peu tremblante :

— Nous avons appris à mieux nous connaître depuis votre arrivée à Monterey, et cela fait peu de temps, j'en conviens ; mais ce que je ressens pour vous est très fort, et je voudrais… il s'interrompit.

Martin Bart sortit de la poche poitrine de sa chemise une bague de mariage qu'Alicia fut très surprise de découvrir. Elle la considérait avec des yeux émerveillés.

— Voulez-vous m'épouser Alicia ?

— Je ne sais pas quoi vous dire… Si je m'attendais à ça…

— La bague est ornée d'un véritable diamant.

— Oh, Seigneur ! s'exclama-t-elle.

— La nuit est tombée et il manque cruellement de lumière, alors je ne sais pas si vous le distinguez. Elle vous plaît ?

— Oui, cette bague est splendide.

— Mais elle ne l'est pas autant que vous.

— Je vous trouve très bon avec moi, mais j'ai bien peur de ne pas pouvoir me prononcer maintenant.

— C'est la différence d'âge qui vous gêne ? C'est vrai, j'ai dix ans de plus que vous, si je ne m'abuse.

Elle ne répondit rien et baissa son regard.

— Je comprends, c'était prévisible.

Alicia craignit de l'avoir offensé et tenta de se justifier.

— Non… ne pensez pas ça… je ne voudrais surtout pas vous blesser monsieur Martin… j'aurais honte, bredouilla-t-elle.

Il lui prit les mains qu'il garda dans les siennes ; elle cessa immédiatement de parler.

— Pourquoi nous soucier du regard des autres alors qu'on pourrait être heureux tous les deux, si vous me laissiez une chance ?

— Je ne me sens pas la bienvenue, je suis une étrangère, dit-elle sans réfléchir.

— Peu importe que vous veniez de l'est, du sud ou d'ailleurs. Vous l'ignorez peut-être, mais à Monterey un certain nombre d'immigrés sont originaires du Mexique et de Chine. C'est notre amour qui est le plus important, pas ce que pensent les autres.

Elle baissa son regard, ne sachant quoi ajouter. Il ajouta :

— Les villageois me diront heureux d'épouser une femme de valeur. Quand vous sentirez dans votre cœur que le moment est venu, nous nous fiancerons. Faites-moi signe ; j'attends votre réponse. Adieu Alicia.

Il l'abandonna sur ces derniers mots.

Alicia rentra à l'hôtel tout chamboulée. Une fois en possession de la clé de sa chambre, elle monta au deuxième étage et s'arrêta dans le couloir. Elle se tint au garde-corps ; elle souffla un instant pour faire le vide dans sa tête. Puis elle rentra chez elle.

Elle partit derrière le paravent en bois, se déshabilla et parut en chemise de nuit. Elle se décoiffa, se déchaussa et se coucha, trop fatiguée pour faire une courte toilette.

Alicia serra les draps contre elle. Pour le moment elle ne songeait pas à dormir. La journée avait été trop chargée en émotions, à la fois douloureuses et joyeuses.

Elle entendait encore les paroles de Martin Bart. Son étreinte et ses doux baisers l'avaient bouleversée, comblant les besoins de tendresse qu'elle espérait de l'amour d'un homme.

À force de réfléchir, son imagination la poussa à repenser au trépas de Bryan ; tout sentiment de joie disparut aussitôt. Elle revoyait encore son affreuse blessure et cette image la glaça. Elle chassa cette mauvaise pensée et songea à autre chose.

Alicia était perdue dans ses raisonnements. Son amour pour le shérif croissait, mais la crainte de ce dernier sur les dix ans qui les séparaient s'avérait juste. Sans doute par peur du qu'en-dira-t-on et d'être accusée de profiter de sa situation financière.

En effet, il possédait une grande maison, un jardin spacieux, s'habillait bien et mangeait à sa faim. Il ne manquait de rien.

Elle se disait aussi qu'ils ne vieilliraient pas ensemble, et qu'à cause de leur différence d'âge ils n'auraient pas les mêmes envies. Le pensait-elle vraiment au fond de son cœur ? Ces phrases, elle les avait entendues dans la bouche de sa mère.

Chez cet homme, elle admirait particulièrement sa bonté.

Elle ne pouvait pas nier qu'elle était amoureuse et ravie de se savoir aimée de lui.

Alicia souffla la bougie et s'allongea sur son dos. Avant de dormir, elle pria Dieu pour lui confier ses soucis en les lui remettant entre ses mains. Elle se sentit apaisée. Personne d'autre que lui ne pouvait mieux la comprendre. Elle termina sa prière en disant : « Sois béni, Seigneur Jésus. Amen. »

David vint voir Alicia de bon matin. Elle avait juste eu le temps de déjeuner, de faire sa toilette et d'aérer la pièce.

— Comment allez-vous Alicia ?

— Je vais bien, merci.

— Vous avez passé une bonne soirée ?

— On peut dire ça, oui. Je ne suis pas rentrée trop tard.

— Vous avez pu avoir une discussion avec le shérif ?

— Hélas, non David. J'ai essayé de lui parler de l'enquête, mais ce n'était pas facile à cause du bruit et il voulait danser.

— Nous ne sommes pas plus avancés alors.

Le regard d'Alicia se fit plus timide.

— David, vous n'avez rien à me demander à propos de moi et Martin ?

— Je devrais ?

— J'ai confiance en vous, alors je peux vous en parler librement. Voilà… Nous nous sommes embrassés.

Contrairement à ce qu'elle imaginait, David ne partageait pas du tout son enthousiasme.

— Vraiment. Et vous n'avez pas peur d'aller un peu vite en besogne ?

— Pourquoi dites-vous ça ? répondit-elle en prenant un air triste. Nous nous connaissons depuis un peu plus de deux ans, mais n'habitons pas le même village ; nous ne pouvions donc pas nous voir plus souvent.

— Vous ne cessez de répéter que la fidélité est primordiale pour vous. Savez-vous s'il est marié ?

— Mais non, il me l'aurait dit… avança-elle sans certitude.

— Vous ne lui avez pas posé la question, je le vois dans votre regard, alors vous ne pouvez donc pas savoir.

— Je sais qu'il vit seul depuis la mort de son frère.

— Savez-vous combien de fois il s'est marié ? Il a peut-être des enfants.

— Pourquoi me faites-vous de la peine David ? Vous devriez plutôt vous réjouir pour moi, dit-elle attristée.

— Je veux seulement vous ouvrir les yeux sur la réalité. Posez-lui toutes ces questions, vous saurez à quoi vous en tenir.

Alicia le parait de toutes les vertus : Martin avait dit ceci et dit cela, il avait aussi fait ceci et fait cela, de la plus belle des manières, sans égoïsme, sans jalousie, sans arrière-pensée. À l'entendre, cet homme n'avait aucun défaut.

XV

Deux jours plus tard, en fin de semaine, Alicia décida d'aller voir Martin Bart à son domicile pour aborder le sujet qui l'intéressait, sans craindre d'être entendue par les autres policiers. Depuis l'assassinat de Bryan, la soirée passée au saloon en compagnie du shérif et l'aveu de leurs sentiments, elle ne l'avait pas revu.

Il fut agréablement surpris de sa visite.

— Je peux entrer ?

— Bien sûr, ne restez pas dehors.

Alicia fit quelques pas pour entrer dans le séjour et patienta le temps qu'il referme la porte. Il ne faisait pas froid à l'intérieur de la maison ; pourtant, Martin Bart n'avait pas allumé la cheminée.

Il la rejoignit et l'invita à s'asseoir, mais elle préféra rester debout.

— Je ne vais pas y aller par quatre chemins Martin : y a-t-il actuellement une femme dans votre vie ? Si non, y en a-t-il eu d'autres ?

— Ces questions font partie de votre enquête ? dit-il d'un ton amusé.

— J'ai besoin d'avoir des réponses.

— Effectivement je vous dois des explications, reprit-il avec sérieux. Je me suis marié une fois. Ma femme s'appelait Maria. Elle est morte il y a sept ans dans d'étranges circonstances, probablement de sa maladie mal soignée. À cette époque, nous n'avions pas de médecin officiel ; c'est seulement deux ans après son décès qu'un docteur est venu s'installer à Monterey. J'ai aussi un fils que je n'ai pas conçu, mais je vais vous expliquer. Maria avait subi un viol ; elle est tombée enceinte à dix-sept ans et je lui ai proposé de l'épouser en l'acceptant dans sa condition. Elle a mis au monde un beau petit garçon qui a bien grandi. Mais à ce jour il ne vit plus sous mon toit.

— Il vous a quitté ? l'interrompit-elle.

— Hélas oui, contre mon gré. Il est devenu vagabond et s'est retiré de Monterey. Il vient me rendre visite quand il est de passage en ville. Ce fut le seul enfant qu'elle me donna et bien que je ne sois pas son père biologique, sa naissance m'a comblé de joie ; je n'étais qu'un jeune homme et je voulais être père. Cela signifie que si vous m'épousez Alicia nous n'aurons pas d'enfants : je suis stérile et j'aurais dû vous en parler plus tôt. Maria ne me quitta jamais et se désola de ne pas pouvoir assumer son devoir de femme imposé par la société. Moi, j'étais heureux dans mon ménage ; cet enfant suffisait à mon bonheur et combla mon désir de paternité. Mais il y avait les autres. Des gens jaloux lui ont reproché de n'avoir donné naissance qu'à un enfant unique. Puis un jour, Maria tomba gravement malade. Une semaine terrible s'écoula. En ce temps-là, j'étais pauvre ; il fallait payer la diligence et le docteur, et je ne pouvais pas le faire. Alors je demanda un prêt à un ami et nous nous rendîmes dans la ville voisine. Mais on refusa de vendre des potions à *des étrangers*. De retour à Monterey, elle se rendit chez un vendeur louche sans me prévenir. Il prétendait qu'aucune maladie ne lui résistait grâce à ses remèdes miracles. Elle vendit son collier à un bijoutier, le seul bijoux de valeur que j'avais pu lui offrir, en dehors de sa bague de mariage, à un montant deux fois inférieur au prix d'origine, et elle lui acheta un flacon. Quand elle rentra à la maison, elle me raconta toute son affaire. Je n'étais pas d'accord pour qu'elle avale cette étrange mixture, mais elle me convainquit de faire confiance à cet *honnête homme*. Le lendemain matin, elle ne se réveilla point. Ce charlatan peu scrupuleux a profité de sa naïveté. Dans ma détresse, j'ai imploré le shérif de l'envoyer derrière les barreaux de la prison, mais il avait déserté la ville et on n'a jamais retrouvé sa trace.

— Je ne sais pas quoi vous dire Martin… Cela me paraît extrêmement cruel.

— Mais il n'y a rien à dire ; aucune bonne parole ne changera le passé.

Maintenant qu'elle connaissait l'histoire tragique de sa famille, Alicia éprouva de la tristesse pour lui. Elle sentait bien qu'il souffrait toujours de la disparition de son épouse et du départ précipité de son fils ; il avait mis beaucoup d'émotion en racontant l'histoire de sa famille.

Elle l'interrogea sur un autre sujet.

— Qui est votre fils ?

— Jared. À ce jour il a vingt ans. Vous voulez voir une photo de lui quand il était enfant ?

— Ce serait avec joie.

— Suivez-moi.

Pour la première fois, Martin Bart l'invita à monter à l'étage. Alicia jeta un coup d'oeil rapide et le suivit aussitôt. Elle découvrit la chambre d'un jeune garçon ; son père avait conservé ses jouets. Il y avait trois ours bruns sur le lit non défait, le mâle et la femelle adultes et leur petit, des marionnettes alignées sur un coffre en bois posé juste en dessous de la fenêtre, et un cheval à bascu'le.

La chambre mesurait huit mètres carrés. Un papier peint uni d'un ton marron clair était tendu sur les murs. Un parquet ouvragé bien conservé recouvrait le sol.

Le shérif sortit de l'armoire un coffret en bois, et lui présenta deux photos de Jared, les seuls clichés qu'il possédait. À vue d'œil, il ressemblait à un américain.

— C'était un beau petit garçon, vous ne trouvez pas ?

— Oui, quel âge avait-il ?

— Sur celle-ci six ans, et sur l'autre douze ans. Mais même à vingt ans il reste un enfant, affirma-t-il à Alicia en lui prêtant les photographies.

— Bien sûr, approuva-t-elle d'une voix amusée.

— Il me manque vous savez, et depuis son départ, j'ai le sentiment d'avoir été un mauvais père. J'ai veillé à son bonheur, mais ça n'a pas suffi.

— Vous avez fait tout votre possible pour qu'il soit heureux ; au contraire, vous avez été un bon père Martin. Est-ce que vous savez pourquoi il est parti ?

Le shérif se remémora son départ :

— Pourquoi ne restes-tu pas vivre avec moi ?

— Je veux être indépendant. Nous avons formé une bande avec mes amis ; je ne manquerai de rien.

— Tu pourras revenir quand bon te semblera mon fils. Mais tu manques de sagesse. Je te donne tout gratuitement, et toi tu veux quitter le domicile parental. Je constate qu'à ton âge on n'est pas raisonnable.

— J'ai pris ma décision. Ne me force pas à rester.

— Prends au moins de l'argent.

Martin Bart sortit d'un vase une bourse pleine de billets. Elle représentait toutes leurs économies.

— Nous sommes pauvres, tu en as besoin pour vivre et payer les impôts, alors garde ton argent.

— Je ne te comprends pas Jared. Mais cette folie de jeunesse te passera. Dis-moi mon fils, tu n'as pas pris de femme ?

— Je n'y songe pas pour le moment, je n'ai pas fait le deuil de maman.

— Eh bien, ta mère qui était une femme merveilleuse serait triste de voir son enfant mener une pénible vie de brigand.

— Je préfére cette vie-là. Il y a bien longtemps que je me suis lassé de l'élevage du bétail ; accomplir un si dur labeur pour gagner une misère, soupira-t-il. Depuis que maman n'est plus là, la vie me paraît amère, je n'éprouve plus d'intérêt pour ça.

— J'ai l'impression que tu m'en veux, mais je n'avais pas suffisamment d'argent pour qu'elle se fasse soigner, tu le sais bien. Un jour tu comprendras que ta mère ne sortira pas de la tombe. La vie continue même si elle est dure.

Jared serra les poings ; il sentait la colère monter en lui bien qu'il respectait son père et n'osait pas lui tenir tête, redoutant une éventuelle punition.

— Tu ne sais pas ce que tu dis. Aurais-tu oublié maman ?

— Non, je pense à elle tous les jours figure-toi ! Mais nous sommes vivants et nous ne pouvons pas vivre comme si nous étions morts.

— Adieu père. Je ne sais pas quand je te reverrai.

Jared saisit sa valise. À l'intérieur il avait rangé sa guitare, quelques objets, des vêtements de rechange et de l'argent.

Il passa le seuil de la porte. Son père tenta de le raisonner une dernière fois :

— Tu sais bien qu'un jour je serai le shérif de la ville, je te l'ai promis, lui rappella-t-il.

— Tu persistes à croire en ton rêve ? Je ne partage plus tes faux espoirs, lui répondit Jared d'un ton sec.

— Nous ne serons plus pauvres, argumenta son père. Ne t'en va pas Jared.

— À quoi bon ? La richesse ne fera pas mon bonheur, rétorqua Jared d'un ton sec avant de disparaître en claquant la porte.

Il ne revit plus Jared de la journée.

Où était-il ? De quoi se nourrissait-il ? Il l'ignorait. Avait-il emporté suffisamment d'habits pour se changer ? Il n'en savait rien. La moitié de ses vêtements étaient restés dans l'armoire.

Quand Martin Bart avait l'occasion de le revoir, Jared restait silencieux sur sa condition actuelle. Leurs échanges étaient si froids qu'il renonça à le questionner. Depuis ce fameux jour, le père et le fils ne se voyaient que très rarement.

Il sentait bien que Jared lui en voulait toujours.

De la tristesse se peignit dans le regard du shérif. Il répondit enfin à sa question :

— Je crois qu'il n'a pas su aimer les animaux, contrairement à moi. Ce travail quotidien nous rapportait peu d'argent, nous vivions dans des conditions misérables. J'ai continué d'espérer que la vie serait plus juste si je devenais le nouveau shérif. Et ce fameux jour est arrivé ; mais mon fils lui n'est pas revenu.

— Les enfants doivent quitter leurs parents un jour ou l'autre, lui dit Alicia pour le consoler.

— Il est difficile de faire face à cette réalité. La vie n'est plus pareille, il manque une présence. Vous savez tout ce qu'il y a à savoir.

— Je vous remercie pour votre confiance Martin. J'aurais souhaité rencontrer Jared pour faire sa connaissance.

— S'il venait à me rendre visite, je vous le ferai savoir.

Deuxième partie

XVI

Le temps passait péniblement pour nos deux enquêteurs. À ce jour, ils n'avaient aucun suspect à interroger.

De son côté, le shérif n'avait rien à signaler.

Toutefois une discussion entre deux quadragénaires tourna mal en pleine rue. Les auteurs de la bagarre furent sévérement réprimandés par les policiers.

David et Alicia désespéraient de mettre la main sur l'assassin de Carlos et Bryan. Malgré leur bonne volonté à poursuivre les recherches, elles n'aboutissaient à rien.

Un matin, David eut le plaisir de recevoir un courrier en provenance de Chicago signé par John Sherman. Il s'empressa de déchirer l'enveloppe et lut :

« Chers David et Alicia, votre lettre m'est bien parvenue. J'ai parfaitement compris la situation, mais n'en profitez pas pour prendre des jours de vacances supplémentaires. Évidemment je plaisante. Je vous connais suffisamment bien l'un et l'autre pour savoir que vous ferez tout ce qui est en votre pouvoir pour retrouver le meurtrier. Je vous prépare une surprise, mais ne peux pas vous en dire plus. David, je compte sur vous pour veiller à la sécurité d'Alicia. Je redoute qu'elle ne se mette en danger à cause de son manque d'expérience. Si vous avez besoin de renfort, signalez-le moi. Nous attendons tous votre retour avec impatience. À très bientôt. »

Un beau jour, David faisait une inspection dans la cour de la prison. Il vit un détenu.

Ce dernier, en proie à une profonde solitude, appuya son front contre les barreaux de la fenêtre de sa cellule. David reconnut Taylor, le jeune homme qu'il avait secouru le soir du meurtre de Carlos. Il avait eu l'occasion de le recroiser et la joie de rencontrer sa mère et sa sœur cadette. Elles n'avaient pas hésité à l'accueillir avec bienveillance sous leur toit et à lui servir à manger.

David interrogea Mike au sujet du prisonnier, l'interrompant dans sa pause.

— Qu'a-t-il fait ?

— Il a été surpris en flagrant délit de vol. Nous le garderons deux semaines, cela le fera réfléchir ; il apprendra qu'il faut travailler honnêtement pour acheter du pain. Les jeunes gens ne respecte plus les lois. Ils veulent bien un shérif pour garantir leur sécurité et de bonnes conditions de vie, mais refusent de se soumettre. À mon sens, l'obéissance est une valeur qu'on doit inculquer aux enfants dès leur plus jeune âge.

— J'en conviens volontiers Mike, mais deux semaines de prison pour avoir volé du pain n'est-il pas un peu sévère ? Taylor n'est-il pas un gardien de troupeaux ? Qui fera le travail à sa place, sa mère qui souffre de rhumatismes ?

— Vous vous figurez que je vais relâcher le prisonnier pour votre bon plaisir. Et mon devoir de policier ? Vous ne voudriez pas non plus que je sois enfermé à sa place ? dit Mike d'un ton ironique.

— Non. N'y a-t-il pas une somme à régler afin de le libérer ?

— Votre initiative ne m'enchante guère David, au contraire, il y a de fortes chances qu'en le libérant cela en encourage d'autres.

— Rappelez-moi pourquoi a-t-il volé ?

— Il avait faim.

— Lui auriez-vous offert à souper s'il vous l'avait demandé ?

— Vous êtes en train d'insinuer que j'ai une part de responsabilité dans cette affaire ? Mais je ne peux pas accueillir tous les gens pauvres du village dans ma maison. Mettez-vous à ma place ; j'ai ma femme à nourrir et nos deux enfants, prétexta-t-il pour se dédouaner. Vous savez combien ça coûte d'élever des enfants pour qu'ils ne manquent de rien ? Non, ce n'est pas gratuit David. Vous n'êtes pas père de famille, alors vous ne savez pas de quoi je parle.

Mike resta un moment silencieux et reprit :

— Pardon David, je ne voulais pas me montrer désagréable avec vous.

— Faites preuve de clémence et je vous assure que j'irai lui parler.

— Entendu. Pour me faire pardonner, Taylor peut sortir sans rien payer.

Mike alla ouvrir la porte de la cellule du détenu et lui fit signe de s'en aller. Taylor s'était allongé sur son grabat recouvert d'un drap ; il ne comprit point pourquoi on l'autorisait à sortir. David l'invita à le suivre ; il lui expliquerait tout.

Taylor apprit comment il avait négocié sa libération et le remercia de l'avoir secouru une seconde fois.

— Il ne faudra plus voler, c'est contraire à la loi, vous le savez ; je vous fais confiance Taylor. La prochaine fois que vous avez besoin de quelque chose, venez frapper à ma porte. Si je suis absent, adressez-vous à Alicia. Je la considère comme ma propre sœur. Elle vous recevra, vous et votre famille.

— Vous ne m'avez posé aucune question David. Face à votre générosité, je ne peux pas rester dans le silence. Je vais devoir m'humilier devant mon maître pour ne pas être renvoyé, mais cela est juste. Nous avons besoin de mon salaire pour vivre car je suis le seul homme de la famille et le seul qui a un travail. Je travaille chez un riche fermier, sans doute le plus aisé de Monterey. C'est un homme dur, mais il a eu la bienveillance de m'engager. J'avais faim et soif. Je suis allé dans la cuisine alors que je n'avais aucune raison d'y mettre les pieds, et j'ai été tenté de me servir. Si vous aviez vu la cargaison de nourriture… Mon estomac était vide et j'ai volé du pain. J'ai honte d'abuser de votre bonté David… Je vous remercie infiniment pour votre intervention ! Mais ne dites rien à ma mère car elle est malade. Je ne veux pas qu'elle se fasse du souci pour moi.

— J'en suis navré ! Puis-je passer la voir ?

— Ce serait avec plaisir, notre porte vous sera toujours ouverte. Passez quand vous le jugerez bon.

Un soir, Alicia rentra à l'hôtel *New Town Hall* après avoir dîné au restaurant avec David.

À peine entrebâilla-t-elle la porte de son appartement qu'un froissement de papier attira son attention. Un mot avait été glissé chez elle ; il lui était destiné.

On lui avait détaillé tout un chemin à parcourir avec des indices pour ne pas qu'elle se perde et qu'elle puisse trouver un campement de bandits installés loin de la ville. L'auteur du message lui interdisait formellement d'emmener qui que ce fut avec elle. Elle devait partir demain matin. Le mot, signé Jared, n'indiquait aucune heure à respecter.

Alicia fut partagée entre la joie et la méfiance. C'était son souhait de rencontrer le fils du shérif, mais pourquoi n'avait-elle pas le droit d'être accompagnée ? Si elle parlait de ce mot à David, nul doute qu'il la suivrait pour s'assurer de sa sécurité.

Curieusement cette écriture ne lui était pas inconnue. Il y avait des fautes d'orthographe.

Elle dormit mal cette nuit-là car ce secret la tracassait.

XVII

À six heures du matin Alicia se réveilla en sursaut. Comprenant qu'elle ne pouvait pas se permettre de se rendormir, elle se leva, fit rapidement son lit avant de prendre sa collation et quitta son appartement.

Elle ferma doucement la porte et descendit les escaliers prudemment, en limitant le grincement des marches occasionné par ses chaussures.

David dormait encore.

Elle tenait absolument à partir avant qu'il ne soit debout et ne vienne l'aborder. Ce serait difficile pour elle qu'il lui demande : « Qu'allons-nous faire aujourd'hui ? » et qu'elle lui dise une partie de la vérité. Pour entretenir de bonnes relations avec les autres, Alicia s'abstenait de mentir ; elle préférait avouer une vérité difficile à entendre avec beaucoup de tact, plutôt que raconter un mensonge destructeur de confiance.

Alicia sillonnait les rues encore mal éclairées – le soleil tardait à diffuser ses rayons – pour se rendre à la sortie de la ville. Elle se retournait par moments, vérifiant qu'on ne la suivait pas ; cette peur tenace lui donnait mal au ventre.

Les derniers logements prenaient fin à la pancarte où figurait le nom de la ville de Monterey. Alicia connaissait parfaitement le danger auquel elle s'exposait en pénétrant sur un territoire non surveillé. Il n'était pas trop tard pour rebrousser chemin, pensa-t-elle. Mais la curiosité insatiable de l'enquêtrice la poussa à continuer.

Une vaste plaine fertile recouverte d'herbe s'étendait à perte de vue, parsemée de rares arbres et d'arbrisseaux isolés. Un ruisseau coulait à l'horizon.

Alicia s'y aventura, elle marchait à son rythme pour ne pas se fatiguer inutilement. Les signes distincts qu'elle repéra lui prouvèrent qu'elle marchait dans la bonne direction. Comme indiqué sur le mot, elle rencontra sur sa route un arbuste particulier aux ramées entrelacées, un poignard planté dans le sol au-devant d'un groupe de trois rochers, allant de la taille haute, moyenne à petite, et au bout de deux heures de marche, elle aperçut au loin une cascade.

Elle y fit une courte halte pour se rafraîchir le visage. Pendant qu'elle contemplait le magnifique panorama qui s'offrait à sa vue, Alicia mangea un biscuit au miel.

Perdue dans ses pensées, Alicia se demandait ce qu'il pouvait y avoir de l'autre côté de la cascade.

Ne pouvant s'attarder davantage, elle poursuivit son chemin à l'ouest, comme Jared le lui avait recommandé. Elle devait continuer tout droit. Plus elle s'éloignait, moins elle entendait la cascade, mais plus elle se rapprochait de son but : trouver Jared.

Une demi-heure plus tard, Alicia entendit des voix masculines du côté des arbres. Elle commençait à distinguer un campement de hors-la-loi.

Cela faisait maintenant plusieurs heures qu'elle le cherchait. Sans réfléchir, elle se précipita dans cette direction, omettant de se cacher. Son pied écrasa une branche.

Deux trentenaires assis au coin d'un feu s'échangeaient des pièces volées. Aux alentours d'un ruisseau, un homme sellait les chevaux, un autre montait la garde, à l'affût du moindre bruit. Elle en repéra encore deux autres adossés contre une sorte de vieille charrette sans roue.

Au total elle en compta six. Mais elle négligea la présence

d'un septième brigand ; il s'approcha d'elle furtivement.

Tout à coup, Alicia entendit qu'on chargeait une arme, le bruit provenait à quelques pas d'elle. Alicia s'affligea de son manque évident de prudence.

Elle pivota sur elle-même. Un individu aux yeux bleus la visait. Elle ne connut point son visage car son foulard le cachait.

— Les mains en l'air mademoiselle, l'enjoignit-il

Un frisson de peur parcourut Alicia, très impressionnée d'être visée par une arme à feu. Une main habile la brandissait ; le coup pouvait partir à tout instant. Il lui fit signe d'avancer en faisant un geste avec son révolver. Elle obéit docilement sans dire un mot et sans tenter quoi que ce soit. Ils pénétrèrent dans le campement.

Deux bandits se levèrent pour voir Alicia de plus près.

— Cody, viens la fouiller.

Ce dernier vérifia qu'elle n'était pas armée et il mit la main sur une poignée d'argent qu'il prit avec joie.

— Elle a des pièces, je les garde pour moi seul !

— Partage avec ton frère, lui imposa l'homme aux yeux bleus d'un ton autoritaire.

Il s'en alla tout content de sa trouvaille.

Les autres hors-la-loi abandonnèrent leurs occupations et s'approchèrent ; tous les yeux curieux convergeaient sur elle. La présence d'Alicia mit un terme aux discussions.

— Une femme non armée vient se mesurer à sept bandits, dit-il tout haut en se parlant à lui-même. Tu ne crains rien toi, reprit-il en s'adressant à Alicia.

— On m'a indiqué où se trouvait votre campement.

— Que veux-tu ?

— Je cherche un certain Jared.

— Il ne fait pas partie des nôtres.

À cette réponse à laquelle elle ne s'attendait pas du tout, la frayeur d'Alicia redoubla. Qu'allait-on lui faire ?

— Alors je vais partir… On m'a donné de mauvaises

informations… bredouilla-t-elle.

— Non, tu vas rester avec nous. On ne voit pas souvent de femme.

Alicia devina que cet homme aux yeux bleus était leur chef car lui seul donnait des ordres. Tous le respectait et lui obéissait.

— Tu es venue seule ?

— Oui, personne ne m'accompagne affirma Alicia.

— Zack, vérifie qu'on ne l'a pas suivie. Quant à toi, suis-moi l'enjoignit-il.

Cet inconnu la tutoyait depuis le début de la conversation, cela dérangeait Alicia, mais elle n'avait pas son mot à dire. Elle dut se soumettre ; deux brigands brandissaient leur arme de façon menaçante en la visant.

Baissant les bras par réflexe, l'un d'eux la reprit pour l'intimider :

— Les bras levés, comme si tu voulais toucher le ciel.

Apeurée, Alicia resta silencieuse.

Le chef l'invita à s'asseoir auprès du feu. Il se plaça face à elle et rangea son révolver dans sa ceinture.

— Quel est ton nom ?

— Alicia.

— C'est bien, tu as dit la vérité.

Zack revint déjà et signala à ses compagnons qu'il n'y avait personne. Le chef leur fit signe de partir. Ils retournèrent vaquer à leurs occupations.

— Dans quel état d'esprit es-tu Alicia ?

— Je me sens inquiète ; je n'arrive pas à contrôler ma peur.

— Nous devons vivre dans l'insécurité tous les jours, mais contrairement à toi, nous n'éprouvons pas de crainte.

— C'est vous qui avez choisi de vivre ici, non ?

— Exactement. Je me sens beaucoup mieux auprès de mes frères plutôt qu'auprès des villageois de Monterey ; je ne supportais plus de devoir croiser le regard de ces hypocrites, dit-il avec amertume.

— Pourquoi dites-vous ça ? Qu'ont-ils fait ?

Le regard du bandit s'assombrit. Il ôta son foulard pour lui faire connaître son visage.

C'était un beau jeune homme : il avait la peau brunie par une exposition prolongée au soleil, un joli grain de beauté près de sa bouche et d'autres parsemés sur son visage, la barbe rasée, les cheveux bruns coupés courts et de gros sourcils. Il portait sur la tête un chapeau marron foncé, ajusté à sa taille par un cordon.

Le signe frappant de sa pauvreté, c'était sa chemise classique à carreaux, déchirée, son pantalon de toile grossière couleur taupe, et ses bottes salies par la terre.

Chacun d'eux était à peu près vêtu de la même façon. Ils possédaient aussi un foulard de même couleur noué autour du cou.

— Me reconnais-tu ?

— Je crois, oui. Je vous ai croisé un soir dans le jardin du shérif, c'est bien ça ?

— Cet homme dont tu parles est mon père.

— J'aurais dû le comprendre.

— Tu vas continuer encore longtemps à me vouvoyer ? Je suis plus jeune que toi ! formula-t-il avec un ton de reproche. Il t'a dit sans doute pour ma mère ?

— Oui. Tu as dû beaucoup souffrir de sa mort.

— Je ne pouvais pas rester vivre là-bas. Cette maison me rappelait sans cesse son souvenir ; je faisais toutes sortes de cauchemars la nuit. Je m'étais fait une réputation de vaurien dans le village. Avec l'accord de mes frères, nous avons décidé de tout plaquer et de nous installer hors de Monterey, libres de toute peine et de toute loi. Nous vivons de l'argent extorqué aux riches et aux passagers qui voyagent en diligence, dit-il avec satisfaction.

— Es-tu heureux Jared ?

— Oui je le suis.

— Même dans ces conditions ?

— Oui. Tu ne peux pas comprendre parce que tu n'es pas à ma place.

— Moi, je crois plutôt qu'on devrait t'aider ; tu as trop de rancœur.

— Vous entendez ça ? Cette femme prétend que j'ai besoin d'aide !

Tous les brigands rirent à cette affirmation qu'ils prirent pour une plaisanterie.

— Je suis très sérieuse, soutint Alicia.

— Je n'ai besoin de personne. J'assure la survie et le confort de mes frères, je ne peux rien souhaiter de plus.

Alicia ne le contredit pas même si elle pensait le contraire.

— Tu vas m'arrêter le jour où tu me croiseras en ville ?

— Pour quel motif ?

— Je suis un voleur et j'en suis fier !

— Ton père ne le sera pas le jour où tu te retrouveras derrière les barreaux d'une cellule.

— Ça n'arrivera pas, affirma-t-il sûr de lui.

— J'y pense, c'est bien toi Jared qui m'avais contactée en me demandant de venir sur place. Pourquoi l'avoir nié tout à l'heure ?

— Cela m'amusait de te faire peur car tu es venue sans arme et sans personne pour t'accompagner ; tu es trop insouciante à mon goût. As-tu songé que tu aurais pu croiser d'autres hors-la-loi sur ton chemin ?

— J'ai suivi à la lettre tes prescriptions. Puis-je rentrer chez moi à présent ?

— Demain matin.

— Pourquoi ?

— Tu n'as pas fait tous ces kilomètres pour repartir si vite, pas vrai ? J'aimerais faire davantage ta connaissance Alicia.

Elle l'approuva d'un signe de tête. Il avait raison de le faire remarquer.

— Tu aimes la musique ? lui demanda-t-il pour changer de

sujet.

— Bien sûr, certifia-t-elle avec assurance.

Jared s'empara de sa guitare et lui joua un morceau. Un silence respectueux s'établit sur le campement.

À la dernière note, Alicia l'applaudit vivement. Il lui confia : « Maman me l'avait offerte pour mon anniversaire, j'en prends le plus grand soin. Les premiers mois je jouais faux, mais maman a toujours été là pour m'encourager à persévérer. »

Alicia comprit qu'il avait besoin de parler, elle l'écouta sans l'interrompre. Des souvenirs lui revinrent à l'esprit : il lui raconta combien sa mère était ravie de l'entendre jouer ; elle le félicitait, le prenait dans ses bras et lui donnait un baiser. Parfois elle chantait et il versait des larmes. Son père lui disait souvent : « C'est bien mon fils, continue comme ça. »

Jared remarqua qu'Alicia prêtait une oreille particulièrement attentive à son récit. Pour la remercier, il lui proposa de jouer un air avec sa guitare. Mais elle déclina poliment sa proposition, affirmant qu'elle ne savait pas jouer d'un instrument. « Qui se moquera de toi, les arbres ? », elle y condescendit pour lui faire plaisir.

Au milieu de l'après-midi, Jared discutait toujours avec Alicia. Il s'interrompit subitement et se mit à sourire ; il fixait quelqu'un à deux pas d'elle. Son regard était celui d'un homme amoureux ; Alicia n'avait jamais vu cette marque de tendresse dans ses yeux. En effet, une jeune fille s'était approchée.

Constatant qu'elle dévisageait Alicia, Jared se leva. Il lui déclara :

— Jade, je te présente Alicia, la femme aimée de mon père.

Le sachant désormais, la jeune fille se mit à sourire. Elles se saluèrent avec cordialité.

— Alicia, je te présente ma fiancée.

— Je m'en doutais jubila-t-elle. Ton père me l'avait caché.

Jared et Jade étaient du même âge.

— Je dois te parler, s'adressa-t-il à Jade.

Les amoureux s'éloignèrent pour préserver leur intimité. Alan, le meilleur ami de Jared, vint auprès d'Alicia ; Jared lui demandait toujours conseil avant de prendre une décision. Alicia engagea la conversation avec lui.

— Cela fait combien de temps qu'ils sont ensemble ?

— Depuis un an. Jade est arrivée parmi nous il y a deux ans et ils se sont fiancés.

Dans quelles circonstances s'étaient-ils rencontrés ?

Une nuit la maison de Jade prit feu. D'un âge avancé, ses parents se réveillèrent trop tard, encerclés par les flammes ; ils périrent tragiquement dans l'incendie. Par chance, Jade ne dormit pas à la maison parentale cette nuit-là et échappa ainsi à la mort.

À dix-huit ans Jade se retrouva orpheline et sans foyer. L'argent économisé avec soin par son père et sa mère brûla avec les meubles. Tout fut irrécupérable.

Carmel-by-the-Sea devint une grande source de tristesse, si bien qu'elle se résolut à partir en songeant à un avenir meilleur ; il ne lui restait plus rien ici. Elle séjourna quelque temps à Del Rey Oaks pour trouver un travail. Mais Jade ne fut pas la bienvenue. Expulsée rapidement de son logement de fortune, elle chercha une autre ville, le cœur chargé d'amertume, et parvint à Monterey.

Complètement fauchée, elle n'osa frapper aux portes des maisons pour demander un abri pour la nuit.

Heureusement, pendant l'incendie, les flammes épargnèrent les bijoux qu'elle rangeait dans sa cachette secrète au fond du jardin. Jade les avait emportés avec elle et choisit justement de les revendre au bijoutier. Mais là encore, elle ne fut pas bien reçue. À cause de ses vieux vêtements, le joailler la prit pour une voleuse.

Jade insista malgré ses menaces :

— Si tu ne décampes pas immédiatement, je vais te conduire au shérif et il s'assurera de te trouver une place en prison !

— De quel droit refusez-vous de m'acheter ces bijoux ?

Depuis la fenêtre de son commerce, il vit passer Lewis, le prédécesseur de Martin Bart à la fonction de shérif, et le pria de venir instamment. Il accusa la jeune fille d'avoir volé ces bijoux. Jade se défendit en certifiant qu'ils lui appartenaient.

— D'où venez-vous ? se renseigna le shérif. Je ne vous ai jamais vue.

— De Carmel-by-the-Sea. Je viens d'arriver à Monterey ce matin et je voulais me séparer de mes bijoux.

Face au comportement agressif du bijoutier, Jade craignit d'être envoyée en prison et mentit en soutenant qu'elle avait de quoi se payer une chambre à l'hôtel. Le shérif lui souhaita alors la bienvenue à Monterey. Il ne s'attarda pas ici ; il pourchassait un hors-la-loi.

Le joaillier ne céda pas : il ne lui acheta rien. Ce fut donc sans un sou qu'elle ressortit.

Il faisait encore jour et la faim la tenaillait, lui rappelant sans cesse qu'elle avait le ventre vide. Jade, en proie à de sombres pensées, marchait tristement la tête baissée, se demandant ce qu'elle allait devenir. Lasse de se faire rejetée, elle s'assit au pied d'un grand séquoia, leva les genoux, croisa les bras et pleura en cachant son visage.

Fortuitement, Jared fit un détour en ville et trouva la jeune fille toute seule, sans rien pour se protéger de la fraîcheur de la soirée. Il l'aborda amicalement :

— Que fais-tu ici toute seule ?

— J'attends la tombée de la nuit pour dormir.

Elle eut peur de lui car c'était un homme. Elle espérait qu'il partirait vite.

— Tu n'as pas un coin où dormir ?

— Non, je viens de Carmel-by-the-Sea. Ma maison a brûlé et il ne me reste plus rien. Mes parents sont morts dans l'incendie et ils étaient ma seule famille ; je suis orpheline.

La jeune fille étant restée assise, il s'accroupit pour être à sa hauteur.

— Moi aussi, j'ai perdu un être cher : ma mère.

Jade vit de la souffrance dans son regard. Assurément il disait vrai, alors elle ne se méfia plus de lui dès cet instant.

— Moi et mes frères vivons à l'écart de Monterey comme vagabonds ; nous ne payons pas d'impôts. Il y aura une place pour toi si tu viens avec moi.

Il lui tendit la main, mais Jade s'effraya.

— Je ne veux pas qu'il m'arrive quelque chose de pire.

— Ils te respecteront. Celui qui osera défier cet ordre sera exclu. Il ne t'arrivera rien, je t'en donne ma parole.

Il lui parut sincère et à vrai dire, Jade n'avait pas vraiment le choix. Le shérif se rendrait compte tôt ou tard qu'elle l'avait trompé et l'enverrait sûrement en prison ; qui sait ce qu'elle deviendrait là-bas.

Jade choisit d'habiter parmi eux. Elle fut bien traitée par sa nouvelle famille, et en particulier par Jared, alors elle tomba amoureuse de lui. Jared partageait ses sentiments ; ils se fiancèrent au bout d'un an. Jade ne possédait rien, elle n'avait aucune richesse matérielle à lui apporter, hormis ses bijoux. En réalité, ils ne valaient pas grand-chose.

Jade employait son temps à améliorer les conditions de vie de la bande. À son arrivée, elle constata qu'ils mangeaient avec les mains. Elle leur proposa de se servir des couverts qu'elle s'engageait à laver. Les hommes acceptèrent sa demande sans s'y opposer et participèrent à cette tâche ménagère ; appréciant ce niveau d'hygiène. Jade nettoyait le camp et le rangeait, elle savonnait aussi leur linge sale au ruisseau ; cela lui prenait pas mal de temps.

Elle aimait particulièrement écouter Jared jouer de la guitare. Il lui avait appris à jouer divers morceaux. La voir heureuse l'importait le plus à ce jour.

Du reste, elle demandait la permission à Jared d'aller acheter de la nourriture en ville et quelques bricoles. Il désirait qu'elle fût accompagnée et parfois, elle insistait pour s'y rendre seule. Il acceptait à contre-cœur ; le trajet était long et non pas sans danger.

En réalité, Jade cherchait secrètement du travail. Mais elle ne savait pas comment l'annoncer à Jared. Contrairement à elle, c'était un voleur. Même s'il lui avait également appris à voler, elle souhaitait gagner de l'argent honnêtement et ne confia son secret à personne.

Les derniers rayons du soleil faiblirent, l'obscurité s'établit progressivement. La nuit noire dominait et la chaleur laissa place à la fraîcheur de la soirée.

Tout le monde se réchauffait au coin du feu, et si besoin, chacun possédait une couverture pour se tenir chaud. Par conséquent, ils ne craignaient pas le froid.

Le dîner fut frugal mais bon : du poisson grillé avec quelques pommes de terre, des fruits et des noix. Les hommes avalèrent une gorgée de vin, l'unique boisson, et passèrent la bouteille à leur voisin. Les femmes burent de l'eau. Jared, le dernier à boire, demanda à Alicia :

— Tu en veux ?

— Non, merci.

— C'est drôle, mais les femmes ne boivent pas d'alcool.

— Elles ne savent pas apprécier les bonnes choses, intervint Andrew moqueur.

— J'aime le vin, répliqua calmement Alicia, mais j'en bois occasionnellement.

Cody raconta une vieille légende dans le but d'effrayer la nouvelle arrivante : dans les endroits déserts tels que celui-ci, un cavalier rôdait la nuit. Des femmes disparaissaient sans qu'on puisse retrouver leur trace, prétendit-il en corroborant son récit.

Tous prêtaient une oreille attentive, absorbés par ses paroles. Hormis Jared et sa fiancée ; ils discutaient à voix basse.

— J'espère qu'Alicia réussira à fermer l'œil cette nuit,

acheva Cody d'un ton moqueur.

— Cette histoire est à dormir debout, je n'en crois pas un mot.

— Tu me traites de menteur !? s'emporta-t-il.

Alicia ne cherchait pas à créer de dispute. Elle garda le silence pour ne pas attiser sa colère.

Jared leur annonça brusquement :

— Demain nous déserterons cet endroit et chevaucherons dès les premiers rayons du soleil en quête d'un nouveau emplacement.

— Vous quittez Monterey pour de bon ? s'informa Alicia.

— D'autres horizons nous attendent. J'y pense, pour quelle raison désirais-tu me voir ?

— Je voulais simplement te rencontrer car ton père m'a beaucoup parlé de toi.

— Mon père…

Jared demeura un instant mélancolique et acheva sa phrase.

— Dis-lui que je me porte bien et qu'il ne doit pas se faire du mauvais sang pour moi.

— Je lui transmettrai ton message dès mon retour à Monterey.

Jared lui exprima sa gratitude. Il se désola de ne pas avoir fait ses adieux à son père, mais il n'était pas question de retarder leurs projets.

Les bandits se distrayaient encore pendant une bonne heure. Puis d'un commun accord, ils décidèrent de dormir. « Tu devras renoncer au confort de ton lit Alicia ; tu vas connaître ce qu'est une dure nuit de sommeil qu'on a rien d'autre que l'herbe pour reposer ses reins » l'avertit Jared.

Cody veillait sur le feu, les autres se couchèrent à deux pas de là, le chapeau baissé sur les yeux. Ainsi, ils ne virent pas la luminosité des flammes. Jared souhaita une bonne nuit à sa bien-aimée et se sépara d'elle ; ils ne dormaient pas ensemble.

Alicia s'étendit par terre ; le sol était inconfortable pour son dos, elle le sentit rapidement. Elle ne resta pas longtemps dans cette position. Elle préféra se rasseoir et attendre que la nuit passe.

Ambrose rouvrit les yeux. Il comprit qu'elle n'arrivait pas à s'endormir et lui offrit sa couverture en guise de literie. Elle le remercia pour son beau geste.

Alicia dormit très peu durant cette nuit inoubliable : le manque de confort, la lumière persistante, le cri des animaux nocturnes et les ronflements incessants des dormeurs l'incommodèrent affreusement. Dormir dans une chambre et dormir dans la nature, cela changeait tout.

Il lui sembla qu'elle venait à peine d'être gagnée par le sommeil, quand elle entendit une voix féminine lui adresser ces mots : « Alicia, réveille-toi, nous partons ». Elle se dit en elle-même : « Pas si tôt ? J'ai encore sommeil moi ! », puis elle sentit quelque chose courir sur son bras, cela la chatouillait. Alicia ouvrit de larges yeux sur une araignée, qu'elle dégagea rapidement en laissant échapper un cri. Il n'en fallut pas plus pour qu'elle se levât. Jared en fut amusé.

Le temps de rassembler toutes leurs affaires, Jared effaça les dernières traces laissées par leur séjour en ce lieu. Ils partirent tous les neuf par le chemin habituel, chacun monté sur son cheval.

Jared et Jade chevauchaient ensemble. Alicia était assise devant Ambrose, le brigand le plus aimable. Le trot des chevaux ressemblait plus à une promenade. Alicia ayant peur de monter à cheval, on jugea cela plus convenable.

À deux kilomètres de Monterey, Ambrose et Alicia se séparèrent du groupe pour qu'elle puisse parvenir à destination ; elle ne devait pas savoir où ils partaient car ils gardaient en tête qu'elle était policière.

Arrivés au village, Ambrose l'aida à descendre du cheval et partit rejoindre sa bande restée sur place à l'attendre.

Soulagée de son retour, Alicia fonça à l'hôtel *New Town*

Hall. Elle constata l'absence du réceptionniste ; il était parti boire un café. Par chance elle trouva David chez lui, mais ce dernier ne l'accueillit pas avec joie.

— Où étiez-vous donc passée ? Je vous ai cherchée partout ! dit-il sur un ton de reproche.

— David, vous ne devinerez jamais ce qui m'est arrivé : je reviens à l'instant d'un campement de bandits. Là-bas j'ai rencontré le fils de Martin Bart. Ils vivent en communauté et ce sont tous des voleurs, lui raconta-t-elle très enthousiaste.

— Ah, c'est donc la raison de votre disparition, répondit-il sèchement. Avez-vous pensé un seul instant au danger ? Sur votre chemin vous auriez pu croiser des individus dangereux. Mais Dieu merci, vous vous portez bien, pendant que moi je n'ai pas fermé l'œil de la nuit !

— Mais David… Qu'est-ce qui vous prend ?

— Vous êtes partie sans me prévenir alors que nous formons une équipe ; j'ai le devoir d'assurer votre protection et vous le savez très bien. Je ne suis pas content Alicia, je me suis fait un sang d'encre pour vous !

— Ce n'était pas très prudent certes, mais j'ai trouvé des informations précieuses pour notre enquête.

— Si au moins vous m'aviez laissé un mot pour me prévenir de votre absence et m'expliquer comment vous retrouver, je n'aurais rien dit. Mais non, vous vous êtes volatilisée et le shérif ne m'a pas dit s'il savait quelque chose. Nous aurions cherché ensemble Alicia. Franchir seule les limites de la ville quand on est une femme, c'est de l'inconscience ! Imaginez mon embarras si John Sherman l'apprenait, que dirais-je ? Toute la journée, j'ai questionné les passants pour retrouver votre trace. J'ai imaginé le pire Alicia.

— Vous vous êtes fait du souci pour rien, je vais bien, le rassura-t-elle.

Dépité, David secoua la tête de gauche à droite en restant silencieux. Le fait qu'elle refuse de voir la réalité en face le fâchait.

— Néanmoins je reconnais mon tort. Je suis désolée David, je ne recommencerais pas.

— La prochaine fois que vous comptez partir à la recherche de hors-la-loi, prévenez-moi, nous nous concerterons avant d'agir.

— C'est promis.

Les deux amis se mirent d'accord, la tension s'apaisa. Alicia en profita pour lui raconter brièvement comment s'était passé son court séjour et insista sur le fait qu'on l'avait bien traitée. Jared venait voir son père de temps à autre à Monterey. Elle l'avait rencontré la première fois dans le jardin du shérif, sans connaître son identité. Maintenant Alicia suspectait Jared de s'être introduit dans leurs appartements le soir du meurtre de Carlos pour leur adresser des menaces. Elle reconnaissait son écriture.

— Vous m'aviez dit, si je me rappelle bien, qu'un homme aux yeux bleus vous avait bousculé à l'entrée de l'hôtel.

— C'est bien ça confirma David.

— Je parierai qu'il s'agit de lui.

— Si vous avez raison Alicia, cela veut dire que ce jeune homme a du souci à se faire. Quel est son nom, déjà ?

— Jared.

— Votre découverte m'amène à le soupçonner d'avoir un lien avec les meurtres qui ont été commis.

— Vous n'allez tout de même pas l'accuser d'avoir fait mourir deux hommes ? Je vous rappelle qu'il est le fils du shérif.

— Il n'empêche que Jared est un bandit, ne l'oublions pas.

— Je sais bien, mais vous connaissez la jeunesse et leur désir d'indépendance… Et puis il souffre beaucoup, cela se voit. Il est complétement perdu.

— Nous savons que Bryan a été éliminé dans le but de cacher un projet encore inconnu et qu'il suspectait Martin Bart d'en être l'auteur. J'ignore la raison pour laquelle on a assassiné Carlos, mais quelque chose me dit que Jared n'est pas innocent dans cette histoire.

— Je ne peux pas le croire…

— Et pourtant nous ne pouvons pas négliger cette hypothèse.

— J'ai vu un jeune homme détruit par la mort de sa mère, c'est la raison pour laquelle il a quitté le foyer parental. Je l'imagine mal tuer un être humain.

David réfléchit un moment avant de poursuivre la discussion.

— Je suis curieux de savoir si Martin Bart a autant d'argent qu'il le laisse entendre, je vais me faire un plaisir de vérifier ses comptes, mais en toute discrétion.

— Martin Bart est un honnête homme, vous ne trouverez rien de blâmable chez lui.

— Vous pourrez l'affirmer quand j'aurais terminé mes recherches.

— Allez-y.

— Nous n'avons plus entendu parler du hors-la-loi qui nous a joué un mauvais tour au saloon ; était-il l'un des leurs ?

— Non, je ne l'ai pas vu.

— Le croire coupable me paraît trop évident, réfléchit David. Pendant que j'y pense Alicia, vous devrez vous présenter au bureau de police pour attester votre retour.

— Je vais y aller maintenant et ensuite je m'allongerai.

— Je vous accompagne, j'ai du travail qui m'attend.

— Vous ne lâcherez pas l'affaire n'est-ce pas, même si je vous le demandais ?

— Non, du tout.

XVIII

Après deux jours passés à éplucher avec soin les papiers du shérif, David tira la conclusion suivante : la situation financière de Martin Bart était parfaitement en règle. Il n'avait jamais spolié personne, ni extorqué le moindre sou aux villageois. Alicia s'empressa de lui rappeler son erreur : « Je vous l'avais bien dit, mais vous n'avez pas voulu m'écouter. — Je n'en ai pas fini avec lui » s'entêta David, bien décidé à le prendre la main dans le sac.

David et Alicia déjeunèrent le midi à l'hôtel *New Town Hall*. Dans leur appartement, la petite cuisine équipée était parfaitement fonctionnelle. Alicia avait concocté un plat savoureux et servit à David des portions généreuses ; le visage de ce dernier s'illumina : c'était une bonne cuisinière.

Après le repas, ils s'adonnèrent à une occupation différente. David partit dans sa chambre et sortit un dossier. Il y écrivit les nouveaux indices découverts grâce à Alicia, s'ajoutant à sa liste ; peu de suspects se présentaient à son esprit.

Alicia alla faire un tour dans le village et s'assit à un banc pour souffler un peu, ayant passé une bonne partie de la matinée au cirque à la recherche d'indices, en vain. Ce matin, elle avait assisté à l'entraînement des acrobates, au dressage spectaculaire des lions, et s'était laissée distraire par la même occasion. Elle avait brièvement discuté avec M. Fernando et son épouse. Ce

Mexicain désapprouvait fermement qu'une femme puisse être enquêtrice et ça, c'était le trop-plein de ses soucis : trouver une piste et identifier l'assassin de Carlos et Bryan.

Perdue dans ses pensées, Alicia ne se préoccupait pas de savoir ce qui se passait autour d'elle. Une mère portait son enfant endormi ; elle stoppa sa marche à deux pas d'Alicia et lui demanda si elle pouvait s'asseoir à côté d'elle. Alicia entendit sa question et lui répondit *oui* avec un large sourire.

La femme, voyant qu'elle contemplait son enfant, engagea la conversation.

— C'est mon fils.

— Quel beau petit garçon ! s'exclama joyeusement Alicia.

— Merci. Oliver est né il y a deux mois.

— Je vois, c'est un petit enfant.

Le bébé ouvrit ses yeux verts et commença à pleurer, mais sa mère le berça pour le consoler et lui parla d'une voix douce pour le rassurer. Il se rendormit paisiblement. Sa mère ne lui avait pas mis de chaussures pour qu'il ait moins chaud, et l'hydratait régulièrement à cause de l'ardeur du soleil.

— Il a probablement fait un mauvais rêve.

Alicia ne quittait pas des yeux le bébé ; elle le trouvait adorable avec sa jolie frimousse innocente. Elle aurait été contente de le tenir contre elle.

— Et vous, vous avez des enfants ?

— Non, je ne suis pas mariée, répondit franchement Alicia.

— La façon dont vous le regardez en dit long ; vous pouvez le prendre dans vos bras si vous voulez.

Alicia se contenta de lui tenir la main, de peur de le réveiller.

— C'est incroyable, comment peut-on avoir d'aussi petites mains ! dit-elle émerveillée.

— Il grandira vite et sera un jour un jeune homme.

La femme se sentait en confiance et lui raconta ses soucis : les nuits étaient courtes parce que le petit Oliver les réveillait. Son époux se plaignait de passer de terribles nuits et ne se sentait pas en forme pour aller travailler. Ce n'était pas facile ces temps-ci. Il ne lui parlait plus avec douceur, alors qu'au temps de leurs fréquentations jamais il n'aurait élevé la voix. Mais au fond, elle comprenait que le manque de sommeil le mettait de mauvaise humeur. Ils avaient aussi une fille de trois ans, et cette dernière prenait soin de son petit frère et aimait jouer avec lui.

L'amour qu'elle portait à son enfant l'aidait à tenir bon face à cet état d'épuisement général.

— Cela ira mieux quand il grandira, il nous laissera enfin dormir la nuit. Mon mari travaille toute la journée, je le vois très peu.

Alicia l'écouta du mieux qu'elle le put. Elle l'encouragea à renouer le dialogue avec son mari et à lui dire qu'elle désirait un peu plus de respect. Chaque jour, ils devaient avoir de vraies conversations pour retrouver leur complicité perdue.

La mère de famille la remercia pour son précieux conseil, mais elle savait que ce ne serait pas chose aisée. Quand son époux rentrait à la maison, il mangeait son repas, passait un peu de temps avec ses enfants et allait directement se coucher, s'il n'avait pas quelque reproche à lui adresser sans ménagement.

— Vous n'avez pas emmené votre fille avec vous ?

— Sa grand-mère s'en occupe, elles sont à la maison. Je crois qu'en rentrant la corbeille sera pleine de biscuits. J'avais besoin de penser à autre chose et ça m'a fait du bien de parler avec vous.

— Je suis ravie d'avoir pu vous réconforter un peu.

— Vous avez une sagesse étonnante pour une jeune femme non mariée.

Un soir en fin de semaine, le shérif invita Alicia à dîner chez lui. Il était coquet avec sa chemise bleu ciel à manches longues et son pantalon gris foncé.

Alicia avait enfilé une robe lilas, sublimée par de la dentelle blanche aux manches et au cou, et attaché un joli nœud blanc dans ses cheveux. Elle s'était fardée en appliquant un rouge à lèvres couleur coquelicot.

Après le souper, Martin Bart lui proposa de jouer au billard. Ils firent plusieurs parties.

L'horloge indiquait vingt-deux heures.

— Vous avez vu l'heure Alicia ?

— Oui. Je vais devoir partir car sinon je risque de ne pas être en forme demain.

Revenus au seuil de la maison, Alicia décrocha son châle du portemanteau qu'elle enfila sur ses épaules. Martin Bart se tenait derrière elle. Elle repoussa ses cheveux sur le côté pour qu'elle pût ajuster son châle. Quand elle se retourna pour lui dire au revoir, elle fut étonnée de le voir si près d'elle.

Le shérif la prit dans ses bras et l'embrassa.

L'expression de son regard plein de douceur avait changé, il s'y trouvait quelque chose d'encore plus fort. Elle le regarda naïvement.

Martin Bart lui prit les mains.

— Alicia, je vous aime tellement... Suivez-moi si vous le voulez bien et je vous apprendrai l'amour.

— Ce n'est pas raisonnable...

Elle baissa son regard sans se justifier, par peur de ce qu'il allait penser. Alicia ne se sentait pas fière à cause de ses principes moraux inculqués par ses parents et la Bible qu'elle respectait scrupuleusement, et qu'elle venait à l'instant de cacher au shérif.

Au fond d'elle, Alicia souhaitait ne pas revenir sur son engagement, ni décevoir l'homme qu'elle aimait, du moins ce qu'elle supposait.

— Je sais que vous n'avez pas connu d'homme Alicia, cela vous fait peur et je le comprends très bien. Mais je vais vous rendre heureuse et folle d'amour !

Il se voulait rassurant en lui parlant avec douceur, croyant savoir pourquoi elle était réticente.

Malgré la crainte qui s'empara d'elle, Alicia le regarda dans les yeux et osa lui dire ce qu'elle avait sur le cœur.

— Je veux d'abord être mariée.

— Je vous aime Alicia, j'attendrai le temps qu'il faudra, dit-il avec un regard déçu mais non fâché.

Contre toute attente il ne réagit pas mal.

Martin Bart comprit que son refus était dû à sa foi. Même s'il ne connaissait pas Dieu, bien qu'il croyait en son existence, il ne voulait point s'opposer à ses convictions et encore moins la persuader de penser comme lui. Jamais il ne la forcerait à quoi que ce soit. Le respect de son avis passait avant tout.

Alicia éprouva le besoin de partir et quitta son domicile.

Le shérif se reprocha son attitude pressante. Alicia était une femme d'une moralité exemplaire avec laquelle il fallait respecter les convenances.

Il courut la rattraper et se plaça devant elle.

— Alicia, je ne voulais pas vous brusquer ; je vous demande de me pardonner et d'oublier ça.

— Martin… Je ne me sens pas prête dans ces conditions… Je le regrette, dit-elle avec un regard douloureux.

— Je comprends. Attendons d'être mariés, ce sera mieux.

— Si vous deviez être mon mari, sachez que la fidélité conjugale est très importante pour moi. J'ai remarqué comment certaines femmes vous regardent…

— Soyez rassurée, je ne songe pas à commettre l'adultère ; je vous donnerai tout mon amour. La confiance est primordiale dans un couple.

Alicia rompit rapidement le silence qui s'établit entre eux pour achever la conversation.

— Je vous laisse Martin.

— Rentrez bien.

Elle repartit soulagée.

Mais son soulagement disparut une fois qu'elle eut franchi la porte de sa chambre.

Alicia se déshabilla derrière le paravent, enfila une chemise de nuit et se coucha. Elle se mit à pleurer.

Cette situation la dépassait. Elle ne savait plus où elle en était, perdue entre son engagement envers Dieu à mener une vie conforme à sa volonté, et la demande imprévisible de l'homme qui faisait battre son cœur.

Une pensée sombre jaillit soudainement dans son esprit, mais elle la chassa aussitôt. Non, Dieu n'était pas injuste, elle refusait de le croire. Elle se raisonna en se disant qu'il y avait un temps pour toute chose.

Alicia craignait que ses sentiments faiblissent maintenant qu'elle lui avait dit non.

Le jour suivant sa crainte s'accentua. Elle dut se rendre au bureau de police contre son gré ; David désirait absolument qu'elle l'accompagne. Elle ne parvint pas à le faire changer d'avis.

Pour la première fois Martin Bart et Alicia ne se parlèrent pas. David ne comprenait pas leur attitude.

Le shérif apposa sa signature sur le papier qu'il lui tendait, sans avoir pris connaissance du document ; ce n'était pas dans ses habitudes.

Alicia n'osait pas regarder Martin Bart. Pourtant, la curiosité la tourmentait à l'idée de savoir s'il se souciait ou non de sa présence, et elle lui céda. Martin Bart sentit son regard posé sur lui et leva les yeux vers elle ; ils baissèrent la tête en même temps, comme s'ils eurent peur l'un de l'autre.

David en restait perplexe.

Ce silence rendait l'atmosphère pesante. David prit la parole et parla du beau temps qu'il faisait en ce début de matinée et posa des questions au shérif, mais il n'en obtint que des réponses vagues. De son côté, Alicia qui d'ordinaire s'exprimait avec volubilité, était muette comme une carpe.

Quel immense soulagement elle ressentit quand ils eurent quitté le bureau du shérif.

David attendit qu'ils fussent suffisamment éloignés dans la rue avant de lui demander des explications.

— Je peux savoir ce qui vous arrive aujourd'hui ?

Alicia observait le paysage par crainte de croiser le regard de David et qu'il voie sa douleur.

— Ce sont mes affaires, se contenta-t-elle de répondre.

Il fut surpris de sa réponse. Il songea qu'elle avait besoin de parler. Il était son ami, son *grand frère*, elle pouvait lui faire confiance.

— Je devine que cela a un rapport avec Martin Bart.

Voyant qu'elle ne disait toujours rien, il poursuivit :

— Vous niez cette évidence ?

— Je ne veux pas en parler.

— Vous vous êtes disputés ?

— Pourquoi me posez-vous toutes ces questions ? Qu'est-ce que vous cherchez à la fin David ?

Dans son regard, il y avait un mélange de colère et de tristesse, la douleur d'Alicia était profonde.

— Je veux seulement vous aider, mais je ne puis le faire si vous ne me dites rien.

— C'était votre idée de venir ici, vous ne m'en avez pas laissé le choix. Restons-en là.

David n'osa plus la questionner. Il ne savait pas quoi faire pour l'aider.

XIX

Le dimanche arriva, le jour se levait à peine.

Alicia s'engagea dans la rue avec une petite valise. Elle s'était renseignée sur les horaires de la diligence pour aller dans le village voisin et assister au culte de l'église.

À six heures, elle monta dans la voiture. Un homme et une femme cossue la précédèrent. Une fois les trois passagers confortablement installés, le conducteur ferma la porte et monta prendre place. Les chevaux confiés aux soins du palefrenier et récupérés ce matin chez le maréchal-ferrant, commencèrent à trotter.

Quand Alicia sentit les premières secousses, elle eut le pénible sentiment qu'elle quittait tous les gens qu'elle aimait, et cela la rendit mélancolique.

Au même instant, la dame mangeait une orange ; elle lui proposa la moitié de son fruit. Alicia la prit volontiers et la remercia. Cette belle dame excessivement coquette était vêtue d'une somptueuse robe rouge non décolletée à larges bretelles et portait à ses pieds des chaussures marron à talon. Des roses blanches factices agrémentaient son chapeau cramoisi.

Elle n'avait pas l'air sereine ; elle ne cessait de jeter un œil à travers la fenêtre. La dame vit fort bien qu'Alicia la regardait, ayant l'air de se demander : « Que fabrique-t-elle ? », alors elle se résolut à parler avec cette inconnue.

— Je ne voudrais pas rencontrer des brigands sur notre chemin, lui confia-t-elle inquiète.

— Ce serait de la malchance, l'approuva calmement Alicia.

Les deux femmes échangèrent de brèves paroles ; la façon de parler d'Alicia lui plut immédiatement. Ce fut le début d'une conversation animée.

— Où comptez-vous aller ?

— À l'église répondit Alicia.

— Et vous, monsieur ? d'un ton autoritaire.

— À un rendez-vous, les informa le voyageur.

— Moi je suis invitée dans un restaurant prestigieux, seuls les gens fortunés y sont conviés ; et tout cela sans que je ne débourse le moindre sou. Il se trouve que ma sœur aînée a épousé un homme riche et de ce fait, je suis conviée dès lors qu'ils se rendent dans les restaurants luxueux, les opéras, les représentations théâtrales et autres récréations. La vie peut être un amusement si la chance nous sourit et si nous l'accueillons à bras ouverts. Je n'ai plus un instant pour l'ennui, dit-elle comblée en riant.

La dame se montrait hautaine, mais Alicia n'y prêta pas attention ; elle pensait à une tout autre chose. Elle avait hâte d'arriver, d'assister au culte et de rentrer à Monterey. Elle se disait qu'elle apprécierait certainement de repartir quand une diligence serait disponible. À Monterey, on la connaissait bien. Alicia avait généralement un mot à dire aux habitants. Cela lui manquait déjà. Puis elle pensa à David et au shérif. Qu'allaient-ils faire en son absence ?

— L'argent ne fait pas le bonheur, intervint le voyageur en prenant la parole. Il rend esclave et nous consume à petit feu ; j'en sais quelque chose.

— Moi, j'étais pauvre jadis, j'ai connu la misère, oui monsieur, et mes privilèges actuels ne me déplaisent pas ; je serai folle d'y renoncer. J'ose dire qu'il concourt au bonheur.

— À condition qu'il ne soit pas notre maître, précisa-t-il.

— J'y consens volontiers ; manquer d'argent pour faire vivre son foyer ou en avoir trop ne rend pas heureux.

Le voyageur, le visage tourné face à la fenêtre, observait le paysage défiler à toute vitesse. Il s'écria subitement :

— J'ai cru voir un cavalier rôder à deux mètres de la diligence, mais le mustang était seul et broutait l'herbe. Voyez vous-même, il y a d'autres chevaux !

— Cette plaisanterie n'est pas amusante, je la trouve même de mauvais goût.

Soudain le voyageur promena son regard dans la direction de la dame, en oubliant presque la présence d'Alicia.

— Vous transportez des bijoux dans votre valise ?

La dame la serra contre elle.

— On n'interroge pas une femme sur ce qu'elle transporte, le blâma-t-elle avec un œil sévère. Ce peut être très personnel.

Alicia eut l'impression qu'ils étaient en train de se quereller et pouffa de rire. Elle baissa la tête et cacha immédiatement sa bouche contre son bras pour ne pas s'attirer leur colère.

— Cela vous amuse de vous moquer de nous ? s'adressa le voyageur à Alicia.

— Elle a raison, cette situation est ridicule ; nous ne nous connaissons point et voilà que nous nous chamaillons comme des enfants.

Un soleil de plomb frappait la voiture et éblouissait le visage des deux femmes. Par politesse, le voyageur leur proposa de tirer le rideau.

— Faites donc monsieur, nous ne saurions rivaliser contre le soleil.

Les tensions s'adoucirent.

Discuter avec ces gens réconforta Alicia et l'aida à penser à autre chose. Le côté positif, c'était qu'elle ne voyageait pas seule, elle ne s'ennuierait point.

La dame lui parla, n'étant pas d'un tempérament réservé ; elle aimait dire tout haut ce qu'elle pensait. Ce fut une discussion entrecoupée de rires qui s'engagea entre les deux femmes. Quant au voyageur, il se fit plus discret.

Au sortir de la diligence, le moment des adieux arriva. Ils se séparèrent, en partant chacun de leur côté.

Alicia arpenta la ville. Avec l'indication d'un passant, elle s'achemina vers l'église locale. Une vingtaine de croyants patientaient dehors. Alicia s'approcha et salua tout le monde. Cela lui fit plaisir de ne pas être en retard.

Constatant qu'elle était restée à l'écart, une mère de famille venue seule vint lui parler pour ne pas qu'Alicia se sente exclue. D'autres personnes se joignirent à la conversation.

Soudain la porte s'ouvrit, le pasteur apparut. Il les invita à entrer et accueillit chaleureusement l'assemblée par des paroles bienveillantes.

Le groupe de musiciens placés au fond de la salle sur la gauche commencèrent à jouer de leurs instruments et la chorale placée sur la droite entonna le premier chant. Les frères et sœurs – les croyants ainsi appelés – se tenaient debout dans les rangs, chantant des louanges au Seigneur Jésus, leur Sauveur.

Entre-temps, le pasteur intervint pour lire un verset de la Bible, puis les frères et sœurs prièrent tous ensemble.

Après ce temps de prière, un petit groupe d'hommes et de femmes passa dans les rangs avec une corbeille de pain et des verres de vin. Chacun, s'il avait donné sa vie au Seigneur Jésus, était invité à prendre la Cène en souvenir du Christ. Le pain représentait son corps donné en sacrifice pour tous ceux qui croiraient en son nom et le vin symbolisait son sang versé sur la croix pour le pardon des péchés.

La chorale reprit un dernier chant et chacun prit place sur les bancs en bois. Le pasteur prêcha l'Évangile. Il apportait des éclaircissements sur les versets bibliques qu'il avait choisis à l'avance pour la prédication. Et tout à coup, il en vint au fait qu'il était écrit dans *Genèse 2/24 : « C'est pourquoi l'homme quittera son père et sa mère et s'attachera à sa femme, et ils ne feront qu'un. »*

Le pasteur loin de vouloir blesser l'auditoire, encouragea les frères et sœurs :

— Si le Seigneur nous demande de nous abstenir de toute relation hors mariage, c'est parce qu'il sait ce qu'il y a de meilleur pour nous. Cette parole cause peut-être de la tristesse à quelqu'un d'entre vous, mais prenons un exemple. Imaginons deux fiancés. Comment une jeune fille qui se laissera séduire par son fiancé aura la certitude d'être honorée dans leur futur mariage ? Est-ce qu'au contraire l'amour n'est pas patient ? Dieu pardonne si nous nous repentons, gloire à Dieu ! Mais il nous demande aussi de faire preuve de sagesse et ainsi nous pourrons éviter bien des souffrances. Nous sommes toujours libres de choisir, mais n'oublions pas frères et sœurs, qu'un choix a ses conséquences, bonnes ou mauvaises, qu'il faudra assumer. Notre Dieu est le créateur de toute chose, mais il a fixé des règles et un cadre à ce bonheur pour nous protéger.

Alicia écouta attentivement le prédicateur sans baisser les yeux, absorbée par ses paroles, ayant l'impression que Dieu lui parlait à travers lui.

— Je vous invite, si quelqu'un parmi vous rencontre cette épreuve, à prier le Seigneur pour qu'il vous donne la force de persévérer dans votre engagement d'attendre jusqu'au mariage. Et je suis sûr qu'en vous mariant conformément aux Écritures, votre union sera bénie.

Le pasteur commença à prier à voix haute.

— Seigneur Jésus, nous te prions, etc.

Tous les croyants prièrent simultanément. La tête baissée en signe de respect, les yeux fermés, Alicia répétait les paroles qu'elle entendait.

Le pasteur acheva sa prière en disant « amen ».

Vers midi Martin Bart se présenta à l'hôtel *New Town Hall* et demanda le numéro de l'appartement d'Alicia au réceptionniste.

Colin le lui indiqua.

Il monta rapidement les marches de l'escalier. Une fois arrivé au deuxième étage, il frappa à sa porte. Impatient de lui parler, il l'appela, mais elle ne lui ouvrit pas. Alors il donna des coups plus forts.

David entendit le raffut à travers les murs de son appartement. Il parut précipitamment au seuil de la porte avec son chapeau.

— Inutile d'insister, Alicia n'est pas là, le renseigna David.

— Où puis-je la trouver ?

— Pas en ville, dit-il en secouant la tête de gauche à droite.

— Mais où donc est-elle partie ?

— À l'église. Elle était pressée, je n'ai pas eu le temps de lui dire au revoir. Soyez rassuré shérif, elle sera de retour en fin de soirée.

— Je vois… vous lui direz que je suis passé ?

— Je n'y manquerai pas.

Martin Bart le salua avant de disparaître dans l'escalier.

David ne saisissait pas le moins du monde leur attitude qu'il jugeait étrange autant chez l'un que chez l'autre. Il espérait que tout rentrerait bientôt dans l'ordre.

D'habitude ils se voyaient rarement le dimanche, mais cela lui fit bizarre de savoir qu'Alicia n'était pas là. Martin Bart sentit un grand vide dans son cœur. Et si elle décidait de partir pour toujours, qu'est-ce qu'il deviendrait ?

Le shérif rentra chez lui le cœur chargé de tristesse ; il n'avait envie de rien faire et attendit que le temps passât. Il ne sortit pas de chez lui de toute l'après-midi.

Vers huit heures du soir la diligence déposa Alicia devant l'hôtel *New Town Hall*. David, ayant entendu la voiture s'arrêter, ouvrit sa porte pour l'aborder quand elle monterait les escaliers.

Elle n'oublia pas de récupérer sa valise accrochée au-dessus de la voiture.

Les réverbères éclairaient le village d'une faible lueur ; Alicia demeura un moment immobile pour admirer la ville plongée dans l'obscurité.

C'était d'un pas assuré qu'elle gagna l'hôtel. Alicia se sentait apaisée et parfaitement en paix.

David l'accueillit chaleureusement et lui demanda comment s'était passée sa journée loin de Monterey. Alicia répondit en toute franchise que le temps lui avait paru long. David l'assaillit de questions jusqu'à ce qu'elle lui dise ce qu'il désirait entendre.

— Vous m'avez manqué David.

— Vous ne pouvez donc pas vous passer de votre grand frère ? Je suis donc indispensable ?

— Oui, je le reconnais.

— Cela fait plaisir à entendre dit-il avec fierté. Au fait, le shérif est passé ce midi, il avait à vous parler. Peut-être devriez-vous aller le voir demain à son bureau ?

— Le voyage m'a fatiguée, nous verrons ça plus tard.

— D'accord. Allez vite vous coucher.

Demain en pleine rue, le shérif et Alicia marchaient sans but. Ils étaient perdus dans leurs pensées et le hasard fit qu'ils se trouvèrent nez à nez l'un devant l'autre. Ils se regardèrent avec des yeux surpris. Ils ne savaient pas comment exprimer ce qu'ils avaient en tête. Leur regard se faisait confus.

Martin Bart engagea la conversation de peur qu'elle reprenne sa route pour l'éviter.

— Alicia, vous êtes revenue ? stupéfait.

— Oui, je me suis simplement absentée.

— Alors vous n'êtes pas fâchée contre moi ?

— Mais non, pourquoi le serais-je ?

— Depuis une semaine j'ai l'impression de vous faire fuir.

— J'avais peur que vous ne m'aimiez plus, osa-t-elle lui avouer en le regardant dans les yeux.

— Moi, ne plus avoir d'amour pour vous ? dit-il encore plus

frappé d'étonnement. Comment cela se pourrait-il alors que vous êtes constamment l'objet de mes pensées ? Vous avez imaginé ça à cause de l'autre soir…

— Oui Martin. Vous m'avez manqué.

— Vous aussi Alicia.

Dans un élan de joie, il la prit dans ses bras. Alicia ferma les yeux, pleinement rassurée et heureuse de le sentir à nouveau contre son cœur.

— Me permettez-vous quelques familiarités ?

— Mais oui Martin.

Il arrêta de l'enlacer et la regarda jusqu'au fond des yeux.

— Je voudrais te dire que je t'aime.

De nature émotive, Alicia sentit les larmes lui monter aux yeux.

— Tu pleures ? J'espère que ce n'est pas de la tristesse.

— Non, ce sont des larmes de joie.

Martin Bart lui prit les mains qu'il garda dans les siennes.

— Je t'aime aussi lui dit-elle émue.

— Alors embrasse-moi.

Alicia passa les bras autour du cou de son amoureux, ferma les yeux et l'embrassa tendrement. Sans se soucier des autres, ils échangèrent successivement plusieurs baisers pleins d'amour.

Peu de temps après, le shérif insista auprès d'Alicia pour l'emmener au marchand de chapeaux et lui en acheter un sans regarder au prix ; il désirait lui faire plaisir. Le sourire ravi sur le visage d'Alicia le combla.

Ils discutèrent longtemps avec les propriétaires.

Alicia ressortit avec un chapeau bleu foncé à bords larges, rehaussé d'un gros nœud papillon bleu clair et de rubans blancs. Elle avait pu se regarder dans un miroir et elle se trouvait belle.

David remarqua tout de suite son nouveau chapeau qu'elle arborait avec une joie parfaite sur sa tête, et pourtant il savait fort bien qu'elle était fauchée. Par conséquent, il se demanda comment elle avait fait pour l'acquérir. Il songea alors que les vendeurs lui en avaient certainement fait cadeau pour la remercier de ses services rendus. Puis en voyant de près les détails de l'ornement, il songea que le prix devait être trop élevé pour qu'ils puissent lui offrir gratuitement. Avait-elle l'intention de travailler dans leur boutique le temps de le rembourser ? Il l'imaginait mal s'affairer à la confection de chapeaux.

— Vous portez un magnifique chapeau ! s'exclama-t-il d'un ton admiratif.

— Merci David, je l'aime beaucoup.

— Il me semblait néanmoins que vous aviez dépensé tout votre argent.

— Oui David… Mais n'allez pas imaginer que je vous en ai emprunté sans demander votre accord.

— Cela ne m'était pas venu à l'esprit.

Alicia parla moins fort comme pour lui faire une confidence.

— Martin tenait absolument à m'en faire cadeau. J'étais très gênée car c'est un luxe d'avoir une qualité comme celle-là.

— Vous vous êtes donc réconciliés ; il me semblait bien que vous aviez retrouvé le sourire.

Alicia se sentit rougir en pensant à l'homme qu'elle aimait. Ce qu'elle ressentait au plus profond de son cœur était si fort et tellement nouveau pour elle.

Son regard se fit rougissant. David le vit fort bien et s'en amusa gentiment.

— Si je comprends bien, Martin Bart et vous êtes plus proches que jamais.

— On peut dire ça oui… d'une voix légèrement tremblante.

Il prit subitement un ton grave.

— Quand j'y pense, John Sherman me demandait de veiller sur vous. Je me souviens encore de son avertissement ; il m'a mis en garde contre le danger qui vous guette à cause de votre manque d'expérience. Et votre cœur bat pour un homme, dit-il en riant. Je me demande comment il réagira à cette nouvelle.

— Ne dites rien, je vous en prie David… Je n'y avais pas pensé, il faut me croire… J'ai oublié qu'on nous attendait ailleurs et je ne sais pas comment seront les jours à venir… Je n'ai encore rien décidé… avoua-t-elle affolée.

— Calmez-vous, je voulais seulement vous taquiner un peu dit-il d'un ton amusé.

— Non au contraire, vous me faites prendre conscience de la réalité. Que va-t-il se passer à présent ?

— Eh bien, si vous vous projetez dans l'avenir, vous serez mariée et vous appellerez Alicia Bart.

— Je vivrais ici et non plus à Chicago, et par conséquent je ne verrai plus mes parents.

— Effectivement Alicia, mais pas définitivement, moins souvent. Vous ne pensez pas qu'ils seront heureux d'apprendre que leur fille unique va se marier ?

— Et nous David, nous ne nous verrons plus, n'est-ce pas ? J'imagine que vous allez rentrer à l'Illinois sans moi.

— Je ne peux pas faire autrement. John Sherman a besoin de mes services, j'ai travaillé dur pour gagner sa confiance. Quant à Martin Bart, il ne quittera sans doute pas le territoire car son rôle est trop important. Que deviendrait Monterey sans lui ?

Alicia parla d'une voix de plus en plus altérée par l'émotion.

— Je n'avais pas réalisé tout cela et je me sens triste à présent.

— Il est peut-être temps pour vous d'avoir de nouveaux objectifs dans la vie. Ne vous en faites pas, je reviendrai vous voir de temps en temps. Je ferai mon possible pour me libérer.

— Vous n'avez plus rien contre Martin ?

— Alicia, vous attendez mon approbation ? Sachez que je suis extrêmement heureux pour vous car je sais combien vous l'aimez. Je suis sûr qu'il sera un bon mari et qu'il prendra soin de vous. C'est mon vœu le plus cher.

— Et notre équipe, que devient-elle dans cette histoire ?

David voulut la rassurer.

— J'imagine que vous travaillerez aux côtés de Mike et Travis, sous les ordres du shérif, et ensemble vous ferez régner la loi à Monterez. Notre duo existera toujours, même si nous devons être séparés.

— Vraiment ? dit-elle.

— Allons, ne soyez pas triste, il fallait bien que ces choses arrivent un jour.

— Vous ne m'en voulez donc pas ?

— Pourquoi vous en voudrais-je Alicia ? Quoi qu'il arrive, vous restez ma sœur que j'aime tendrement et serez toujours dans mon cœur et dans mes prières.

— Et vous David, pendant ce temps vous vivrez encore seul dans votre maison ?

— Je dois vous avouer que je consacre la plupart de mon temps à mon métier et surtout à rechercher la présence de Dieu chaque jour. Mais si vous voulez tout savoir, j'attends de rencontrer une jeune femme avec laquelle je passerai le restant de mes jours.

— Cela me rassure, j'avais peur que vous finissiez seul, car je ne vous ai pas connu amoureux.

— Non, j'ai le désir de me marier moi aussi.

XX

Alicia tenait un petit journal qu'elle complétait régulièrement en y écrivant de nouvelles informations susceptibles de faire avancer l'enquête. Il figurait entre autres le nom des proches de la victime, des témoins et des suspects interrogés, leur alibi, le lieu et les circonstances tragiques dans lesquelles Carlos et Bryan avaient été assassinés. Venait ensuite le lien entre les victimes qu'Alicia cherchait à établir.

Ce travail rigoureux permettait ainsi à Alicia de ne pas négliger la mort de ces deux innocents ; il était de son devoir de leur rendre justice en envoyant le meurtrier derrière les barreaux de la prison.

À ce jour, la police de Monterey manifestait de moins en moins d'enthousiasme à chercher le coupable ; Alicia l'avait remarqué. David non plus ne savait pas où chercher. Il avait passé des heures à interroger bon nombre de gens, sans obtenir quoi que ce soit d'important.

Elle notait toutes sortes d'hypothèses sans parvenir à trouver une piste convaincante. Soudain elle repensa à sa discussion avec Bryan, peu avant qu'il se fasse arrêter par le shérif. Alicia songea en elle-même : « Bryan ne m'a pas tout dit, j'en suis sûre. Il détenait sûrement des renseignements connus de l'assassin. Ce dernier redoutait qu'il me fasse des révélations si nous gardions le contact. Pourquoi a-t-il fallu que le shérif se trouve sur les lieux au mauvais moment ? » Puis ses pensées la dirigèrent vers le vol des couteaux. Elle écrivit à ce sujet : « Ils étaient quatre si je me souviens bien, mais il ne peut pas y avoir plusieurs assassins, à moins qu'ils soient complices les uns les autres. Supposons que Jared y soit réellement pour quelque chose, il aurait menacé son propre père en plein jour sans se faire reconnaître ? Cela me paraît insensé, sans compter qu'il aurait blessé un policier, le meilleur ami de son père. Mike doit sûrement le connaître, il entretient une profonde amitié avec le shérif, alors comment pourrait-il ignorer l'existence de son fils ? Je suis certaine qu'il aurait réussi à l'identifier malgré son foulard. Néanmoins... C'est bien Jared qui a déposé les couteaux dans nos chambres le soir du meurtre de Carlos car je me suis rappelée de son écriture. Et ensuite il n'a rien fait de plus parce qu'il savait que son père m'aimait sans doute. J'aimerais bien comprendre pourquoi il nous a menacés de quitter la ville et pourquoi une bande de hors-la-loi nous ont adressé les mêmes avertissements, le soir où j'ai défié le bandit aux cartes au saloon et qu'ils m'ont faite prisonnière. Je n'ai pas su poser les bonnes questions à Jared et ses frères. Je note qu'ils ne possédaient pas grand-chose sur leur campement ; pour des voleurs, ils m'ont paru extrêmement pauvres. Difficile d'imaginer qu'ils aient pu conserver les couteaux si on les soupçonne de les avoir volés. D'autant plus qu'ils ont levé le camp devant moi. À moins qu'ils les aient abandonnés sur leur chemin. Et si David ne se trompait pas ? Jared deviendrait notre principal suspect. Qu'en penserait son père qui est un shérif exemplaire ? Selon Martin Bart, Carlos aurait été assassiné par Bryan pour éponger ses dettes. Accusé du meurtre, le suspect a été arrêté, et éliminé dans le but de dissimuler des projets émis par le shérif. Mais je ne peux pas le soupçonner car j'aime Martin ; entre autre, il a un excellent alibi puisque je me trouvais avec lui quand Bryan a été assassiné. Si je devais jouer un double jeu, ce serait injuste. Le soir où le shérif et David faisaient de la lutte, des détonations ont retenti peu après l'entrée de Mike et Travis au saloon, et je mentionne qu'ils étaient absents quand on a fait mourir Carlos. Le plus étrange, Travis tombe malade, il se retrouve dans l'impossibilité de travailler et le prisonnier meurt le jour de son absence. David m'a rapporté qu'il était allé le voir à son domicile et qu'il l'avait trouvé couché, brûlant de fièvre ; à moins qu'il ait joué la comédie. Quant à Mike, j'ignore où il était au moment du drame. »

Alicia posa son crayon à côté du cahier et relut les lignes qu'elle avait écrites à propos de Martin Bart et son fils et songea tout à coup à l'histoire de leur famille. C'était comme un puzzle auquel il manquait des pièces. Elle n'oublia pas les mises en garde de David : ils ne devaient négliger aucune piste, tous les habitants de Monterey étaient suspects.

Il y avait aussi cette clé découverte sur le cadavre de Carlos, confiée à son coéquipier. Ni David ni Alicia ne savaient comment l'utiliser.

Quelque chose la poussa à aller au bureau de police.

Convoqué pour une affaire à régler entre deux frères qui ne parvenaient pas à se mettre d'accord sur leur héritage, le shérif était absent. Alicia en profita pour aller voir Mike qu'elle trouva affairé à son bureau.

— Asseyez-vous devant moi. En général, ce sont les suspects qui sont assis à cette place, mais avec vous c'est différent.

— Qu'est-ce que vous êtes en train de faire ?

— Je remplis un dossier confié par le shérif, j'en ai au moins pour deux heures si je ne traîne pas.

— Bon courage.

— Merci. Vous aviez besoin d'un renseignement ?

— En parlant du shérif, j'ai l'intention de lui demander de me parler plus en détails de sa défunte épouse.

Mike la dévisagea avec un air mécontent.

— Pourquoi vous mêlez-vous d'une vieille histoire qui ne

vous concerne pas le moins du monde ? Vous lui voulez quoi à Martin ? S'il vous a fait des confidences, c'est donc qu'il vous a dit tout ce que vous deviez savoir.

— J'ai besoin de comprendre ; j'aimerais l'aider.

— L'aider ? soupira-t-il. Vous allez surtout lui ramener en mémoire des souvenirs qu'il voudrait mieux oublier et rouvrir une blessure. Vraiment, cela ne vous regarde pas. Pourquoi vous vous intéressez au passé du shérif ?

— Si vous condescendez à me donner les informations que je recherche, alors je vous le dirais.

— Est-ce qu'on vous a imposé de nous raconter votre vie et votre jeunesse passée à l'Illinois ? Non, je ne crois pas. Néanmoins je vais vous répondre, moi, pour le soulager. Mais par pitié ne lui parlez pas de ce sujet.

— Entendu.

Alicia se heurta un moment au silence du policier, jusqu'à ce qu'il se décide enfin à parler. Il prit un air grave.

— Quand les parents de Maria ont découvert que leur fille était enceinte à dix-sept ans, ils étaient furieux. Maria a tenté de leur expliquer qu'elle n'était pas responsable de son état en dénonçant son agresseur. Mais vous savez qu'à notre époque on parle difficilement de quelque chose d'aussi délicat. Ne la croyant pas, ils l'ont chassée du foyer parental par crainte du regard des autres s'ils vivaient sous le même toit qu'une pros… Mike ne prononça pas le mot. Maria s'est donc retrouvée à la rue. Après le décès des parents de Martin, son frère aîné Freddy a pris les choses en main pour hériter de la propriété des défunts. Martin n'a pas reçu grand-chose. Cependant, malgré ses revenus modestes, il a vu la détresse de Maria. Ils se sont donc mariés. Vous savez sans doute qu'ils n'ont eu qu'un fils unique : Jared.

— Oui Mike, affirma Alicia en hochant la tête.

— Quant à Freddy il a gaspillé son héritage. Il s'est retrouvé complètement ruiné jusqu'au jour où il s'est fait expulser de sa maison ; je vais vous épargner les détails de sa vie débauchée. Martin l'a pardonné et recueilli sous son toit avec l'accord de Maria. Freddy est brusquement décédé il y a trois ans d'un arrêt cardiaque.

— Finalement la situation de Maria s'était arrangée, intervint Alicia rassurée, en revenant au sujet qui l'intéressait.

— Loin de là. Son secret n'a pas pu être caché longtemps. Une femme ne peut dissimuler sa grossesse ; tout le village le savait. Cette histoire en a fait parler plus d'un, beaucoup ont jugé cette jeune fille à tort car elle était réellement innocente. Si vous voulez mon avis, les gens sont remplis de méchanceté et se font du mal les uns aux autres par orgueil. Et aujourd'hui tout le monde semble ignorer le passé, dit-il mécontent.

Sa dernière phrase décontenança Alicia. Il avait un regard vide. Puis il se ressaisit.

— J'espère avoir satisfait votre curiosité. Dites-moi Alicia, c'est pour votre enquête personnelle que vous vous intéressez à la vie privée du shérif ?

— Pour répondre à votre première question, je crois qu'il y a un lien avec la mort de Carlos et Bryan.

— Vous faites fausse route, dit-il en secouant la tête de gauche à droite. Si vous ne m'en aviez pas parlé, personne n'y penserait.

— Comment pouvez-vous l'affirmer avec autant d'assurance Mike ?

— Je vais vous donner un bon conseil : ne prenez pas cette affaire trop à cœur. Vous étiez proche de la deuxième victime, mais contentez-vous de faire ce qui vous est demandé. Travis et moi sommes les policiers légitimes de cette enquête, et nous finirons bien par découvrir une nouvelle piste, avec ou sans votre aide. Agissez comme votre ami David ; il n'est pas trop curieux, lui. Je l'apprécie beaucoup.

Alicia ne poursuivit pas l'entretien. Par sagesse elle préféra en rester là pour cette fois.

David profitait de son temps libre pour aller dans les rues annoncer la bonne nouvelle de l'Évangile. Une foule s'assembla autour de lui pour l'entendre jouer de la guitare et chanter des cantiques. Interpellés par lui, les passants l'écoutaient ou reprenaient leur chemin dans l'indifférence la plus totale. Loin de se décourager, son sourire ne le quittait pas, déterminé à amener des gens à Christ. Il cita *Jean 3.16, 17 Oui, Dieu a tant aimé le monde qu'il a donné son Fils, son unique, pour que tous ceux qui placent leur confiance en lui échappent à la perdition et qu'ils aient la vie éternelle. En effet, Dieu n'a pas envoyé son Fils dans le monde pour condamner le monde, mais pour que celui-ci soit sauvé par lui.*

Après avoir parlé de l'amour du Seigneur Jésus, David poursuivait la conversation avec la personne concernée à l'écart et priait pour elle.

Bouleversés, quelques-uns crurent en Dieu et acceptèrent de lui donner leur vie.

David distribua toutes les bibles qu'il avait amenées avec lui. Il lui restait encore quelques ouvrages dans sa chambre d'hôtel.

XXI

La vie à Monterey semblait redevenue paisible, si on oubliait les attaques répétées subies par les Mexicains ; les policiers ne parvenaient toujours pas à mettre la main sur les responsables.

Un soir pourtant, Alicia décida de sortir profiter de la douceur de la soirée et eut une désagréable mésaventure. Elle ne savait pas si elle devait se confier au shérif ou à David.

Sur son trajet, elle croisa les Bellamy et leur parla longtemps ; l'obscurité commençait déjà à s'établir. La nuit tomba rapidement et obligea Alicia à prendre un raccourci en passant du côté du saloon. Elle regrettait sa décision. Mais en y réfléchissant, elle se disait qu'il fût nécessaire qu'elle soit là, à cet endroit précis.

Elle se croyait seule dans la rue déserte ; les derniers couche-tard étaient tous partis au saloon. Elle distinguait la faible lumière à travers les fenêtres tamisée par les rideaux, et elle entendait la cohue bruyante à l'intérieur du bâtiment.

Soudain une voix de femme apeurée attira son attention, suivie de celle d'un homme. Ces voix provenaient aux environs d'un grand arbre éclairé en partie par le réverbère.

Alicia apercevait vaguement leur silhouette à cause de la nuit profonde. Cependant, elle comprit rapidement la situation.

— Reprenez votre argent et laissez-moi en paix.

— Non, hors de question.

— Vous êtes fou. Je vous en prie monsieur, partez !

Alicia resta paralysée sur place, terrifiée à l'idée de ce qui pourrait arriver si personne n'intervenait. Elle espérait de tout son cœur qu'un policier fût de passage ; l'angoisse lui fit oublier qu'il était en son pouvoir d'intervenir. Mais, en tant que femme, ce n'était sûrement pas prudent.

La gifle donnée la sortit immédiatement de ses pensées et redoubla son effroi.

Contre toute attente, quelqu'un passa près d'Alicia – sans la voir – et partit à leur rencontre.

— Lâche ! lui cria-t-il, tu vas payer ton crime !

Alicia reconnut la voix de Jared. Il découvrit son visage et attrapa l'agresseur par les épaules, qu'il ramena à lui, avant de lui envoyer son poing en pleine figure. Cet acte avait été accompli avec beaucoup de violence. En effet, l'homme bascula en arrière et resta allongé sans plus bouger et sans plus parler. Il était manifeste qu'il se trouvait en état d'ivresse, la boisson l'avait contraint à se comporter de manière regrettable.

La victime s'enfuit sans tarder. Jared sortit son révolver et le chargea. Alicia sentit quelque courage s'emparer d'elle et intervint avant qu'il ne fût trop tard.

— Jared, attends, tu ne peux pas tuer cet homme !

— Qu'est-ce que tu fais là Alicia ? Ne te mêle pas de mes affaires, autrement nous ne serons pas amis toi et moi.

Elle vit la haine incommensurable qu'il y avait dans ses yeux bleus, mais ce n'était pas le regard fou et inexorable d'un meurtrier. Il lui sembla même qu'il tremblait en visant l'agresseur. Aveuglé par sa colère, Jared ne savait pas ce qu'il faisait. Sans doute avait-il imaginé sa mère à la place de cette femme.

Alicia s'approcha de lui lentement, elle ne tenta plus de le convaincre de renoncer à cet assassinat, de peur de le pousser à bout et qu'il n'appuie accidentellement sur la détente. Elle posa sa main sur la sienne et le força à baisser son arme.

Le regard de Jared s'assombrit. Alicia songea qu'elle devait lui parler.

— Tu lui as donné une bonne leçon. Pars en paix.

Une grande colère se dessina à nouveau dans ses yeux.

— Il doit payer, et tu ne m'en empêcheras pas !

— Veux-tu finir en prison Jared ? À ton âge, ne serait-ce pas regrettable ? Qu'en dirait ton père le shérif ?

— Aurais-tu réagi de la même façon si tu avais été à sa place ? Au contraire, n'aurais-tu pas été reconnaissante qu'on vienne te sauver et te rendre justice ?

Alicia resta d'abord silencieuse avant de répondre :

— Tu ne vengeras pas ta mère en agissant ainsi.

Ces mots lui déchirèrent le cœur. Il partit blessé et contrarié. Alicia se reprocha sa maladresse : c'était la phrase à ne surtout pas prononcer.

Son cœur palpitait toujours dans sa poitrine à cause de la violence des deux hommes.

Elle respira calmement pour se ressaisir et quitta les lieux. Il était temps qu'elle rentre chez elle et aille se coucher pour oublier tout ça, du moins temporairement. Alicia ne pouvait pas garder ce lourd secret pour elle seule. Mais, si elle devait signaler le comportement de Jared à la police, elle avait peur de compromettre la réputation du shérif. Honnêtement, quel père se réjouirait d'apprendre que son fils était sur le point de commettre un crime ? Quant à David, si elle le mettait dans la confidence, comprendrait-il bien la situation ? N'exercerait-il pas une sorte de pression sur le shérif pour qu'il puisse lui dire droit dans les yeux : « J'ai toujours su que vous me cachiez quelque chose. » À bien y réfléchir, cela ne correspondait pas du tout à sa façon d'agir. « Je peux lui faire confiance. » se dit-elle pleinement convaincue.

Pendant qu'Alicia dormait, Jared n'avait pas le cœur à se coucher. Il fut le dernier à regagner le campement. Il trouva ses compagnons endormis, excepté Alan. Il partit s'asseoir au coin du feu ; Jared pleurait comme un enfant. Non loin de là, Jade semblait s'être assoupie.

— Moi, lui dit Alan, quand je suis triste, je bois jusqu'à l'enivrement ; la boisson m'aide à oublier toutes mes peines. Tu veux cette bouteille ?

— Un ami ne donne pas de mauvais conseil, répondit Jared les joues baignées de larmes.

— Enfant, tu es trop jeune pour comprendre. Toi, tu as quitté ta maison, tu as abandonné tout ce que tu possédais, et tu vis encore sous l'autorité de ton père bien qu'il ne vive pas parmi nous.

— Ne me traite pas d'enfant, j'ai horreur qu'on m'appelle comme ça, répliqua-t-il.

— Tu sais quoi Jared ? J'ai sommeil. Si tu es tout triste, tu ne pourras pas t'endormir ; tu n'auras qu'à veiller sur le feu cette nuit ou suivre mon conseil. C'est une bonne bouteille, je te l'offre.

Alan fit exprès d'abandonner la bouteille près de lui. Resté seul, Jared la prit dans sa main. À l'aide de la lueur du feu, il l'examina attentivement. Jade qui faisait semblant de dormir, avait tout entendu. Elle rouvrit un œil sur Jared ; elle craignait fortement qu'il ne cédât sous l'insistance d'Alan. Elle se leva et rejoignit Jared au coin du feu. Ce dernier ne broncha pas ; il regardait droit devant lui. Soudain, il reposa la bouteille, songeant qu'il ne serait pas raisonnable de boire ainsi.

Jade le fixait sans détourner son regard. Elle n'aimait point ce silence qu'elle rencontrait souvent chez Jared, elle préférerait qu'il lui fasse davantage confiance et lui dise clairement ce qu'il avait sur le cœur. Elle l'aimait, comment pouvait-elle l'aider s'il ne lui disait pas ce qui le tracassait ? Elle ne savait même pas où il s'était aventuré ce soir. Depuis quelque temps, il était devenu mystérieux. Jared lui cachait des choses, elle le sentait bien et elle n'osait pas le questionner sur quoi que ce soit.

Un peu hésitante, Jade se rapprocha plus près de lui, elle lui caressa ses cheveux et lui donna un baiser sur la joue.

— Parle-moi, dis-moi la raison de tes larmes.

— Va te recoucher, lui dit-il d'une voix tremblante, surpris par son geste.

En effet, quand Jade voulait l'embrasser, il reculait la tête et demandait :

— Que fais-tu ? Nous ne sommes pas seuls, nos frères peuvent le voir.

— Il faut qu'ils sachent que nous nous aimons ; moi, je ne veux pas me cacher ! s'empressait-elle de lui répondre.

— Ils le savent très bien, nous sommes fiancés.

— Pourquoi tu ne me fais pas confiance ?

Jared le prit comme un reproche et tourna la tête vers elle. Il vit son regard douloureux, il était manifeste que son silence lui faisait de la peine.

— Tu ne veux rien me dire ?

Une fois encore elle se heurtait à son mutisme. C'en fut trop pour Jade.

— Tu deviens de plus en plus distant en ce moment.

Elle s'apprêtait à le quitter, mais Jared l'arrêta dans son élan en la retenant par le bras.

— Reste avec moi.

— Maintenant tu ne veux plus que je parte, mais à quoi bon rester si tu n'as rien à me dire ?

— Encore un peu de temps et tu sauras tout, sois patiente.

— Pourquoi tous ces mystères ? Je n'arrive plus à te comprendre Jared. J'ai le sentiment d'être une étrangère à tes yeux.

— Nous devons nous marier. Tu le veux toujours, non ?

— Oui, mais toi, j'ai l'impression que tu n'y penses plus.

— Tu te trompes. Ces temps-ci, je n'arrête pas de penser à ma mère. J'aurais tant désiré qu'elle soit présente pour notre mariage.

Jared regarda de nouveau droit devant lui, il se perdit dans ses pensées. Jade dut se contenter de cette réponse. Toutefois il venait de lui affirmer qu'il pensait toujours à leur mariage et cela lui rendit la joie qu'elle avait perdue. Elle ne savait pas comment l'aider à surmonter le deuil de sa mère survenu sept ans plus tôt. Elle aussi avait perdu ses parents et en souffrait beaucoup, mais ceci dit la vie continuait et se lamenter chaque jour n'y changerait rien. Jade avait continuellement une pensée pour les défunts, jamais elle ne les oublierait.

Elle songea que sa présence le consolerait, alors elle l'entoura de ses bras. La tendresse de cette étreinte fit prendre conscience à Jared qu'il n'était pas seul dans sa douleur et il ne pensa plus aux événements survenus le soir même à Monterey. Ils veillèrent sur le feu ensemble.

Le jour d'après, à midi, quand David vint retrouver son amie, il la trouva soucieuse pendant qu'ils mangeaient à table. Il était flagrant qu'elle n'allait pas bien et la crainte s'empara de lui.

— David, j'aimerais vous parler de quelque chose qui est très délicat. Je dois impérativement vous mettre au courant.

David avait cessé de manger et était devenu très sérieux.

— Vous m'avez l'air chamboulée.

— Si je n'étais pas intervenue hier soir, j'ai bien peur que le fils de Martin Bart aurait commis un meurtre.

— Vous me sidérez ! Expliquez-moi Alicia, où cela s'est-il passé exactement ? Quand et comment ?

— Ne m'assaillez pas de questions… Je suis tellement triste si vous saviez, quand je pense au malheur qui aurait pu arriver si je n'avais pas été là.

David l'écouta raconter les faits qu'elle relatait avec une douleur non dissimulée, elle ne négligea aucun détail, elle avait besoin d'épancher son secret.

— Même si la situation est dramatique, je ne peux quand même pas dénoncer son propre fils…

— Je retiens qu'il tremblait d'après vous, cela me paraît difficile d'appuyer sur la détente dans ces conditions. Nous ne le saurons jamais si vous voulez mon avis ; Jared aurait pu tirer ou ne pas le faire. Vous vous êtes fermement opposée à Jared et il a choisi de vous écouter. En revanche, l'agresseur aurait mérité un séjour en prison et de sérieuses remontrances.

— Qu'est-ce qu'il faut faire David ? Dites-le moi.

— Pour l'instant, cela reste entre nous. Je vais y réfléchir. J'ai le désir pressant d'interroger ce Jared. Mais il est impossible de savoir où il se trouve.

— Moi aussi David j'ai des questions à lui poser. Malheureusement les circonstances n'étaient pas favorables, alors je l'ai laissé filer.

Alicia se leva de table et partit chercher son journal pour partager son point de vue avec David. Elle le posa devant lui et reprit sa place pour terminer son assiette encore tiède.

— Après manger vous y jetterez un œil.

— Je ne l'ai jamais vu ; je peux savoir ce qui y est écrit ?

— Tout ce que nous avons découvert depuis notre arrivée à Monterey pour nous permettre d'y voir plus clair et tenter de retrouver l'assassin de Carlos et de Bryan. Peut-être serez-vous plus inspiré que moi.

— J'ai hâte de vous lire, lui dit-il avec un grand sourire. Permettez-moi de terminer mon assiette tranquillement car je me régale ! Vous ne songez pas à devenir écrivain au moins ?

— Très peu pour moi, j'ai assez de travail comme ça, lui répondit-elle amusée.

David resta encore une heure en compagnie d'Alicia et partit faire du travail confié par le shérif, qu'il rejoignit dans la cour de la prison.

Ensemble ils déchargèrent les lourds tonneaux d'une charrette qu'ils avaient contrôlée, les déplacèrent un par un et les alignèrent contre un mur. Chaque tonneau était rempli de poudre à fusil, d'une valeur inestimable.

Le shérif et David étaient en sueur.

Mike interrogeait le transporteur en ce moment même pour qu'il décline son identité et avoue à qui était destiné le chargement de poudre noire. Pour l'instant, on n'avait tiré aucun aveu du suspect ; il prétendait ne pas savoir ce qu'il transportait. Mike n'était pas dupe, il n'y croyait pas une seconde. Il lui posa toute une série de questions, quitte à lui faire répéter plusieurs fois sa version des faits pour le prendre au piège de ses propres paroles.

— Beau travail, le félicita le shérif.

— Votre aide m'a été très précieuse. D'où viennent ces barriques ?

— Nous le saurons bientôt si le détenteur se décide à parler. J'ai confiance en Mike, il réussira à lui soutirer des aveux. Ce sont encore les trafiquants d'armes, mais cette fois, nous avons mis la main sur la marchandise qu'ils convoitaient. Avec un peu de chance il nous indiquera leur cachette.

Haletant tous deux, ils soufflèrent pour reprendre leur respiration. David profita de ce moment calme pour lui poser une question.

— Sans vouloir vous faire de la peine, comment Jared a-t-il su que vous n'étiez pas son père ?

Martin Bart releva la tête et le regarda très surpris. Il se résolut à lui en faire la confidence, il n'avait rien à cacher.

— Maria et moi lui avons dit la vérité dès le début, mais seulement une partie de la vérité adaptée à son âge. Plus il grandissait, plus il posait des questions, les enfants sont étonnement curieux. Maria et moi avions convenu de tout lui dire à ses douze ans et il a très mal vécu ce moment. Il se sentait coupable d'être né. Maria lui a assuré que sa naissance l'avait rendue heureuse et qu'elle l'aimait de tout son cœur ; puis elle est morte l'année suivante. Cela me fait bizarre de parler ainsi de Jared, car à mes yeux il est mon fils et je suis son père ; c'est moi qui l'ai élevé et qui l'ai aimé.

— Je le comprends tout à fait, croyez-le bien. Vous avez répondu à mon interrogation, je n'insiste pas.

Le shérif se perdit dans ses pensées. David lui proposa d'aller boire un café ; ils avaient bien mérité un peu de repos après tant d'efforts harassants. Recru de fatigue, le shérif se laissa convaincre facilement.

Alicia avait besoin de se changer les idées elle aussi. Elle quitta l'hôtel en cette fin d'après-midi et fit un tour en ville, saluant les passants qu'elle croisait sur sa route, prenant de leurs nouvelles et échangeant de brèves paroles avec les plus pressés. Sur le chemin du retour, elle passa devant une boutique aux faibles dimensions où l'on vendait des vêtements de mariage. Elle jeta un coup d'œil à travers la vitrine de la devanture. Elle y vit une jeune fille habillée avec la robe de mariée qu'elle était venue essayer.

La confection de la robe avait nécessité plusieurs semaines de travail. Les détails de la dentelle provoquaient l'admiration.

Alicia se rêva à sa place, imaginant le jour où elle se marierait. Comme toutes les femmes, elle souhaitait que son mariage fût inoubliable et couronné d'un bonheur perpétuel. Dans son cœur, elle espérait être bien traitée par son mari.

Elle dut reprendre sa route, David l'attendait pour dîner.

Ils passèrent une bonne soirée.

De bon matin, poussée par l'envie d'aller voir son amoureux, Alicia mit un voile sur sa tête et se précipita dans la rue. Le soleil brillait et rendait la chaleur étouffante.

Martin Bart se réjouit qu'elle soit venue le voir, cela lui fit très plaisir qu'elle se soit déplacée en dépit de la lourde chaleur. Alicia lui exprima son souhait de lui parler seule à seul. Croyant que Mike et Travis étaient juste dans la pièce d'à côté et qu'ils pouvaient les entendre, le shérif lui proposa d'aller dans la cour. Il se leva de son bureau et ajouta : « Nous serons mieux dehors. » Ils sortirent main dans la main et partirent sous un arbre pour être protégés des rayons du soleil ardent, sans s'apercevoir de la présence des deux autres policiers ; Mike et Travis n'avaient pas envie de rester enfermés et de suffoquer dans leur bureau. En voyant le shérif, ils crurent que leur temps d'arrêt était terminé.

Martin Bart eut à peine le temps de lui demander : « Comment vas-tu ? » qu'Alicia l'entoura de ses bras, et dans un élan d'amour, l'embrassa.

— Eh bien, Alicia, d'où vient cette joie si soudaine ? lui demanda-t-il comblé.

— Je t'aime, lui dit-elle avec des yeux pleins de douceur.

— Je t'aime aussi, mon trésor, roucoula-t-il.

Alicia lui confia ses craintes, notamment à propos du mariage. En parlant de leur vie commune future, elle lui laissa entendre ses préoccupations.

— Quand nous serons mariés, tu seras le chef de la maison.

— Je ne veux pas t'écraser lui dit-il, nous prendrons les décisions ensemble.

Elle se sentait libre d'épancher son cœur. Martin Bart faisait tout son possible pour la rassurer. Pour une femme, le dialogue, les mots tendres étaient primordiales, il le savait bien. Il avait toujours des paroles rassurantes qu'il accompagnait d'un geste affectueux. Il voulait se montrer protecteur, lui garantissant qu'il la traiterait avec déférence.

Sur le point de rentrer, Mike et Travis les virent s'embrasser. Travis se retrouva brusquement dans un état d'abattement en comprenant que Mike avait raison : le cœur d'Alicia n'était plus à prendre. Il s'en désola. Son ami vit fort bien la déception dans son regard.

— Que vais-je devenir à présent, si la femme que je chéris secrètement en aime un autre ? se lamenta-t-il.

Mike ne sut quoi lui répondre. Il entretenait avec le shérif une amitié forte et intime depuis des années ; il le considérait comme son propre frère. Mike savait indubitablement que s'il avait de l'amour pour cette femme, cela aboutirait à un mariage.

Plus d'une fois Martin Bart lui confia son désarroi : il ne parvenait pas à faire le deuil de sa défunte épouse. Il savait aussi qu'il ne laissait pas les femmes indifférentes. Mme. Rachel, en particulier, insista auprès de lui pour se remarier ; elle-même étant veuve, et de ce fait, une riche héritière. Combien de fois elle le tourmenta pour qu'il devînt son époux. Elle usa de toutes sortes de ruses pour gagner le cœur de l'homme qu'elle convoitait. Martin Bart répondait qu'il ne se sentait pas capable d'aimer à nouveau. Mme. Rachel ne fut pas la seule à le presser ; mais jamais il ne cédât. Il se consacra à l'éducation de son fils, pour qu'ensemble ils surmontent cette terrible épreuve.

Il se réfugia dans son travail. Cela lui permit de chasser ses idées noires.

Mike avait tenté plusieurs fois de le raisonner en disant qu'il ne devait pas culpabiliser s'il venait à aimer une nouvelle femme. Sa femme ne faisant plus partie des vivants, il n'était plus lié à elle. À son âge il n'était pas trop tard pour refaire sa vie. Il l'encouragea : « Tu as rendu ton épouse heureuse, c'est le plus important. Tu as fait ton devoir de mari. Personne sur terre ne pourra te l'enlever. »

Travis les regardait discuter de loin avec une certaine amertume dans le cœur. Puis, il réalisa qu'il n'avait jamais fait part de ses sentiments à Alicia. Elle n'était coupable de rien, hormis le fait de lui avoir volé son cœur sans le savoir.

— Tu n'as pas connu d'homme et moi, j'ai connu une femme, se désola Martin Bart.

— C'est ton passé et il n'y a rien à changer, pensons au présent. Je t'aime lui assura-t-elle.

Mike entendit qu'on fredonnait l'air d'une chanson qu'il connaissait bien. Il vit la jeune fille en question, elle se baladait dans la rue.

— Et que penses-tu de la jeune fille là-bas ? J'ai remarqué

qu'il y avait de la tendresse dans ses yeux dès qu'elle pose son regard sur toi. Tu es bien le seul à ne pas le voir, la désignant du doigt.

— Lucy, cette belle jeune fille ? Elle est si douce et ses cheveux sont si longs et si noirs ! dit-il d'un ton rêveur. Je doute qu'elle s'intéresse à un type comme moi.

— Ne sois pas bête Travis, tu crois que j'ai fait comment pour épouser ma femme ? Ce n'est sûrement pas en restant les bras croisés qu'elle s'intéressera à toi. Tu es un homme, c'est à toi de faire le premier pas.

— Tu me suggères d'aller la voir ?

— Oui Travis, soupira-t-il.

— Et je suis censé lui dire quoi ?

— Parle-lui du beau temps et intéresse-toi à elle, pose-lui des questions sur ce qu'elle aime faire et sur ce qu'elle n'aime pas. Et surtout, complimente-la.

— Les réponses sont évidentes : il fait beau et elle aime confectionner des robes ; elle travaille avec ses parents.

— Tu ne comprends donc pas, je dis cela dans ton intérêt pour que tu aies un sujet de conversation et ne te lances pas dans quelque chose de trop compliqué.

— Elle s'en va fit-il remarquer.

— Cours la rejoindre !

Travis considéra une dernière fois Alicia en se faisant à l'idée qu'elle ne l'épouserait pas et se hâta de rattraper Lucy. Il cria derrière elle :

— Lucy ! Lucy !

Elle entendit qu'on l'appelait. Elle interrompit sa chanson et se retourna vers la voix. Elle s'étonna de voir Travis et afficha un large sourire. Ses yeux brillaient.

— Travis, je ne m'attendais pas à te croiser. Tu ne travailles pas aujourd'hui ?

— Si, mais il m'est permis de m'absenter, je ne suis pas en prison, sans vouloir faire de jeu de mots, plaisanta-t-il.

Cela les fit rire.

— Ta venue se fait rare en ce moment.

— Oui, j'ai beaucoup de travail à faire à la boutique.

— Je m'en doutais.

— Et toi, tu as une mission à accomplir peut-être ?

— Je t'ai vue passer, alors je me suis dit que j'allais venir te dire bonjour.

— Tu as bien fait Travis.

XXII

Jared s'étonnait des nombreuses absences de Jade. Enclin aux soupçons, il la fit espionner. Il éprouva une cruelle déception lorsque Alan lui rapporta qu'elle cherchait du travail. Cette trahison le mit hors de lui.

Ce même jour, quand elle rentra de sa soit disant visite à Monterey, il lui demanda des explications devant tout le monde. Jade fut forcée de tout lui avouer sans rien cacher, elle ne chercha pas à nier les faits, à quoi bon d'ailleurs, puisqu'il lui faudrait tout dire un jour.

— Tu n'as pas compris qui nous sommes. Tu pensais vraiment que j'allais accepter, moi, un hors-la-loi ?

Jared marchait de long en large, réfléchissait, cherchait à comprendre pourquoi elle avait fait ça. Jade gardait la tête baissée. Elle n'osait lever les yeux vers lui.

Soudain il s'arrêta et enleva sa bague de fiançailles.

— Tu vois notre futur mariage ? N'y compte plus, je ne te prendrai pas pour femme.

Il jeta son anneau au sol. Jade se mit à pleurer. Elle prit une voix suppliante, l'implorant d'essayer de la comprendre, mais ses larmes ne l'émurent point.

— Il n'y a rien à comprendre, tu as trahi ma confiance.

— Mais Jared… Tu ne peux pas m'interdire indéfiniment de travailler…

— Je ne veux plus te voir. Prends ce qui t'appartient et va-t-en. Tu n'as pas ta place parmi nous.

Jade emporta avec elle le peu d'affaires qu'elle possédait. Tous la regardaient faire sans broncher, mais ils n'approuvaient pas pour autant la décision de Jared. Elle ne fit aucun adieu.

Ambrose voulut prendre sa défense.

— Tu ne t'es pas bien comporté avec Jade. Si elle veut travailler, c'est son droit. Veux-tu que je te dise ? Je suis las de vivre cette vie de misère dans les privations et d'être sous les ordres d'un enfant capricieux. Moi, je dis tout haut ce que les autres pensent et disent tout bas contre toi. Je m'en vais aussi.

Jared changea brusquement de comportement et redevint presque aimable. Il emboîta le pas à Ambrose.

— J'ai commis une erreur. Cours la rattraper et dis-lui de revenir. Nous ne sommes pas les seuls bandits et je ne voudrais pas qu'elle fasse de mauvaise rencontre.

— Jade n'est pas un objet qu'on prend et qu'on jette une fois qu'on n'en a plus besoin.

— Je regrette.

— Tu as voulu qu'elle s'en aille, elle est partie.

— Je t'ordonne d'aller la chercher.

— Tu peux courir.

Jared brandit son arme contre lui dans un moment de colère.

Jade, les yeux baignés de larmes, entendit un coup de feu. Apeurée, elle s'enfuit, croyant qu'il lui était destiné et qu'on voulait attenter à sa vie.

Par chance, Alan ayant vu le danger, s'était approché de Jared et lui avait fait baisser son arme à temps. La balle atteignit l'herbe.

— J'espère ne pas être traité de la même manière… C'était ton ami, et je t'ai empêché de commettre un acte pour lequel tu te serai repenti, s'expliqua Alan.

Ambrose revint sur ses pas.

— La policière avait raison à ton sujet, tu as un sérieux

problème et tu devrais te faire aider.

— Je n'aurais pas tiré sur toi, mon frère.

David étant allé prendre des nouvelles des Mexicains, Alicia se rendit du côté du photographe, à l'instigation du shérif. Elle ne savait pas pourquoi il lui avait demandé de faire une inspection surprise dans l'établissement.

À peine eut-elle poussé la porte, qu'elle entendit du raffut dans la rue. Elle regarda dans la direction d'où provenait le bruit et crut apercevoir de loin le hors-la-loi recherché par la police. Elle voulut s'assurer qu'il s'agissait bien de lui et marcha aussitôt à sa rencontre. Trop pressée, sans doute, par son envie de l'interroger.

Il demeurait sur la propriété d'un ranch de bonne apparence et déchargeait les sacs d'une charrette avec un autre homme.

Il s'agaça du remue-ménage de son compère. Ce dernier rétorqua qu'il ne le faisait pas exprès. Ainsi, il se nommait Danny. Son nom représentait l'unique information qu'elle détenait de son identité. Elle était précieuse pour l'enquêtrice.

— Vous vous souvenez de moi, n'est-ce pas ? lui lança courageusement Alicia.

Danny, debout dans la charrette, dévisagea cette « petite femme ». En effet, c'était un homme de haute taille.

— Il se pourrait bien que oui, il se pourrait bien que non.

— Nous avons joué aux cartes un soir au saloon, et vous avez disparu comme un voleur. Je suis venue vous arrêter !

— M'arrêter ! s'exclama-t-il frappé par son audace. Cette petite femme ne recule devant rien.

Il descendit de la charrette pour se placer face à elle. Il la fixait de ses yeux marron expressifs. L'autre bandit, d'un abord difficile, se joignit à lui d'un air menaçant.

— Et comment feras-tu ?

— Ne faites pas d'histoire et suivez-moi.

— Arrête-moi, ma chère.

Il tendit les bras pour qu'elle lui mette les menottes. Alicia comprit qu'il jouait la comédie. L'autre était prêt à le défendre, il avait ouvert les bras.

— J'abandonne pour cette fois, puisque je n'ai pas d'autre choix. Je vous arrêterai un autre jour. Messieurs, leur dit-elle en les saluant avant de partir.

Danny siffla, deux autres malfaiteurs rappliquèrent pour lui barrer la route. Tous les quatre l'obligèrent à reculer contre le ranch. Alicia se vit prise au piège et imagina les arguments qu'elle allait formuler pour qu'ils acceptent de la laisser partir.

Heureusement, Mike était de passage. Il sortait à l'instant d'une maison. Un cow-boy monté à cheval l'aborda un moment. De loin, il vit le comportement suspect de ces quatre individus à l'encontre d'une femme qu'il ne distinguait pas bien ; il ne savait pas qu'il s'agissait d'Alicia. Il voulut lui porter secours.

Alicia gardait son calme pour ne pas céder à la panique.

— Et si tu venais plutôt avec nous ? Qu'allons-nous faire cette fois pour nous débarrasser de toi ? réfléchit Danny à voix haute.

— Mettons-la en prison, suggéra un brigand.

— Non, demain elle sera déjà sortie ; le délai est trop court.

— Enfermons-la encore chez les Mexicains.

— Ce n'est pas une bonne idée. Son ami David risque de chercher là-bas, s'impatienta Danny.

Mike s'interposa entre eux.

— Je peux savoir à quoi vous jouez, messieurs ? N'avez-vous pas du travail ? Retournez à vos occupations.

Il prit Alicia avec lui et ils partirent loin d'eux sans tarder. Alicia se retourna à moitié et jeta un dernier regard à Danny. Il la considérait, ayant l'air d'affirmer : « La prochaine fois, tu ne m'échapperas pas. »

— Je ne sais pas comment vous vous y êtes prise pour vous retrouver dans cette fâcheuse situation ; soyez sage à l'avenir.

C'est aussi le devoir des policiers d'agir avec prudence.

Alicia, refusant d'abandonner, arrêta Mike sur le chemin.

— Nous ne pouvons pas partir. Parmi eux se trouve un bandit nommé Danny ; nous devons l'arrêter immédiatement. Je suis sûre qu'il détient des informations capitales sur l'assassinat de Carlos et Bryan. L'avancée de l'enquête dépend du témoignage de cet homme.

— À deux, nous ne pouvons pas faire grand-chose.

— Il va nous échapper, s'obstina Alicia.

— Je regrette, mais cela va finir en bagarre. Ils sont quatre et moi je suis seul pour me battre.

— Appelez le shérif et Travis ; pendant ce temps, je tenterai de les retenir.

Ils virent la charrette passer près d'eux. Étrangement, il n'y avait que le conducteur, et ce n'était pas Danny. Alicia se retourna : les hors-la-loi avaient disparu.

— C'est trop tard, ils nous ont échappés. Comment l'enquête peut-elle progresser si nous laissons fuir le principal suspect ? Si David avait été là, il aurait tenté quelque chose.

— Ils étaient quatre, répliqua Mike pour se justifier, je ne fais pas le poids. Vous vouliez que je fasse quoi ?

XXIII

Alicia passait souvent devant la boutique de vêtements. Elle se réjouissait à l'idée d'apercevoir leurs nouvelles créations. La sublime robe rose et blanche, placée derrière la vitrine, captivait toute son attention. Elle rêvait de l'avoir en sa possession. Malheureusement, l'argent lui manquait et il ne lui était pas possible de faire crédit. Elle voulait encore moins abuser de la générosité de David. Renoncer à cet achat fut une déception douloureuse qu'elle gardait au fond de son cœur.

Plus d'une fois, quand le shérif faisait un tour en ville, il vit fort bien ses yeux rêveurs ; ce regard voulait tout dire. Il demanda à David de s'informer soigneusement auprès d'Alicia pour connaître ses mensurations.

— Je n'ai pas l'habitude de poser cette question aux femmes, lui répondit-il un peu gêné.

— Je voudrais lui offrir un cadeau, mais c'est un secret. Je compte sur votre discrétion. Autrement, ce ne serait plus une surprise.

— Entendu, mais je ne vous promets pas d'obtenir ces informations.

— Essayez toujours, insista le shérif.

David interrogea son amie un soir qu'ils dînaient ensemble à l'hôtel, comme s'il s'agissait d'une demande ordinaire. Alicia le regarda un peu surprise.

— Je trouve votre question surprenante David, c'est bien la première fois que vous me la posez depuis qu'on se connaît. C'est assez inhabituel pour une femme, dit-elle d'une voix amusée.

— Faites-moi confiance, ne cherchez pas à comprendre. Je vous assure qu'il ne s'agit pas d'une mauvaise affaire.

— Je vais vous les noter pour ne pas qu'il y ait d'erreur.

Alicia écrivit ses mesures sur un morceau de papier. Pendant ce temps, David ramena une bouteille de champagne qu'il déboucha devant ses yeux. Il leur servit un verre de champagne. Contente, Alicia lui demanda :

— En quel honneur buvons-nous ?

— Vos futures fiançailles avec Martin Bart.

Ils trinquèrent. Tous deux savourèrent la boisson. Le goût fruité et sucré était délicieux.

Alicia lui tendit la feuille qu'il plia en deux et rangea dans sa poche.

— Si je comprends bien David, vous avez l'intention de m'acheter quelque chose pour mes fiançailles ?

— Je ne dirais rien, lui répondit-il avec un large sourire. Ne soyez pas trop curieuse.

Alicia n'insista pas, persuadée d'avoir découvert la raison.

La surprise fut d'autant plus belle le jour où Martin Bart débarqua chez elle, les bras chargés d'une sublime robe et pas n'importe laquelle. C'était celle qu'elle désirait secrètement. Pour sûr, elle n'en avait parlé à personne.

David et Alicia se trouvaient à table en train de boire du café. Sa joie fut immense.

Elle leur demanda de bien vouloir patienter à l'extérieur, le temps qu'elle se changeât et fasse son apparition.

Le shérif et David entamèrent la conversation.

La porte s'ouvrit brusquement. Alicia s'avança vers eux ; la robe lui allait à ravir. Tous deux la complimentèrent, cela lui fit chaud au cœur. La journée commençait bien.

Martin Bart leur proposa de faire un tour dans le village. Ils passèrent leur matinée ensemble.

Après avoir partagé un bon repas au restaurant, David les laissa seuls.

En fin d'après-midi, ils se séparèrent aux environs du saloon. Mme. Rachel se trouvait dans les parages. Quelle ne fut pas sa déception de les voir s'embrasser. Ce baiser, c'était la goutte d'eau qui faisait déborder le vase.

Cette femme digne et respectable avait reçu une éducation stricte. Cependant, elle oublia en cet instant la morale sévère qu'on lui avait inculquée, tant elle éprouvait de l'amertume envers sa rivale. Furieuse et jalouse, elle méditait le mal contre elle dans son cœur. Elle avait maintes fois demandé cet homme en mariage et ne supportait pas l'idée qu'il tombe amoureux d'une autre et encore moins de *cette étrangère*. Elle se dit en elle-même : « Je dois agir et réparer cet affront. Cette étrangère a eu l'audace de lui voler son cœur et d'en faire un sujet de fierté. »

Par ruse, elle attendit patiemment qu'il fût suffisamment éloigné avant de passer à l'action.

Elle marcha à la rencontre d'Alicia et l'apostropha. Mme. Rachel voulait la blesser. Elle parla d'une voix forte de manière à être entendue des autres passants :

— Ce n'est pas propre.

— Quoi donc ? demanda candidement Alicia.

— Il pourrait être votre père.

— Ce n'est pas un vieil homme, répliqua-t-elle vexée.

— Non, mais il y a une différence d'âge entre vous, et cela se voit comme le nez sur la figure.

— Occupez-vous de vos affaires, d'une voix faible.

Alicia baissa les yeux, honteuse. Cette opposition fut pis encore pour la dame. Mme. Rachel ne toléra point son insolence.

— Si vous étiez ma fille, je vous corrigerai immédiatement et vous apprendriez avec larmes ce qu'est le respect.

Alicia savait qu'on les écoutait, la peur du qu'en-dira-t-on la paralysa et la mit si mal à l'aise qu'elle perdit tous ses moyens. Elle n'osait pas s'enfuir.

Parvenue à ses fins, Mme. Rachel reprit avec aigreur :

— Habitants de Monterey, nous devrions nous révolter ; il serait temps que le shérif assume son devoir et prenne des mesures pour interdire le séjour des étrangers dans notre village.

Les passants désapprouvaient ses dires. Les plus âgés s'éloignèrent car ils ne désiraient pas être mêlés à cette histoire. Les plus jeunes restèrent pour savoir comment cela finirait.

Alicia déguerpit aussi loin qu'elle le pût. Personne n'avait pris sa défense, cela lui brisa le cœur. Elle stoppa sa course au pied d'un arbre pour pleurer sur son malheur. Elle ne comprenait pas ce qui venait de se passer. Elle en conclut qu'il était nécessaire qu'il y ait une ombre à son bonheur, sans savoir quel tort elle avait pu commettre à cette femme. Soudain, tout fut très clair dans son esprit : elle se rappelait son regard désobligeant le jour où elle avait dansé avec le shérif. Mme. Rachel devait probablement aimer le même homme qu'elle et être jalouse d'elle. Il n'y avait pas d'autre explication.

Le jour suivant, quand ils se revirent, Martin Bart la trouva un peu froide à son égard. Elle lui semblait triste et il ne savait pas pourquoi. Hier, quand il l'avait quittée, tout allait très bien.

Alicia était venue à son rendez-vous fixé la veille, dans la cour de la prison. Il se demanda si elle ne s'était pas querellée avec David ou si lui-même n'avait pas été maladroit avec elle, sans qu'il ne s'en rende compte.

Ils s'assirent sous l'arbre. Les réponses vagues qu'elle donnait à ses questions trahissaient un manque d'enthousiasme évident. Il cessa de parler et lui prit la main.

— Que se passe-t-il Alicia ?

— Je n'ai pas envie d'en parler.

— Comment puis-je t'aider si tu demeures silencieuse ?

Il resta un moment sans parler et reprit :

— Est-ce à cause de David ?

— Non, Martin.

— Alors c'est à cause de moi, en déduisit-il.

— Non… Tu n'y es pour rien non plus, dit-elle d'un air convaincu. Une dame m'a blessée volontairement en disant que tu pourrais être mon père, lui confia-t-elle.

— Alors, j'aurais engendré un enfant en étant moi-même un enfant, si elle considère qu'on est un homme à dix ans. C'est impossible. Il faudrait ajouter dix à ce chiffre, voire plus.

— Tu sais, je n'y prête pas attention. Cette femme a voulu me faire du mal, mais moi je t'aime Martin, et je veux que tu sois mon mari.

— Et moi, que tu deviennes ma femme. Je refuse qu'on détruise notre bonheur, je ne laisserai personne te faire du mal. Au contraire, je te protégerai. Je t'aime mon trésor, je veux te rendre heureuse.

Alicia était venue appuyer sa joue contre l'épaule du shérif. Il l'entoura à la taille et ils ne parlèrent plus, s'abandonnant à leur rêverie.

Accroupie au bord d'un cour d'eau, Jade essorait le linge qu'elle venait de laver avec du savon. Son voile l'importunait, tombant toutes les deux secondes sur son front, qu'elle rabattait sans cesse à l'arrière de sa tête.

Non loin de là, caché derrière un séquoia verdoyant, Jared l'observait. Il avança jusqu'à elle, masqué par son foulard. Jade prit peur.

— Qui êtes-vous ? dit-elle avec crainte.

— N'aie pas peur, c'est moi, Jared. Regarde-moi.

Il dévoila son visage. Jade le considéra, frappée d'un grand étonnement, croyant avoir une hallucination. C'était bien la dernière personne au monde qu'elle s'attendait à revoir.

— Tu ne voulais plus me voir, il me semble ; ne m'as-tu pas chassée l'autre jour ?

— J'ai eu tort. Reviens vivre parmi nous. Tu nous manques.

Il lui tendit la main amicalement.

— Tu aurais dû me le dire plus tôt. Grâce au shérif, j'ai trouvé un boulot et je ne peux pas tout abandonner, même si tu me le demandais.

— Tu es allée consulter mon père…

— Exactement.

Il vit la détermination dans son regard. Comprenant qu'il ne gagnerait rien en essayant de la persuader, Jared s'approcha pour l'embrasser sur la joue, mais Jade l'arrêta.

— Jared…

— Quoi ? Ce n'est pas ce que tu voulais ?

— Je ne t'aime plus, déclara-t-elle tristement.

— Et comment as-tu fait disparaître ton amour ? Tu l'as jeté dans la rivière avec ton linge et il s'est noyé ?

— Ce n'est pas mon linge, il appartient à la famille pour laquelle je travaille.

— Travailler, travailler, tu n'as plus que ce mot à la bouche ! s'écria-t-il en perdant son sang-froid.

— J'aime cela, tu ne peux pas me l'interdire.

— Tu es asservie à ces gens-là et tu refuses de le reconnaître. Quand on se soumet à quelqu'un, on devient son esclave et on est à sa merci, prétendit-il.

— Non Jared, tu te trompes. Je fais de cette tâche ma joie et je recevrai un salaire.

— C'est contre nos principes, je te l'ai déjà expliqué. Nous vivons sans aucune loi et ne devons rien à personne. Oublie donc ça et viens avec moi.

— Tu as peut-être mal vécu d'être au service de ton chef, mais tous les maîtres ne sont pas mauvais, les miens ne me battront jamais et ne me priveront pas de nourriture. J'ai pris ma décision. Je dois rentrer, on m'attend là-bas. Sois prudent pour retourner au campement.

Elle porta le linge à bout de bras. Tout à coup, Jared l'attrapa dans ses bras. Jade laissa tomber par mégarde les vêtements sur l'herbe. Affolée, elle le repoussa. Il recula stupéfait.

— Pourquoi as-tu peur de moi ? Ai-je déjà porté la main sur toi ? dit-il d'un ton désespéré.

— Ma vie est ici maintenant, ne me retiens pas.

Jared la bâillonna avec son foulard pour la faire taire et la serra aux bras avec brutalité, annulant toute tentative de fuite. Zack et Alan parurent et enlevèrent Jade.

— Puisque cette sotte préfère Monterey à notre campement, nous allons satisfaire son désir. Elle ne mettra pas un pied hors du village, déclara Jared.

— Devons-nous l'attacher ? demanda Alan.

— Non décida Jared. Ne la laissez pas s'échapper, elle finira bien par devenir raisonnable. N'est-ce pas, Jade ? lui dit-il en lui lançant un dernier regard.

Martin Bart avait beaucoup réfléchi à sa situation amoureuse avec Alicia, et pensa à leur avenir à tous les deux. Il savait bien qu'il y aurait une ombre à leur bonheur et plus exactement à celui d'Alicia. Il ne voulait pas qu'elle ait des regrets par la suite.

Comme à l'accoutumée, ils se donnèrent rendez-vous dans la cour de la prison. Alicia pressentait qu'il allait lui annoncer quelque chose de douloureux, et elle ne se trompait guère.

Ces derniers jours, le shérif se faisait plus distant et arborait un air triste. Il ne lui avait rien dit de son malaise. Était-ce à cause de leur discussion sur leur différence d'âge ?

— Alicia, es-tu certaine de vouloir m'épouser ? Nous pouvons mettre un terme à notre relation si tu le souhaites, et pour protéger ta réputation, je… Je pourrais dire que je ne suis pas prêt pour me remarier. C'est vrai, on ne s'engage pas sur un coup de tête.

Cette question la consterna, ne sachant quoi répondre dans l'immédiat et encore moins comment il en était arrivé à vouloir rompre avec elle.

— Mais Martin… Je ne comprends pas… Tu ne m'aimes plus ?

— Si cela ne tenait qu'à moi, je voudrais t'aimer pour toujours. Mais j'ai peur que tu ne sois pas heureuse avec moi.

— Comment peux-tu penser une chose pareille ?

Elle ne put retenir ses larmes, bien qu'elle s'interdisait de pleurer par pudeur. Martin Bart ne souhaitait pas la rendre triste, mais il pensait avant tout à son bonheur. Il devait s'expliquer.

— Comment seras-tu heureuse si tu ne peux pas avoir des enfants à cause de moi ?

— Je n'y pense pas pour l'instant.

— Le temps passe vite Alicia ; tu as trente ans, ne l'oublie pas. Ce n'est pas dans ta vieillesse que tu en auras. Il faut penser à ton avenir, je ne veux pas te rendre malheureuse.

— Je veux avoir des enfants avec toi et non pas avec un autre homme. Nous en aurons, j'y crois de tout mon cœur.

— Et comment ferons-nous ? Nous n'allons pas arracher son nouveau-né à une mère.

— Non bien sûr.

— À moins que nous adoptions un enfant, réfléchit-il.

— Je compte sur la grâce de Dieu.

Alicia lui expliqua la chose suivante : tout était possible à Dieu, il avait la possibilité de changer le mal en bien. Martin Bart l'écouta attentivement, elle avait l'air de savoir de quoi elle parlait et se laissa persuader d'y croire. « La foi est une ferme assurance des choses qu'on ne voit pas mais qu'on espère », lui dit-elle avec la même assurance.

XXIV

Un jour, Alicia s'apprêtait à sortir du saloon. Au même moment, Danny, le bandit recherché par la police, passa devant l'établissement. Alicia le dévisagea. Elle descendit rapidement les marches et décida de le suivre. Il se dirigeait du côté du photographe et poursuivit son trajet jusqu'au ranch.

Tout à coup, il se retourna dans la direction d'Alicia pour vérifier qu'on ne l'avait pas suivi. Par peur d'être découverte, Alicia salua un groupe d'enfants, plaisanta avec eux et les fit rire très haut. Danny ne se doutait de rien : « La voie est libre », se dit-il. Il entra à l'intérieur de l'ancienne ferme.

Alicia ne perdit pas une seconde et courut droit devant elle. Elle regarda à travers l'unique fenêtre mais ne vit rien, si ce n'était la lumière d'une ampoule. Non loin de là, contre un arbre, se trouvait une charrette. Les chevaux attachés broutaient l'herbe.

Des voix masculines attirèrent son attention. Elle colla son oreille contre la porte, sans percevoir distinctement ce qu'elles disaient, à cause du hennissement des chevaux et du chant des oiseaux.

— Qu'est-ce que tu fais là ? lui demanda-t-on.

Alicia pivota sur elle-même pour regarder son interlocuteur. Un bandit la visait avec un révolver qu'il cachait en partie dans sa veste, craignant d'être vu par les éventuels passants.

Elle cherchait s'il n'y avait pas un policier, un homme fort pour lui porter secours. Le malfaiteur s'en aperçut et la menaça.

— Si tu appelles quelqu'un pour te venir en aide tu mourras. Tu es Alicia, l'enquêtrice, c'est bien ça ? Si tu t'étais mêlée de tes affaires, tu n'en serais pas là.

— Je cherche l'assassin de Carlos et Bryan, dit-elle d'un air sérieux.

— Je m'en fiche, c'est toi que ça regarde.

Il l'invita à entrer, Alicia obéit avec une certaine angoisse. La porte s'ouvrit sur une pièce presque vide. Le mobilier était simple : une grande table avec des chaises, un foyer et une horloge. De la paille jonchait le sol.

Sa venue interrompit les trafiquants d'armes en plein partage de fusils. Le brigand était à deux pas d'elle et la visait toujours.

— Pourquoi l'as-tu laissée entrer ? s'agaça Danny, tu veux nous envoyer en prison ?

— Elle était en train de fouiner autour du ranch et j'ai compris qu'elle savait tout. Elle est seule, David n'est pas avec elle.

Il ferma la porte en la bloquant avec une planche et ordonna à Alicia de jeter son révolver par terre.

— Je ne suis pas armée, certifia-t-elle.

Danny se leva de table, prit entre ses doigts le cigare qu'il fumait et l'écrasa dans le cendrier.

— Encore toi. Décidément, tu ne manques pas de culot.

— Je m'en occupe chef, dit l'un d'eux.

Ce dernier avait un air terrible, n'appréciant pas que cette femme se mette en travers de leur chemin. Il était prêt à la gifler, mais Danny le retint.

— Laisse Conrad, je vais m'occuper personnellement d'elle.

Danny lui chuchota une phrase qu'elle n'entendit pas. Alicia aurait dû se douter qu'il était leur chef.

— Nous avons longuement élaboré un plan pour nous

débarrasser des membres de la police dont tu fais partie ; ta venue tombe on ne peut mieux. Grâce à toi, nous allons attirer ton ami David dans un guet-apens. Et quand il viendra te délivrer, nous le tuerons, lui et les deux autres, Mike et Travis, mais ces deux-là ne sont pas les plus à craindre. Ce David aime bien fourrer son nez là où ça ne le regarde pas, tout comme toi. C'est bien le shérif qui a intercepté le chargement de poudre ? Il nous l'a volé et cela coûte de l'argent ; David se chargera de nous le remettre sans avertir personne. Quant à toi Alicia, ta présence nous est indispensable. Mais sois tranquille, je n'ai pas encore décidé comment tu nous quitteras.

Danny s'empara d'une corde et lui lia les poignets en serrant bien fort sur le nœud.

— Vous saviez que j'allais revenir ?

— Oui, je me doutais que la tentation serait trop forte pour que tu renonces à me rechercher. Ta curiosité t'a perdue Alicia. Conrad, conduis notre invitée dans la pièce du fond et enferme-la. Je m'empresse d'adresser une lettre à ce cher David.

Alicia n'opposa aucune résistance à son malfaiteur. Conrad la poussa brutalement à l'intérieur d'une pièce à moitié remplie de tonneaux de poudre et de caisses vides, et referma la porte derrière elle en la verrouillant à clé. Alicia était tombée à genoux et se releva. Elle crut entendre quelqu'un bouger.

En effet, une tête se dessina au-dessus de l'une de ces barriques et disparut presque aussitôt. C'était Jade, la fiancée de Jared !

— Jade, n'aie pas peur. C'est moi, Alicia.

La jeune fille n'eut aucune réaction. Alicia avança jusqu'à elle.

Jade était accroupie et semblait terrifiée ; elle pleurait. Alicia se montra amicale et bienveillante. Elle s'assit devant elle.

— N'aie pas peur, je ne te veux aucun mal. Tu te souviens de moi ? Je travaille pour les autorités d'Amérique. Si tu arrives à défaire ce nœud, je trouverais un moyen de nous faire sortir d'ici. Mais avant, raconte-moi ce qui t'est arrivé pour que tu te retrouves coincée ici.

— C'est Jared bredouilla-t-elle en sanglotant, c'est à cause de l'autre jour. Il a su que je voulais travailler et ne l'a pas supporté, il m'a chassée du camp. Je suis allée voir le shérif et je lui ai tout raconté. Il m'a recueillie quelque temps en secret et m'a trouvé de quoi être logée chez une famille. En échange, je devais exécuter diverses tâches pour eux. Cela se passait plutôt bien. On m'offrait de la nourriture, des vêtements et un logement. Mais Jared a été pris de regrets, alors il est venu me retrouver un après-midi. Il m'a demandé de le suivre et j'ai refusé ; je venais d'être embauchée, j'étais contente moi, de pouvoir me servir de mes mains et d'être rétribuée. Il n'a pas accepté ma nouvelle vie, il m'a emmenée de force et m'a confiée à ces bandits pour qu'ils me retiennent prisonnière.

— Est-ce qu'on t'a maltraitée ? s'informa Alicia avec crainte.

— Ils ne m'ont pas fait de mal. Conrad est très agressif avec moi, il menace souvent de me battre. Celui qu'on appelle Danny a un comportement étrange. La dernière fois il s'est assis sur un tabouret pour me surveiller et il épiait mes moindres faits et gestes. Jared lui a dit par moquerie que j'aimais travailler ; alors il m'a donné des corvées pour m'occuper. À un moment donné, il s'est levé et m'a embrassée sur la joue. J'ai eu si peur… avoua-t-elle avec honte.

— Ne crains rien, je suis là. Je vais trouver un moyen de quitter cet endroit.

— Que ferons-nous ensuite ? Ils nous retrouveront, dit-elle en pleurant.

— Tu iras habiter chez David, mon coéquipier. Pendant ce temps, nous chercherons une solution.

— Je ne préfère pas, non, c'est un homme…

— David est fiable. Je le considère comme mon propre frère, il a toute ma confiance. Avec lui tu ne cours aucun danger, je t'en donne ma parole.

— Quel est ton plan ?

— Si tu pouvais défaire le nœud ce serait un début.

Alicia lui sourit gentiment pour gagner sa confiance. Jade passa à l'action ; elle s'arma de patience car il était bien serré. Alicia se redressa et marcha à travers la pièce, inspectant les lieux, cherchant une échappatoire.

Sur le sol traînait un drap complètement terni et une suite de cordes entremêlées, sans oublier une chaise renversée près de la porte. Elle examina attentivement le plafond ; il avait l'air solide. Quant aux murs, ils commençaient à se lézarder çà et là. Il y avait une fenêtre en mauvais état, bonne à changer, qu'on ne pouvait atteindre à cause de sa hauteur.

Jade vint à ses côtés, tremblante.

Le trot des chevaux retentit dehors, sans doute les bandits s'étaient absentés. Cependant, elles entendaient du remue-ménage et des rires dans l'autre pièce. Elles n'étaient donc pas seules.

À force de réfléchir, Alicia eut une brillante idée.

— Amenons un tonneau de poudre sous la fenêtre et nous grimperons dessus.

Alicia désigna le moins rempli. Les deux femmes unirent leurs forces en déplaçant l'énorme barrique jusqu'à ce qu'il touche le mur où était encastrée l'unique fenêtre.

Soudain Conrad donna des coups de pied dans la porte pour se faire entendre. Il leur donna l'ordre de cesser de faire du raffut ; si elles le poussaient à entrer, ça se passerait mal. Elles prirent son avertissement au sérieux.

Alicia s'empara de la chaise et la donna à Jade. Elle lui expliqua qu'elle allait monter sur le tonneau de poudre pour se suspendre à la poutre en bois du plafond, pendant que Jade enverrait la chaise contre la fenêtre afin qu'elle se brise dans l'impact et qu'Alicia puisse sortir rapidement. Jade devra la rejoindre sans tarder.

— Tu t'en sens capable ? lui demanda Alicia.

— Oui, même si cela me paraît dangereux pour toi. J'agirai vite comme tu l'as dit

— On aura qu'une seule chance, il ne faut pas la gaspiller. Ne reste pas devant la vitre, il ne faudrait pas que tu reçoives un éclat de verre.

Jade suivit son conseil en se tenant à l'écart. Alicia sortit une paire de gants en cuir qu'elle enfila – ceux empruntés à David – grimpa sur le barrique, se maintint à la poutre, et donna le signal. Jade projeta la chaise de toutes ses forces ; la chaise tomba de l'autre côté.

Alicia s'accroupit et dégagea aussitôt les débris de verre restants à l'aide de ses gants, passa par l'ouverture et atteignit le sol en toute sécurité. Elle plaça la chaise sous le cadre en bois de la fenêtre pour faciliter l'évasion de Jade.

Jade entendit qu'on s'agitait dans la pièce contiguë. « Je vais aller voir, disait Conrad. Vous l'avez voulu, je viens ! »

Sa jupe s'était prise dans un clou qui dépassait de la barrique. Alicia la pressait, la panique l'obligea à tirer fort sur sa jupe ; elle y fit un trou. Jade se précipita de l'autre côté, Alicia l'aida à descendre. Une fois à terre, les deux fuyardes coururent aussi vite qu'elles le purent.

Conrad était entré dans la pièce, fou de rage. Il informa immédiatement Danny de leur fuite.

Quelle joie immense Alicia ressentit dans son cœur quand elle aperçut David, Mike et Travis. Ils sortaient du saloon. Les trois hommes virent Alicia et une jeune fille venir dans leur direction. Elles semblaient particulièrement pressées.

Quand elles furent devant eux, David demanda tout souriant :

— Qu'est-ce que vous faites mesdemoiselles ?

— Nous étions retenues prisonnières et avons réussi à nous échapper ! Vite, arrêtez ces bandits, ils se cachent dans le ranch là-bas ! s'exclama Alicia en indiquant la direction.

Les trois policiers s'élancèrent brusquement à leur poursuite et parvinrent à neutraliser Conrad et Danny sans qu'il y ait de blessé.

Jade et Alicia réapparurent quand on leur fixa les menottes.

— Beau travail les félicita Mike, je dois le reconnaître, c'est du bon boulot.

— Vous vous êtes jouées de nous, s'emporta Danny.

— Voici le principal suspect du meurtre de Carlos et Bryan, leur annonça fièrement Alicia en désignant Danny. Ne le laissez pas s'échapper.

— Nous allons l'interroger de ce pas, lui et son complice, déclara Mike.

Les policiers conduisirent les deux hors-la-loi dans le bureau du shérif pour les interroger. Martin Bart les félicita pour leur prouesse. Ils répondirent qu'ils leur avaient mis la main dessus uniquement grâce à Alicia et à une jeune fille.

Alicia ne désirait pas assister à l'interrogatoire. Toutefois, avant qu'elle s'en aille, elle rapporta à David le sinistre projet formé par Danny et ses acolytes. La porte se referma.

Dehors, Jade n'était pas tranquille, cela se voyait dans son regard.

— Quel malheur… Le shérif est un homme respectable, comment pourrais-je lui dire que Jared m'a retenue captive avec le soutien de ces crapules ?

— Nous pouvons en conclure qu'à Monterey et à l'extérieur de la ville deux bandes bien distinctes font régner leurs lois et nourrissent une certaine complicité. Je me demande quelles étaient leurs intentions une fois qu'ils auraient éliminé tous les membres de la police. Se retrouvant seul, le shérif n'aurait rien pu faire contre eux. Je suppose qu'ils auraient pris le contrôle de la ville et cela me rappelle étrangement la confidence de Bryan. D'après lui, le shérif était l'auteur d'un projet pour la nouvelle ville et voulait se débarrasser de lui. Du moins, c'est ce qu'il croyait. Il a peut-être imaginé à tort qu'il était son complice parce que Jared est son fils. Si cette piste est bonne, elle innocente Martin Bart. Quant à Jared, il est mêlé à cette histoire d'une manière ou d'une autre alors qu'il refuse pourtant de vivre ici. C'est un peu confus. Il manque quelque chose dans cette affaire, quoi je l'ignore.

Alicia réfléchissait tout haut, elle semblait ne pas avoir entendu Jade. Son regard se posa brusquement sur la jeune fille.

— Est-ce que tu te souviens d'une parole susceptible de faire avancer l'enquête que tu aurais entendue pendant ta captivité ?

— Non, je ne vois pas, réfléchissait Jade.

— Ils parlaient fort, nous les entendions en partie, tu ne te rappelles vraiment rien ? Même pas un détail quelconque ?

— Je regrette, je ne vois pas comment je peux t'aider. Je sais seulement qu'ils avaient convenu de m'enfermer le temps que je n'aurais pas renoncé à travailler et manifesté à Jared ma demande de réintégration dans leur famille.

— Si Jared se présente en ville nous l'interrogerons, il pourra nous renseigner. Il n'est peut-être pas directement lié aux deux meurtres, en tout cas je ne lui souhaite pas. C'est sûrement l'un de ses *frères* le responsable, Danny s'est chargé de les tuer avec la complicité de sa bande. À moins qu'ils aient bénéficié de l'aide de Jared. Il ne faut pas oublier qu'il était dans les parages le soir du meurtre de Carlos, David l'a croisé à l'hôtel. Il est jeune, influençable et fragile. J'imagine qu'il s'est laissé entraîner dans cette mauvaise histoire.

— Jared a changé, je ne le reconnais plus, il me fait peur. Je ne veux pas le revoir.

— Reste avec moi, David nous rejoindra après ; il te protégera jour et nuit.

Les heures se succédaient dans le bureau du shérif. Après plusieurs jours d'interrogatoire, le shérif n'obtint aucun aveu des deux suspects. Une chose avérée, le chargement de poudre intercepté au transporteur leur était bien destiné.

Ils reconnurent également être les auteurs des détonations

survenues dans la rue pendant la lutte organisée au saloon.

Suite aux informations recueillies par Alicia, on les accusait d'avoir projeté d'anéantir les autorités en faisant périr chaque membre de la police, avec la complicité de leur bande. Le chargement de poudre obtenu illégalement aurait permis à leurs fusils d'être chargés à volonté. Ainsi, ces trafiquants d'armes avaient à leur disposition tout le nécessaire pour mener une attaque et semer le chaos en ville.

Les policiers effectuèrent des fouilles minutieuses au ranch, leur repère, et retrouvèrent les couteaux volés. En effet, quatre individus s'étaient attaqués à Mike, Travis et au shérif pour s'en emparer, nul doute qu'il s'agissait d'eux. Malheureusement leurs complices vivaient encore en liberté.

Curieusement, depuis leur incarcération, les Mexicains ne se plaignaient plus. David retourna les voir ; ils n'avaient rien à signaler. Pourtant, personne ne les avait avertis de cette arrestation. Leurs acolytes se faisaient plus prudents.

Les policiers retournèrent au ranch pour s'emparer des tonneaux de poudre. Mais, en arrivant dans la pièce à l'arrière du bâtiment, ils trouvèrent une pièce vide.

Certains points restaient à éclaircir.

Alicia accompagna David au bureau de police pour participer à un nouveau interrogatoire.

— Soyez raisonnables messieurs, je veux entendre de votre bouche des aveux, leur dit le shérif.

— Je n'ai tué aucun de ces deux hommes, prétendait Danny avec arrogance.

— Ils n'ont pas causé leur propre mort tout de même. À moins que vous savez quelque chose qu'on ignore et détenez le nom de l'assassin, formula-t-il pour lui tendre un piège. S'agirait-il d'un autre bandit ?

— Je ne dirai rien de plus, débrouillez-vous shérif, c'est votre boulot.

Face à cette insolence répétée, Mike perdit patience au point de vouloir gifler Danny. Ce dernier prenait un malin plaisir à les voir retourner le problème dans tous les sens sans parvenir à trouver de cohérence à leurs hypothèses.

Martin Bart le lui défendit.

— Pas dans mon bureau Mike. Danny et Conrad finiront bien par parler, c'est dans leur intérêt. Suspectés d'être les auteurs de plusieurs crimes, ils sont présumés coupables dans cette affaire. La justice les condamne ; je ne doute pas qu'ils passeront des nuits agitées, dit-il en regardant ses amis.

Alicia n'eut pas le cœur à le contredire, même si au fond d'elle, elle savait qu'il se trompait en affirmant cela. Elle baissa son regard.

— Vous allez trop loin dans votre réflexion shérif, intervint sèchement Conrad.

— N'est-ce pas vous qui vouliez vous faire les auteurs des crimes contre la police de Monterey ? Et vous seriez innocents dans la mort de Carlos et Bryan ? Allons messieurs, vous n'êtes pas à deux meurtres près.

— Vous n'avez aucune preuve, poursuivit Conrad avec le même ton.

— Vous savez quoi ? Vous ne voulez rien dire ? C'est très bien. Vous passerez le reste de votre vie dans un bagne. Après tout, ça ne me concerne pas !

— Accepteriez-vous de collaborer en donnant le nom de vos deux complices ? demanda David sans les brusquer.

— Curtis et Kendrick, répondit Danny.

David le remercia. Son attitude bienveillante à l'égard des prisonniers dérouta Mike.

Mike les renvoya dans leur cellule, gardée par Travis.

Le shérif s'affala sur sa chaise et apposa sa signature sur la dernière feuille de leur dossier, donnant ainsi son consentement pour envoyer les deux criminels dans un bagne réputé pour son efficacité à empêcher toute tentative d'évasion.

Alicia ayant gardé le silence jusqu'à maintenant, se résolut à parler.

— Ne fais pas ça.

— Tu n'es pas de mon avis Alicia ?

— N'envoies pas leur dossier. On ne peut pas condamner un suspect sans avoir obtenu ses aveux.

— Comme le shérif vient de l'expliquer, tout les condamne, intervint David.

— Non, il y a encore des points à élucider. Je ne peux pas t'en dire plus, expliqua-t-elle à Martin Bart. Je t'en prie, j'ai besoin que tu me fasses confiance.

— Comme tu voudras Alicia. Si un membre de la police s'oppose à ma décision après concertation, je ne puis refuser ce qu'il demande. Mais sache que je ne veux plus participer à leurs interrogatoires ; c'est une perte de temps.

— Quel délai m'accordes-tu ?

— Je te laisse le droit de le fixer toi-même, lui dit-il avec un sourire.

— Pour une durée indéterminée.

— Cela risque de déplaire à Mike. Mais soit, je te l'accorde.

David n'avait rien compris à l'attitude de son amie. Pour lui, cette enquête appartenait au passé.

Elle attendit qu'ils soient seuls pour lui confier ce qu'elle savait à propos de la conduite de Jared.

— Vous avez bien fait de vous être opposée à sa décision. Après tout, rien ne presse.

— Merci pour votre soutien David. Si vous n'y voyez pas d'inconvénient, nous ne devrions rien dire à son père.

— Je vais tâcher de trouver un moyen d'amener Jared en ville et nous le capturons. Nous l'interrogerons nous-mêmes.

Troisième partie

XXV

D'un commun accord, Martin Bart et Alicia décidèrent de se fiancer. Ils annoncèrent cette bonne nouvelle à leurs proches : David, Mike et son épouse, Travis, Lucy, Jade, les gens avec lesquels David et Alicia avaient noué une amitié depuis leur arrivée à Monterey, et quelques connaissances du shérif. Seul Jared ne participerait pas aux réjouissances en fin de semaine ; son père n'avait aucun moyen de le joindre.

Le grand jour tant attendu arriva.

En ce début de matinée, la joie était à son paroxysme dans le cœur d'Alicia. Elle était tout excitée à l'idée de passer une bonne soirée en compagnie des gens qu'elle aime. Elle ne cessait pas de regarder l'horloge. D'un côté, elle souhaitait profiter de son temps libre, et par ailleurs elle avait hâte de voir son amoureux.

Aujourd'hui, Alicia allait prendre du temps pour elle. Elle imaginait comment se déroulerait la fête et se demandait si tous les invités seraient présents ; impatiente à l'idée de s'y rendre. Elle songeait à ce que Martin Bart allait lui dire. Puis, elle se raisonna : il valait mieux ne pas trop se poser de question et attendre pour savoir comment les choses se passeraient.

Alors pour patienter, elle allait trouver une occupation. Elle eut l'idée de faire des biscuits pour les enfants de Mike, d'après une recette transmise par sa mère ; ils devaient passer en fin de matinée. Entre-temps, David vint la voir et ils s'assirent à table pour parler une fois qu'elle eut terminé de cuire ses biscuits aux amandes.

— Je peux en prendre un ? Je vous donnerai mon avis.

— Allez-y. Mais je vous préviens, ils sont encore chauds.

David souffla sur le biscuit et le mangea lentement pour le savourer.

— Excellent, vous devriez en faire plus souvent, mon estomac l'apprécierait.

Aussitôt il plongea sa main dans le plat et en ramena un deuxième à sa bouche.

— David, ce n'est pas pour vous mais pour les enfants, le reprit gentiment Alicia. Et puis un gâteau est prévu pour ce soir, Martin a eu l'idée de le commander chez un pâtissier. Gardez de la place pour le dessert, vous ne serez pas déçu.

— Je n'ai rien avalé ce matin, ma visite tombe à pic.

— Alors c'est le dernier.

Il ne répondit pas parce qu'il avait la bouche pleine. Alicia laissa reposer les biscuits à l'air libre sur la table.

David se réjouit de son bonheur, Alicia arborait un sourire lumineux, cela faisait plaisir à voir. Ils prirent le café ensemble.

Soudain on frappa à la porte : c'était le shérif. Il venait prendre des nouvelles d'Alicia, bien qu'il l'avait vue la veille.

Il se joignit à la conversation. Ils discutèrent de beaucoup de choses et évoquèrent leur soirée de fiançailles.

Mike, sa femme et leurs enfants se présentèrent à l'accueil. Colin s'étonna de voir tout ce monde rendre visite à Alicia.

— Mademoiselle Alicia se porte-t-elle mal ? s'informa le réceptionniste. Il m'a semblé qu'elle était en pleine forme ce matin et joyeuse, mais elle n'a pas quitté l'hôtel et ce n'est pas dans ses habitudes.

— Vous ne connaissez pas la bonne nouvelle ? dit l'épouse de Mike avec joie, elle va se fiancer ce soir.

— C'est très bien. Et peut-on savoir qui est l'élu ?

— Le shérif, répondit Mike.

— C'est un homme droit et plein de bonté, il mérite bien d'être heureux.

Tout content, Colin ne les retarda pas. Il les invita à monter au deuxième étage. Les enfants n'attendirent pas qu'on leur donne la permission d'entrer dans l'appartement d'Alicia ; ils étaient déjà dans le séjour.

— Les enfants, il faut toujours frapper avant d'entrer, les gronda la mère.

— Laissez, leur dit chaleureusement Alicia, nous vous attendions.

Elle se leva et présenta les biscuits aux deux petits garçons. Ils les prirent volontiers et la remercièrent.

— Ils sont bons, dit l'aîné.

— Oui, très bons approuva le cadet.

Tout le monde était content. La discussion se prolongea jusqu'à midi.

La matinée passa rapidement. Il était déjà l'heure de rentrer chez soi pour se restaurer.

En fin de journée, Alicia peinait à choisir une tenue pour la fête de ce soir.

L'armoire de sa chambre, de dimension moyenne, située en face du lit, était garnie de bagages. Une planche en bois avait été insérée au-dessus de la tringle où pendaient ses vêtements, pour offrir un rangement supplémentaire. Alicia y avait disposé sa collection de chapeaux et ses accessoires.

Sa robe préférée, la bleue sublimée par de la dentelle au col et aux manches, lui parut brusquement banale. Elle ouvrit la deuxième porte de l'armoire pour avoir pleine vue sur ses habits. Elle parcourait ses robes d'un vif coup d'œil, cherchait à se rappeler pourquoi elle les avait achetées, mais elle ne les trouvait décidément pas assez élégantes : une couleur trop discrète ou trop criarde, un manque de dentelle ou de fantaisie, et après un examen minutieux, elle repéra un défaut dans le tissu qu'elle n'avait jamais vu auparavant. La dernière, elle l'avait trop souvent portée ; tout le village la connaissait. « Je n'ai rien à mettre pour ce soir ! » dit-elle enfin en se parlant à elle-même.

Dans un moment de désespoir, elle les décrocha des cintres en bois et les jeta l'une après l'autre par terre, comme si il en restait une cachée quelque part qui serait identique à celle qu'elle désirait.

David entra pour savoir pourquoi elle faisait ce raffut. Toutes ses robes s'étalaient pêle-mêle au pied du meuble de rangement, il n'en restait pas une à l'intérieur.

— Qu'est-ce que vous fabriquez Alicia ? dit-il interloqué par ce désordre. Je vous entends depuis le seuil de la porte. Je suis venu voir si tout allait bien.

Elle prit un air affligé.

— David, c'est affreux, je n'ai pas de robe à mettre pour ce soir. Qu'est-ce que je vais faire ? Il n'est pas trop tard pour annuler la soirée.

— Et votre jolie robe bleue ?

Il la ramassa et la défroissa.

— Contre celle-ci aussi vous êtes en colère ?

— Je n'ai pas le cœur à rire David. Cette soirée est très importante pour moi, mais vous ne semblez pas le comprendre.

— Combien de fois vous m'en parliez ? dit-il en désignant sa robe bleue. Vous aviez dépensé toutes vos économies et vous ne pouviez pas l'acheter. Je me rappelle très bien que vous étiez folle de joie quand je vous ai donné l'argent nécessaire.

— Où voulez-vous en venir ? Vous allez me citer *Luc 12/23 : Le corps vaut bien plus que le vêtement ?*

— Non Alicia. Je voulais plutôt dire que Martin Bart ne vous aimerait pas plus si vous portiez une robe luxueuse et pas moins si elle était plus modeste.

— Vous avez raison David, soupira-t-elle. En plus, je l'aime beaucoup. Mais il la connaît déjà.

— L'essentiel, c'est que vous soyez à l'aise dans cette tenue et passiez une bonne soirée. Je vous quitte, je dois moi aussi me changer. Je n'aimerais pas faire mauvaise impression auprès des invités en arrivant en retard.

— Merci David, lui dit-elle soulagée.

— C'est avec plaisir. Vous pourrez toujours compter sur votre grand frère.

N'ayant pas le privilège de savoir ce qu'elle rangeait dans l'armoire de sa chambre, David regarda attentivement à l'intérieur. Il prit un ton enjoué.

— Vous êtes bien installée dites-moi. Cela va de soi, vous aviez prévu d'avance de rester à Monterey.

Il abaissa d'une main son chapeau pour la saluer et s'en alla.

Quand ce fut bientôt l'heure de partir, Alicia soigna les derniers détails de sa tenue, enfila sa paire de chaussures favorite, se coiffa du mieux qu'elle pût et se maquilla en appliquant un rouge à lèvres délicat et en se fardant pour faire ressortir ses yeux noisettes.

David partit un quart d'heure à l'avance. Il discuta avec les premiers arrivés.

Le shérif vint chercher Alicia. Elle admirait ses efforts vestimentaires pour lui plaire : il était très distingué dans sa tenue avec sa splendide chemise blanche et son nœud papillon.

Il lui offrit son bras pour parcourir la ville ; la soirée était organisée dans sa demeure. Les serveurs avaient dressé la table avec ses plus beaux couverts ; il ne manquait plus que les invités pour la remplir.

Le shérif et Alicia se fiancèrent en présence de leurs invités et se réjouirent autour d'un excellent repas et d'une bonne bouteille de champagne, suivis d'un gâteau aux fruits pour les adultes et d'un gâteau au chocolat pour les enfants. Toutefois, chacun restait libre de se servir comme il le désirait.

Tout le monde exultait d'une joie extrême pour les deux amoureux. Quelqu'un leur demanda la date du mariage. Martin

Bart resta vague sur sa réponse. En réalité, ils n'avaient pas convenu d'une date.

— Vous connaîtrez le jour en temps voulu.

Alicia déposa un baiser sur la joue de son amoureux.

Après le repas, les invités se levèrent de table. Quand David et Alicia se retrouvèrent à l'écart, il lui confessa :

— Quand je repense à mon attitude lorsque vous m'aviez laissé entendre que vous aimiez le shérif, pardonnez-moi, Martin Bart se corrigea-t-il spontanément, et qu'aujourd'hui je vois votre amour, je me rends compte à quel point je me trompais ; j'aurais pu faire votre malheur. Votre histoire d'amour est magnifique, et si je peux me permettre, tout droit sortie d'un beau livre.

— Pour tout vous dire David, ma décision était prise. J'ai senti du plus profond de mon cœur qu'il était l'homme que j'attendais. Mais nous ne sommes pas encore mariés, dit-elle avec un sourire ému.

— Quand ce jour arrivera, je sais que Martin Bart prendra soin de vous. Dans peu de temps, je rentrerai à Chicago. Vous ne m'oublierez pas au moins ?

— Non, bien sûr. Vous êtes mon grand frère, et on n'oublie pas un membre de sa famille.

— Je vous l'accorde, autrement vous recevrez tout un tas de lettres de moi !

Ils rirent tous les deux, amusés par cette plaisanterie.

— Vous viendrez n'est-ce pas, le jour de notre mariage ?

— Je vous en donne ma parole Alicia. Soyez tranquille, je reviendrai passer un séjour d'une semaine à Monterey pour garantir ma présence. Je ne voudrais manquer cet événement pour rien au monde.

Les enfants prièrent leur mère de leur resservir une deuxième part de gâteau. Mike et son épouse discutaient avec Travis et Lucy. Quant aux autres invités, ils bavardaient entre eux.

Martin Bart demeurait seul à présent. David suggéra à Alicia de le rejoindre ; elle retrouva son fiancé. Ils s'assirent à table non loin des enfants.

Martin Bart aimait beaucoup caresser sa longue chevelure ; il complimenta ses beaux cheveux soyeux. Alicia en éprouva de la joie dans son cœur.

— Tu es belle mon amour, lui murmura-t-il avec des yeux doux.

— Ma petite amie aussi est belle, déclara Steven, l'ainé des deux frères.

Le shérif et Alicia rirent de l'innocence de cet enfant.

Ainsi, la soirée se déroula dans les meilleures conditions. Tout le monde participait aux conversations, les enfants eux-mêmes ne furent pas intimidés. Martin Bart s'amusait à leur provoquer des éclats de rire.

Chacun rentra chez soi tard dans la nuit. Heureusement personne ne travaillait le jour suivant, le dimanche. C'était idéal pour se reposer et récupérer les heures de sommeil perdues.

Jade logeait dans l'appartement de David car elle était sous sa protection. Les deux amis continuaient de se réunir pour prendre leurs repas en commun, en compagnie de Jade. La jeune fille se faisait discrète, craignant d'importuner monsieur David. Elle ne quittait pas l'hôtel sans lui.

XXVI

La période de fiançailles passée, David et Alicia firent le point sur leur enquête.

— Malgré l'arrestation de Danny et Conrad, nous ne sommes pas plus avancés. Ils continuent de nier les crimes qu'on leur impute. Pourtant, ils se savent condamnés par la loi à quarante ans de bagne. S'ils étaient réellement coupables, garderaient-ils le silence ? Qu'ont-ils à perdre ?

— John Sherman nous a donné l'ordre de revenir dans les plus brefs délais ? demanda Alicia inquiète.

David approuva d'un signe de tête.

— Il a été très patient.

— Nous avons fait de notre mieux David.

— J'ai immédiatement envoyé une lettre en demandant un délai supplémentaire de deux semaines. Au-delà, je serai forcé de quitter la ville. Je n'ai rien dit concernant votre projet de mariage car j'ai jugé qu'il était préférable que vous l'annonciez vous-même. J'ai un mauvais pressentiment… Le meurtrier ressurgira tôt ou tard, quelque chose me dit qu'il prépare un mauvais coup car ses complices peuvent parler à tout instant. Il reste toujours introuvable et c'est la première fois qu'il nous échappe.

— Nous avons interrogé beaucoup de monde, j'ai même soupçonné Fernando car il n'est pas venu à l'animation de tir à l'arc. Il pourrait s'agir d'une histoire de vengeance.

— Il a un mobile : sa femme certifie qu'il s'occupait de leurs enfants et qu'il n'a pas quitté le domicile conjugal. Fernando est quelqu'un d'irascible, mais cela ne fait pas de lui un meurtrier.

David cessa de parler. Il considéra son amie jusqu'au fond des yeux. Alicia trouvait cela étrange, il semblait avoir une idée derrière la tête.

— Pourquoi vous me regardez comme ça David ? Ce n'est pas rassurant…

— Quelque chose me trotte dans la tête depuis un moment, comprenez bien qu'il s'agit du policier et non de votre frère qui parle, mais… Je soupçonne Martin Bart et son fils. Vous n'approuverez pas mon plan, je le sais et le vois tout de suite à votre regard. Mais si vous tenez réellement à retrouver l'assassin de Carlos et Bryan avant la fin du délai imparti, vous devez me faire confiance. Alicia, une porte reste fermée sous nos yeux ; la serrure nous empêche d'y voir plus clair et vous êtes la clé qui permettra de l'ouvrir.

— Qu'attendez-vous de moi ? demanda-t-elle d'une voix non rassurée.

— J'ai fouillé le bureau du shérif et nous savons qu'il était en règle avec ses déclarations de revenus et autres papiers, ses employés aussi. Cependant, il existe un endroit dans cette ville où nous n'avons pas cherché. Réfléchissez : dans sa maison. Il vous a souvent invitée à manger et il me l'a fait visiter. Je suis peut-être dans l'erreur, mais mon instinct me dit de retourner là-bas. La réponse doit se trouver quelque part. Rappelez-vous quand Martin nous disait que Carlos travaillait pour lui ; peut-être avait-il découvert quelque chose chez lui et qu'on l'a tué pour le faire taire. Sans oublier qu'avec les preuves recueillies nous savons qu'il connaissait bien la deuxième victime.

— J'y pense, il y a bien une pièce où je ne suis jamais allée, la porte est toujours fermée à clé et les volets ne sont pas ouverts. Martin ne veut pas me laisser entrer. Je me demande ce qu'il cache. Est-ce qu'il aurait conservé les affaires de sa défunte épouse et qu'il ne veut pas que je tombe dessus ?

— Il serait intéressant d'y pénétrer.

— Sans son accord ?

— Si j'arrive à le retenir, vous vous introduirez dans sa demeure.

— Je trouve ça malhonnête… Franchement je n'aurais pas bonne conscience.

— Le mot est un peu fort, nous n'allons pas lui jouer un mauvais tour. Cela fait partie de notre boulot Alicia. Je vais l'inviter au restaurant et nous discuterons de l'enquête. Et vous pendant ce temps, vous ferez une petite inspection, rien de plus. N'oubliez pas Alicia, le temps presse. Soit nous mettons la main sur le véritable coupable, soit je devrais renoncer à cette enquête et vous vous retrouverez seule.

David et Alicia organisèrent une entrevue devant l'épicerie pour poursuivre cette discussion et se mettre d'accord. Alicia n'approuvait pas cette façon de faire. Mais soit, elle accepta face à l'insistance de son coéquipier ; il lui affirma qu'ils ne faisaient rien de mal. Ils mettront leur plan à exécution demain à midi pile.

Curtis, l'un des deux complices de Danny et Conrad, se trouvant par hasard dans la rue à ce moment-là, intercepta leur conversation. Il s'arrêta en face de l'épicerie, leva son journal jusqu'à son visage et fit mine de lire dans le but de ne pas être repéré par Alicia qui le connaissait.

David prit la parole :

— La suite des événements pourrait s'avérer dangereuse, nous ignorons ce que nous allons découvrir chez le shérif. Je vais de ce pas appeler du renfort, je compte sur votre discrétion. N'en parlez à personne, ni à Mike, ni à Travis. C'est une nécessité. Si Martin Bart n'a rien à cacher, tout ira bien ; il est de notre devoir de chercher la vérité. Je vais rédiger une lettre à l'intention des policiers de la ville la plus proche et leur demander de nous prêter main-forte. Je la posterai ce soir au plus tard. Espérons qu'ils répondront vite.

Quand ils furent repartis à l'hôtel, Curtis retrouva Kendrick au saloon et lui dévoila le projet élaboré des policiers.

— Il faut agir et vite, lui lança Kendrick.

— Nous ne devons plus perdre de temps ; le moment est enfin venu de passer à l'action. Avertissons notre chef et soyons prêts à nous défendre.

XXVII

Le lendemain matin, deux brigands armés firent irruption dans le local où l'on triait le courrier et menacèrent la personne chargée de faire la distribution. Ainsi, ils interceptèrent toutes les lettres ; elles finirent au feu.

David s'habilla élégamment pour manger au restaurant.

De bonne heure, Alicia frappa à sa porte. Occupé à expliquer à Jade qu'il devrait s'absenter ce midi, David l'invita à entrer. Il plaisanta avec elles.

Soudain les yeux d'Alicia convergèrent sur la lettre qui traînait sur un meuble et elle cessa immédiatement de sourire. Elle la saisit dans ses mains et la lut lentement.

— Cette lettre n'a pas été écrite par John Sherman.

— Voyons Alicia, elle porte son nom, dit-il en riant, croyant qu'elle jouait toujours.

Elle lui montra avec son doigt la signature.

— Il manque un *h* à Jon ; son prénom est mal orthographié.

— Vous avez raison ! s'écria David. Je ne m'en étais même pas aperçu. Qu'est-ce que cela veut dire ? dit-il troublé.

Jade et Alicia se regardèrent en pensant la même chose.

— John Sherman ne nous a jamais demandé de rentrer à l'Illinois, expliqua Alicia.

— Qui alors et pourquoi ? poursuivit David.

Tous les trois se lancèrent des regards interrogateurs.

Ils furent brusquement interrompus : des cris leur parvinrent de la rue ; des gens affolés couraient se réfugier chez eux. Il se passait quelque chose d'anormal.

David recommanda à Jade de ne pas les accompagner et de rester enfermée le temps qu'il y aurait du danger ; elle le lui promit.

Pour la première fois, la policière prit le révolver qu'elle avait emporté de Chicago. David l'approuvait.

Ils descendirent dans la rue. Un couple les avertit qu'on avait volé toutes les lettres et menacé la population. Tous les habitants devaient se barricader chez eux sous peine d'être faits prisonniers voire pire : de recevoir une balle en cas de rébellion. Il était strictement interdit de quitter Monterey.

On leur avait confié la responsabilité de dire à tout le monde de se mettre à l'abri.

— David, vous croyez qu'on nous a entendus hier ?

— C'est une drôle de coïncidence, mais nous verrons ça plus tard. Martin Bart m'a confirmé sa présence, il doit m'attendre dans son bureau. Je me rends vers lui. Quant à vous Alicia, agissez comme convenu. Je vais essayer de le retenir le plus longtemps possible.

Les deux coéquipiers se séparèrent, partant chacun de leur côté. Alicia ressentit un pincement au cœur quand elle arriva devant la maison du shérif, ayant le sentiment de le trahir. Elle souffla un bon coup et se remit à marcher.

Non rassurée, elle vérifia qu'on ne l'avait pas suivie. La rue était particulièrement calme ce matin, un peu trop pour Alicia.

Comme elle s'y attendait, la porte était verrouillée. Heureusement, Alicia connaissait l'endroit où Martin rangeait sa deuxième clé : derrière le banc, cachée dans un petit arbuste.

Elle entra silencieusement dans la demeure et referma la porte à clé. Elle écouta s'il n'y avait pas de remue-ménage dans le cas où le shérif serait repassé chez lui. À priori non.

Alicia traversa les pièces jusqu'à ce qu'elle se retrouve nez à nez avec la fameuse porte. Elle essaya de l'ouvrir sans succès. « Où est la clé ? Réfléchissons, elle ne peut pas être bien loin. »

Son regard se posa sur chacun des meubles successivement. Elle s'approcha de la commode et fouilla chaque tiroir. Elle y dénicha la clé. Un sourire satisfait se dessina sur son visage. Elle ne perdit pas une seconde et déverrouilla la porte. Elle la rangea à sa place et entra dans la pièce secrète.

Il lui était impossible de définir sa fonction à cause de l'obscurité. Alicia se permit d'ouvrir les volets pour y voir plus clair. Elle se trouvait dans un bureau à l'abandon en raison de la présence trop importante de poussière au sol et sur les meubles. Alicia n'allait pas tarder à découvrir pourquoi ; il renfermait un secret, cela ne faisait aucun doute dans son esprit.

Sa première action fut de se diriger vers la boîte en métal posée sur une sorte d'étagère débordant de livres. À l'intérieur se trouvaient des photos de Jared enfant, et un cliché de Martin Bart avec sa défunte épouse à ses côtés. Tout au fond, elle décela une partie de clé. Elle ressemblait exactement à celle qu'elle avait prise sur la dépouille de Carlos. Alicia ne s'en séparait plus, pressentant qu'elle s'en servirait bientôt. Elle les assembla. Elle obtint une clé unique, celle qui, elle le devina, allait permettre d'ouvrir le tiroir du secrétaire de style ancien. « Je crains ce que je vais découvrir à l'intérieur » se dit-elle anxieuse.

Des grincements de plancher se firent entendre à l'étage, dans la pièce juste au-dessus de sa tête. Alicia sortit son révolver. Elle sentit quelque courage s'installer dans son cœur et s'orienta au secrétaire. Elle engagea la clé dans la serrure, la tourna dans un sens, puis dans l'autre et le tiroir s'ouvrit.

Deux feuilles se trouvaient à l'intérieur. Alicia commença à lire à voix basse.

« Ce soir-là, j'ai été forcé de tirer sur Carlos, il ne m'en a pas laissé le choix. Il fouinait un peu trop ici et a fini par découvrir notre plan. Plusieurs fois je l'ai averti de me rendre la partie de clé qu'il m'avait volée, mais il ne voulait rien entendre. Il était prêt à tout raconter à la police. Carlos et Bryan se voyaient souvent au saloon, et la dernière fois qu'ils ont pris un verre, Carlos lui a dit tout ce qu'il savait. Heureusement Bryan était soul, il n'a pas réagi tout de suite. Mais à cause de l'assassinat de Carlos, il disait qu'il ferait des révélations car il connaissait le meurtrier : c'est-à-dire moi. On a donc monté une affaire contre lui pour faire taire les soupçons et la police n'y a vu que du feu. Je ne souhaitais pas sa mort, mais il représentait un réel danger pour nous ; je m'en suis chargé personnellement. Le temps presse, je suis las d'attendre. Nous ne pouvons plus reculer à présent. Je ne comprends pas pourquoi il tarde à me donner son approbation. »

Ce mot avait été rédigé par la main de l'assassin.

Alicia poursuivit sa lecture sur la deuxième page. Cette fois, elle fut tellement abasourdie qu'elle lut dans sa tête. On avait élaboré un plan d'attaque pour prendre possession du contrôle de la ville ; le mystérieux projet évoqué par Bryan se réalisait justement aujourd'hui. Une bande de hors-la-loi serait donc à la tête du pouvoir et ferait régner la justice à sa manière. Finies les lois et l'autorité. Tous ceux qui refuseraient d'obéir seraient retenus prisonniers, voire tués. Alicia ouvrit de larges yeux et s'exclama : « C'est la signature du shérif ! »

— C'est exact Alicia, tu as découvert notre secret.

La policière demeurait perplexe, ne comprenant pas le pourquoi du comment. Cela lui paraissait totalement irrationnel.

Alicia leva son arme, pivota sur elle-même et visa. Le shérif se présenta avec Curtis, Kendrick, Jared et ses frères : Alan, Zack, Cody, Andrew et Shane. Seul Ambrose manquait à l'appel.

Avant de venir ici, Jared fit libérer Danny et Conrad. Ces derniers en profitèrent pour prendre par surprise Mike et Travis et les enfermèrent dans une cellule. David devait probablement être sur les lieux. Voilà ce que Jared lui répondit quand elle demanda si Mike et Travis étaient de leur côté. Alicia regrettait d'avoir soupçonné Mike à tort car il était parfaitement innocent dans cette folle affaire. Elle avait vraiment manqué de sagesse.

Les bandits la visaient avec leurs fusils. Seul le shérif avait les mains vides. Il prit la parole avec douceur :

— Lâche ton arme Alicia. Allons, tu n'oserais pas tirer ?

Il ne la quittait pas des yeux. Alicia baissa son regard, fixa son arme et la laissa tomber par terre.

Martin Bart se plaça devant elle.

— Pourquoi tu as tué ces deux hommes ? Pourquoi es-tu devenu un meurtrier ?

— Mais je n'ai tué personne Alicia.

— Tu mens…

— Non, il dit la vérité intervint Jared. C'est moi et personne d'autre. Danny et Conrad n'y sont pour rien non plus.

— Le soir du meurtre, tu prétendais ne pas connaître le coupable. Pourtant tu savais très bien qu'il s'agissait de ton fils.

— Non Alicia, je n'ai pas joué la comédie. Tu te souviens du jour où tu as surpris Jared dans mon jardin ? Il faisait nuit. C'est à ce moment-là que je l'ai su ; tu connais maintenant la vraie raison de ma colère. Les événements se sont enchaînés, je ne savais plus quoi faire. J'ai protégé mon fils. Je ne suis pas fier, crois-moi, je n'ai jamais voulu ça.

— Toute cette situation vient de moi, affirma Jared. Mon père n'était pas d'accord au départ, mais je ne lui ai pas laissé le choix. J'avais tué un homme, puis un autre. Tout le monde aurait su que le fils du shérif était un meurtrier et sa réputation aurait été détruite. Il a donc signé le mot pour donner son accord et garder le silence.

— Alors tu ne m'aimes pas ? Tu t'es servi de moi ? Tu te doutais qu'à cause de moi personne n'aurait soupçonné ta famille. Si David n'était pas parvenu à cette hypothèse, je ne serai pas ici.

— Mais non, je t'aime Alicia. Ça n'a rien à voir avec toi,

c'est notre histoire.

Jared s'adressa à Alicia :

— Si tu es au courant des circonstances du décès de ma mère, tu dois savoir qu'elle était malade et qu'un charlatan lui a vendu une potion. Mais sais-tu réellement ce qu'il lui a prescrit ? dit-il avec une haine farouche, du poison ! Ce monstre a plongé ma pauvre mère dans un sommeil éternel ! Je revois encore son visage et son sourire ; elle était toujours là pour me rassurer, me consoler et m'encourager. C'était une femme merveilleuse.

— Carlos est ta première victime. Pourquoi l'avoir tué et ne pas avoir cherché à arranger les choses ?

— Tu ne comprends toujours pas Alicia. Je voulais faire payer les habitants de Monterey pour le mal qu'ils ont fait subir à ma mère par le passé. Quant à Carlos, il aurait réduit notre plan à néant à cause de la preuve qu'il détenait sur lui. Mes frères et moi l'avions longuement élaboré. Il n'était pas question pour nous de renoncer, nous avions fait des investissements conséquents. Et je ne pouvais pas leur pardonner. Si je n'avais pas vengé ma mère, j'aurais eu l'impression de leur donner raison et de salir sa mémoire pour toutes les fois qu'ils l'ont humiliée et blessée par leurs insultes et leurs moqueries.

— Ainsi, vous projetez de gouverner la ville, mais vous ne pourrez pas vous débarrasser de tous ceux qui refuseront de se soumettre à vos lois, leur signala Alicia en s'adressant à Jared et à l'ensemble des bandits.

— Nous agrandirons la prison et s'il le faut, nous en bâtirons à tous les coins de rue.

— Mais David ne vous laissera pas faire et d'autres policiers lui prêteront main-forte.

— C'est mon fils, je ne laisserai personne toucher un seul de ses cheveux, intervint le shérif.

— Si tu le désirais Alicia, tu m'aimerais comme maman.

J'emporte toujours avec moi ses affaires et ne me sépare jamais de son peigne ; elle s'en servait pour coiffer ses cheveux devant le miroir.

— Finalement, les couteaux ne représentent rien. Tu tenais seulement à te procurer la partie de clé détenue par Carlos. Mais, j'étais passée la première. Pour cette raison, toi et tes complices n'avez rien pu trouver.

— Tu as tout compris ! On vous a donné de fausses pistes en faisant porter les soupçons sur Danny et Conrad. Je désespérais de m'en emparer, craignant qu'elle ne se retrouve entre de mauvaises mains.

Jared s'avança et ramassa l'arme d'Alicia. Il fit signe à ses compères de le suivre. Mais avant de partir, il lui demanda où se cachait Jade.

— Elle est en sécurité.

— Ça ne fait rien si tu ne veux pas le dire, nous la trouverons quand même. Elle doit avoir peur, c'est mon devoir de la protéger.

— Tu veux te montrer protecteur ? dit-elle en riant. Je rêve… C'est pourtant toi qui l'as volontairement laissée à la merci de bandits!

— Il ne lui est rien arrivé, dit-il en haussant les épaules.

— Tes sources ne sont pas bonnes. Danny a profité de la situation pour l'embrasser.

De la jalousie se peignit dans ses yeux bleus.

— Si tu dis la vérité, il en payera les conséquences.

Ils l'abandonnèrent. Du moins, Jared et Alan restèrent dans les parages.

Le shérif demeurait en compagnie d'Alicia, en proie à une terrible affliction. Elle ne doutait plus qu'il fût sincère et innocent en ce qui concernait la mort de Carlos et Bryan. Il éprouvait le besoin de parler pour soulager sa conscience.

— Ce n'était pas ma volonté, crois-moi. Carlos a travaillé un temps pour moi et il est malencontreusement tombé sur le mot.

Il a emporté une partie de la clé et Jared l'a su. Je ne pouvais pas imaginer qu'il se présenterait au saloon pendant la fête et qu'il le tuerait pour la récupérer. À cause de ma signature, Bryan croyait que j'étais l'auteur du projet pour la nouvelle ville. J'ai voulu lui faire entendre raison… Il parlait trop dans les rues, Conrad l'a entendu et répété. Jared s'est donc empressé de lui rendre visite à sa cellule. En l'enfermant, je pensais pouvoir sauver sa vie, mais j'ai échoué. La pendaison représentait le seul moyen de l'éloigner d'ici sans éveiller de soupçons. Je ne pouvais rien te dire Alicia ; j'étais désespéré et ne savais pas quoi choisir entre mon devoir de père et de shérif. Je réalise combien je n'ai pas été sincère avec toi et je te demande pardon.

— Je comprends mieux maintenant. Jared prétend qu'il voulait faire suspecter Danny et Conrad, mais quelque chose me pousse à croire que ce n'était pas prévu dans son plan. Tu m'a suggéré d'aller faire des recherches du côté du photographe, et honnêtement, je n'en voyais pas l'utilité. Sans cette indication précieuse, je n'aurais jamais pu tomber sur eux. Martin, tu as essayé à ta manière de fragiliser les projets de Jared en diminuant le nombre de ses hommes.

— J'ai trahi mon fils en quelque sorte, je l'admets. Je n'en pouvais plus… Je redoutais que le nombre de victimes ne cesse d'accroître. Alors je vous ai laissé cette lourde tâche à toi et à David, sans me manifester. Si j'avais su qu'il retenait prisonnière la petite Jade dans le ranch au milieu de ces crapules, j'y serai monté pour la faire relâcher. J'espère de tout cœur qu'elle est en sécurité et qu'ils ne mettront pas la main sur elle. David, ce brillant policier, parviendra à contrecarrer les plans de Jared. Ma réputation est fichue et mon opprobre ne s'effacera pas, mais il faut en finir. J'assumerai mon implication dans cette histoire, soupira-t-il.

— C'est à David de jouer maintenant.

— Soyez prudents tous les deux.

Jared fit irruption dans le bureau ; il avait tout entendu et arborait un visage sombre. Les bandits entouraient leur jeune protégé. Son père le dévisageait avec de grands yeux inquiets.

— Je constate avec étonnement que mon père s'est ravisé et qu'il n'est plus en mesure de nous fournir son aide dans cette affaire. Qu'il reste donc à l'écart pour ne pas devenir un obstacle, et qu'il ne quitte pas son bureau. Quant à toi Alicia, sors et fais le guet pour moi.

Il lui fit signe de gagner la porte avec son arme. Avant qu'elle ne mette un pied à l'extérieur, Jared lui rendit son révolver. Alicia le regarda perplexe.

De son côté, David venait d'enfiler les menottes à Danny et Conrad et de les remettre dans leur cellule. Cette fois, il les lia à une chaise par des cordes. Au moins, il était certain qu'ils ne leur nuiraient plus.

Mike et Travis se réjouissaient vivement de son intervention.

— Voilà messieurs, il me paraît plus convenable que vous soyez assis à cette place.

— Jared se fera un plaisir de régler ton compte ! lui cria Conrad pour le provoquer.

— Il me tarde vraiment de le rencontrer.

— Jared te donnera une bonne correction quand il l'apprendra, poursuivit Conrad avec aigreur. Sauf si tu acceptes de nous libérer, nous lui parlerons et il ne te fera aucun mal.

— Je me rends vers lui, ne vous donnez pas cette peine. Un conseil : ne gigotez pas trop fort sur votre chaise, vous risqueriez de chuter par terre et de vous faire mal.

David les salua respectueusement avec son chapeau. Conrad ne décolérait pas contre lui et proférait des menaces auxquelles David ne prêtait pas attention.

Tous les trois gagnèrent la cour de la prison, atteignirent la rue et continuèrent d'avancer. Une voiture les frôla, cela les intrigua. En effet, ils croisaient rarement quelqu'un sur leur chemin.

Ils rattrapèrent la diligence ; elle stoppa net devant l'hôtel *New Town Hall*. Ils craignaient fortement que les passagers fussent d'autres malfaiteurs. Quelle joie immense David ressentit quand il les reconnut.

— Du renfort ! s'écria-t-il en levant les mains au ciel.

— De quoi parlez-vous ? s'enquit Mike.

Trois hommes armés sautèrent de la voiture et renvoyèrent le conducteur après l'avoir payé et remercié, en lui souhaitant un bon retour. David les appelait par leur prénom, prenant chacun d'eux dans ses bras, l'un après l'autre, pour les saluer.

— Josh, Sammy, Will, vous à Monterey. C'est une agréable surprise !

— David, ça fait plaisir de te revoir ! s'exclamèrent-ils en chœur.

— Et moi donc ! leur dit-il.

— Tu n'as pas changé, constata Josh après l'avoir examiné.

— Vous non plus. Qu'est-ce que vous faites là au moment où nous avons le plus besoin de vous ?

— Nous te rendons une visite surprise, John Sherman nous envoie, répondit Josh. Nous pressentions que toi et Alicia aviez des ennuis à cause de votre long retard.

— Où est Alicia ? demanda Sammy étonné de ne pas la voir.

— Nous arrivons au sujet le plus délicat. Nous avions convenu de nous retrouver à l'hôtel juste en face et Alicia n'est toujours pas rentrée. Elle se trouve dans la propriété du shérif, notre principal suspect.

— Alors elle est en danger, intervint Mike. D'après les dires de Danny, les hors-la-loi s'y sont rassemblés. Ils la retiennent probablement prisonnière.

— Nous devons intervenir rapidement, décida Will. Alicia a besoin de nous.

— Si nous pouvions éviter un carnage… ajouta David sans donner d'explication.

— Nous ne pouvons pas le garantir, mais nous ferons de

notre mieux.

Les policiers infiltrèrent la demeure du shérif, attentifs au moindre bruit. Ils cherchaient d'où provenaient les voix et imaginaient une stratégie pour mettre hors d'état de nuire les malfaiteurs. Conscients qu'ils n'allaient sûrement pas accepter de se rendre pour finir en prison, ils savaient très bien qu'ils devraient se défendre.

« Rien à signaler dans les premières pièces » leur lança Mike.

Ils se séparèrent en trois groupes : Mike et Travis restèrent fidèles à leur duo, Josh emboîta le pas à David, Sammy et Will ressortirent de la maison, ayant aperçu par la fenêtre trois bandits qu'ils traquèrent dans la rue.

David et Josh parvinrent au bureau secret et tombèrent sur le shérif. La porte étant restée entrebâillée, ils le prirent par surprise. Ce dernier fouillait le tiroir du secrétaire. Des papiers venaient d'être brûlés, cela dégageait une mauvaise odeur ; nul doute qu'il s'était débarrassé des preuves compromettantes.

— Les mains en l'air shérif, lui dit David.

Quelle ne fut pas sa surprise de voir David et une tête inconnue le viser. Il approcha sa main de sa ceinture.

— Je vous le déconseille Martin car je serai forcé de vous tirer dessus pour légitime défense. De plus, vous feriez de la prison inutilement. Vous n'êtes pas un criminel, mais le complice du meurtrier ; je me trompe ?

Martin Bart se redressa et ferma les yeux un instant.

— Jared n'en est pas un. Il a uniquement vengé l'honneur de sa mère.

Josh désarma le shérif, lui mit les menottes et remit la clé à David. Il la rangea tout de suite dans la poche de sa chemise.

— J'étais sûr que nous pourrions nous entendre.

— Vous êtes fier de vous David ? Je vous protège et vous ne voyez rien.

— Je ne vous suis pas, là.

Alicia réapparut et vit avec stupeur le shérif menotté.

— Tu es là Alicia, je vais prévenir les autres et l'on te fera sortir. Je vous couvre, leur assura Josh.

Il les quitta. Alicia vint devant David mécontente.

— Pourquoi avez-vous arrêté Martin ?

— Pour complicité de meurtre. J'imagine votre immense déception et… Alicia lui coupa la parole.

— Et moi, vous y avez pensé un peu ? Vous voulez envoyer en prison mon futur mari ! s'emporta-t-elle.

— Martin Bart est sûrement un homme merveilleux, mais il n'est pas innocent dans la mort de Carlos et Bryan. Par conséquent, il devra purger la peine imposée par la loi.

Alicia ferma les yeux, les rouvrit et contre toute attente, le visa.

— Baissez votre arme David, lui dit-elle les yeux remplis de larmes.

— Alicia… À quoi jouez-vous ?

— Donnez-moi votre arme, c'est un ordre.

Désorienté, David se plia à sa volonté. De sa main libre, Alicia récupéra la clé, recula jusqu'au shérif, visant toujours David avec son révolver qu'elle tenait dans l'autre main, et le libéra.

Jared jaillit soudainement en applaudissant la policière. D'abord assommé par Jared, Josh fut traîné par Alan au centre de la pièce et laissé étendu par terre.

— Décidément, tu me surprends encore Alicia. Dommage que nous n'avons pas une femme comme toi dans nos rangs, elle ferait un travail remarquable. Ligote-les ordonna-t-il à Alan.

Le bandit lia David à une chaise, puis ce fut au tour de Josh. Jared s'approcha de David et se moqua de lui en riant très haut.

— Enfin je te vois Jared. J'aurais préféré être dans une meilleure posture pour te rencontrer.

— Je t'avais ordonné de quitter la ville, mais tu n'as pas pris mon avertissement au sérieux.

— Je connais désormais ton visage. Maintenant je voudrais savoir pour quelle raison tu as tué ces deux hommes. Était-ce une façon de te venger de ton père ?

Jared fronça les sourcils, tout sourire disparut de son visage.

— Je ne sais pas de quoi tu parles, je l'aime et le respecte.

— Au contraire, tu m'as parfaitement compris. Je parle de l'homme qui t'a engendré, pas de Martin Bart.

— Tu es dans l'erreur. Martin a désiré ma naissance, il m'a élevé et aimé comme son propre fils. Mon père n'est sûrement pas un lâche qui a usé de violence envers ma mère !

— Il reste ton géniteur malgré son crime, tu ne peux pas le renier.

— Qui es-tu pour juger ma façon de penser ? As-tu vécu ma vie ? Es-tu dans mon corps ? Peux-tu lire dans mon cœur ? Non, tu ne sais rien, je me fiche de ton jugement. Mon père est le shérif, que tu le veuilles ou non. Une chance pour toi qu'Alicia t'ait trahi, car si tu étais sorti après avoir importuné mon père, j'aurais tiré sur toi !

Jared se tourna vers Martin Bart plein de colère.

— Père, je trouve la compagnie de monsieur David particulièrement désagréable. Si tu veux, je peux me charger de lui.

— Nous avons des choses plus importantes à régler ; je vais m'assurer qu'il ne s'ennuie pas. Fais ce que tu as à faire mon fils.

Jared et Alan repartirent en emportant les armes de David et Josh.

— Vous avez été loin dans vos paroles… lui dit Alicia pour qu'il en prenne conscience.

— C'était dans le but de le faire réagir, se défendit David. J'aimerais vous dire une chose Alicia : des policiers innocents vont mourir et cela va accroître le nombre de victimes. De plus, ce sont nos amis. Mais il n'est pas trop tard pour arrêter ce massacre. Prenez la bonne décision.

Curtis et Kendrick tendirent un piège à Mike et Travis. Revenus au début de la maison, les deux policiers s'apprêtaient à monter à l'étage. Mais à peine eurent-ils mis un pied sur la première marche de l'escalier, qu'on tira dans leur direction ; les balles brisèrent la vitre. Ils se jetèrent à terre et se cachèrent derrière un meuble. Ils n'entendirent plus aucun tir.

— Tu n'es pas blessé ? demanda Mike inquiet pour son ami.

— Ça va.

Curtis et Kendrick s'introduisirent dans la maison par la fenêtre. Mike, accroupi derrière le canapé, passa sa tête, pointa son arme vers Kendrick et l'atteignit à l'épaule. Blessé, Kendrick lâcha son révolver malgré lui. Son complice voulut le venger. Heureusement Travis fut plus rapide et tira dans son arme ; elle voltigea plus loin.

— Bien joué ! lui dit Mike avec reconnaissance. Les bras en l'air, messieurs.

Les bandits s'avouèrent vaincus.

Travis passa les menottes à Curtis. Après coup, il décrocha le rideau qu'il offrit à Kendrick pour qu'il bande sa blessure et empêche son sang de couler, en attendant la venue du médecin.

— Le shérif va être content quand il verra l'état de son beau rideau, lui dit Mike pour plaisanter.

— J'ai pris la première chose que j'ai trouvée, répliqua Travis.

Les coéquipiers Sammy et Will traquaient les derniers hors-la-loi. Les bandits se rassemblèrent à deux pas d'une maison inhabitée. Le mur à l'arrière du bâtiment offrait à Zack une bonne protection ; Alan le rejoignit. Cody monta rapidement l'escalier et gravit le toit pour effectuer ses tirs. Andrew et Shane s'accroupirent derrière un abreuvoir pour le bétail.

Ils lancèrent les premières attaques. Bientôt, des filets d'eau s'échappaient de l'abreuvoir percé par les projectiles.

Les policiers se protégeaient à l'aide d'une charrette restée au milieu de la rue. Toute la paille s'était renversée sur le sol. Chacun tirait dans la direction de son adversaire sans interruption.

Shane profita de leur diversion pour se faufiler de l'autre côté de la rue. Il voulait se rendre vers les policiers et les prendre par surprise. Il fut brusquement à découvert. Au même moment, Sammy longeait la succession de tonneaux de vin destinés au propriétaire du saloon, abandonnés en plein chemin. Il se retrouva nez à nez avec le bandit, dégaina son révolver en premier et l'atteignit en plein bras. Shane poussa un cri de souffrance et se coucha par terre, de peur de recevoir un autre projectile. Avant qu'il ne pût remettre la main sur son arme, Sammy, accroupi derrière l'un de ces tonneaux, posa son pied sur le révolver et le saisit avant lui. Aussitôt, une balle perça la barrique, qu'il esquiva en reculant à temps. Il traîna jusque dans leur camp Shane, sans lui faire de mal. Ce dernier accepta volontiers le tissu qu'on lui tendait pour bander sa blessure.

Jared marchait de long en large dans la cuisine. Soudain il entendit qu'on venait derrière lui ; David avait été libéré. Alors il tira une balle dans sa direction. David se plaqua immédiatement au sol ; elle manqua sa cible. Jared partit précipitamment dans l'escalier qui menait à l'étage. Alicia vint à côté de son coéquipier.

— Cela devient trop dangereux pour vous, l'avertit David. Je vais tenter de l'arrêter seul.

— Non, je viens avec vous. Ne le blessez pas David, il ne faut pas qu'il meure.

— Je ne souhaite pas la mort de ce jeune homme. Soyez prudente Alicia.

Les tirs avaient redoublé à l'extérieur. Chacun était si pressé d'atteindre son adversaire qu'il tirait n'importe où.

Mike et Travis assistèrent les policiers venus de Chicago. Josh, le dernier arrivé, encouragea ses coéquipiers à se montrer prudents.

— Nos munitions sont limitées, ne les gaspillez plus, ou nous serons forcés de nous rendre.

Le rythme ne diminuait pas de l'autre côté de la rue. Les hors-la-loi ne s'en souciaient guère eux, ayant à disposition des tonneaux de poudre remplis à ras bord.

Cody qui tirait depuis le toit de la maison, conclut une trêve et leur fit une proposition.

— Rendez-vous hurla-t-il, et il ne vous sera fait aucun mal ! Nous vous bâillonnerons et vous emprisonnerons.

Will le visait et atteignit sa cible d'une balle ; Cody tomba à la renverse sans dévaler les escaliers. Hélas, sa blessure fut sérieuse, il mourut.

Les balles recommencèrent à pleuvoir sans arrêt, cela n'en finissait plus.

Bien qu'il venait d'avertir ses coéquipiers, Josh se retrouva le premier à court de munition.

Jared se réfugia dans sa chambre désemparé, et pointa son arme contre lui. Les deux policiers arrivèrent peu après. Alicia paniqua : la pire chose serait qu'il appuie sur la détente. Il fallait éviter ce malheur à tout prix.

— Non ! dit-t-elle en prenant un air suppliant, ne fais pas une chose pareille !

— Je n'irai pas en prison, je vais rejoindre ma mère, le monde se portera mieux sans moi. Je n'aurais pas dû exister, vous comprenez ? dit-il dans un déchirement de souffrance, les yeux débordants de larmes.

Alicia osa s'avancer contre l'avis de David. « N'y allez pas, il pourrait tirer sur vous et vous tuer, lui déconseilla-t-il à voix basse. — S'il s'ôtait la vie devant mes yeux et que je n'ai rien fait pour l'en empêcher, je devrai vivre avec ça sur la conscience » répliqua Alicia.

— Ne t'approche pas de moi. Tu aurais pu m'aimer comme maman, mais non, tu me détestes dit-il en pleurs.

— Au contraire Jared, j'ai de la compassion pour toi car tu

souffres, et il n'y a personne pour comprendre ton chagrin. Ton père n'a pas su comment s'y prendre avec toi pour t'aider à surmonter le deuil de ta mère.

— Pourquoi me tiens-tu ce langage ? Et lui, ton ami David, est-ce qu'il ne me haïssait pas quand il m'a dit que le shérif n'était pas mon père ? objecta-t-il avec une ardente colère. N'est-il pas mon ennemi ?

— Non Jared, répondit calmement David. J'ai parlé ainsi pour te pousser à réagir et à te rendre compte des conséquences de tes actes ; Alicia m'a tout raconté concernant ton projet de prendre le contrôle de la ville. Tu es jeune et complètement perdu. Je voulais t'aider à mettre des mots sur le trop-plein de ta douleur. Cette méthode peut paraître brusque, je l'admets. Et si j'ai pu te blesser, je te demande pardon. Tu as besoin de guérir des blessures de ton passé ; cette pénible étape me paraissait nécessaire.

— Jared, je voudrais te dire une chose : Dieu t'aime, lui révéla Alicia en changeant de sujet.

— J'aimerais mieux qu'il n'existe pas car il a fait notre malheur à moi et à ma mère.

— Dieu n'a jamais voulu ça. Il est écrit dans sa Parole qu'il est amour et qu'il n'y a pas d'injustice en lui. Dieu ne peut pas être responsable de la méchanceté des hommes. D'ailleurs, il a dit d'aimer son prochain comme soi-même et de faire du bien à ses ennemis. Voilà sa volonté, c'est tout le contraire.

— Eh bien, je suis un assassin, il ne me pardonnera jamais. Je n'irai pas au paradis, c'est bien ça ?

— Non. Si tu te repens du mal que tu as fait et demandes pardon à Dieu, alors tu seras pardonné et réconcilié avec lui. Nos péchés nous séparent de Dieu parce qu'il ne peut tolérer le mal. Mais Dieu s'est fait homme en la personne de Jésus-Christ, son Fils, et est mort sur une croix par amour pour nous, pour obtenir le pardon de nos fautes. Tous les hommes sont aimés de Dieu, indépendamment de ce qu'ils ont pu faire, penser ou dire pendant leur vie. Il veut qu'on soit sauvé et qu'on passe l'éternité avec lui au ciel. Il nous déclare juste gratuitement sur la base de son sacrifice ; c'est la bonne nouvelle de l'Évangile.

— Je ne comprends pas tout.

— Tu dois te détourner de cette mauvaise voie Jared. Tu as besoin de le connaître personnellement et de l'accepter dans ton cœur pour recevoir sa paix, la guérison de tes blessures et mener une vie nouvelle. Autrement, cette histoire se répétera tôt ou tard. Dis-moi franchement si pour avoir tué ces deux hommes, ton désir de vengeance est apaisé vis-à-vis de ta mère ?

— Non, avoua-t-il.

— Alors qu'est-ce qu'il faut faire de plus ? Dois-tu augmenter le nombre de victimes ? La haine te détruit depuis des années Jared, ouvre les yeux. Rien sur cette terre ne pourra réparer la souffrance causée par l'assassinat de ta mère, ni la vengeance, ni le pouvoir, ni la richesse. Jésus t'aime, et il veut que tu sois heureux. Il existe une solution. Mais pour cela, tu as besoin de pardonner, et seul Dieu peut te donner la capacité de le faire, humainement c'est impossible ; confie-lui tous tes fardeaux. Il ne s'agit pas d'excuser le mal qu'on t'a fait, ni faire un déni de la réalité, mais de demeurer libre par rapport à ces choses pénibles. Repens-toi Jared.

— Qu'est-ce que je vais devenir ? On m'enverra au bagne et je n'en sortirai plus.

— David et moi ferons tout ce qui est en notre pouvoir pour abréger la durée de ta détention, je t'en donne ma parole.

— Ma place n'est pas ici… dit-il en redoublant de tristesse. Je ne veux plus vivre !

Jared mit son doigt sur la détente. David prit Alicia par le bras pour la forcer à reculer. Tout allait se jouer dans les minutes à venir, il fallait se montrer encore plus prudent.

Ils entendirent quelqu'un courir dans l'escalier.

— Pense à ton père Jared… Il a déjà perdu sa femme

injustement, comment pourra-t-il supporter le suicide de son fils unique ? poursuivit Alicia pour l'attendrir.

— Tu me troubles avec tes paroles, je ne sais plus où j'en suis… Si je suis reconnu coupable de meurtre, mon père ne pourra plus être shérif et tout cela par ma faute. En revanche, si je meurs, il n'y aura plus d'accusations, personne ne saura rien et mon père continuera d'exercer cette fonction qui lui tient à cœur. Je ne veux pas réduire son rêve à néant.

Martin Bart entra précipitamment, les yeux écarquillés, en voyant Jared prêt à attenter à ses jours.

— Non, Jared ! lui cria-t-il fou d'angoisse, mon fils, ne fais pas ça ! Je t'en prie…

Il s'élança en trombe vers lui, empoigna l'arme qu'il jeta aussitôt par la fenêtre, et le serra dans ses bras, pleurant, tremblant.

— Tu es fou mon fils… Je t'aime de tout mon cœur, tu n'as pas le droit de partir ! Tu m'entends ? Ne fais plus jamais ça… Tout est fini maintenant.

Jared défaillit dans les bras de son père. Tout le monde avait les larmes aux yeux.

XXVIII

Les policiers conduisirent les bandits en prison, à l'exception des blessés. Le shérif guettait la venue du docteur Samuel et de son assistante. Une fois sur les lieux, ils soigneraient les blessures des prisonniers et s'occuperaient de Jared.

David et Alicia marchaient sans rien dire. Alicia éprouvait un profond sentiment de culpabilité dans son cœur. Soudain elle rompit le silence.

— David, je me suis opposée à votre décision d'arrêter Martin. J'ai repensé à tous les événements survenus à Monterey, et… je ne savais plus où j'en étais. Mais je ne voulais en aucune façon vous trahir. J'ai braqué mon arme sur vous, ma conduite est inqualifiable, et… quand vous ferez votre rapport à John Sherman, vous pourrez me démettre de mes fonctions.

— À vrai dire, vous m'avez sauvé la vie. Je ne peux que vous exprimer ma gratitude. Vous avez écouté votre cœur et agi par manque d'expérience. Mais vous apprendrez avec le temps.

— Alors vous n'êtes pas fâché contre moi ? dit-elle sans oser y croire.

— Nous sommes une équipe Alicia, il en faudra plus pour nous séparer. Et puis, nous formons un bon duo tous les deux, vous ne trouvez pas ? Difficile pour moi d'imaginer de ne plus pouvoir travailler avec vous.

Tous deux se prirent dans les bras en signe de réconciliation.

Leur amitié indéfectible en ressortait plus forte.

Alicia quitta ses bras. David reprit la parole.

— Et pourtant, la réalité nous rattrape : bientôt je ne serai plus là.

— Je préfère ne pas y penser, lui avoua tristement Alicia.

— Pour l'instant, concentrons-nous sur le procès du shérif et de son fils. Ils ont besoin de nous.

Quatrième partie

XXIX

Monterey redevint une ville paisible où il faisait bon vivre.

Les hors-la-loi avaient été mis hors d'état de nuire. Toutefois, peu de temps après leur incarcération, Danny et Conrad parvinrent à s'échapper de la prison. Les autres prisonniers se remettaient doucement de leurs blessures. Chacun attendait le déroulement de son procès.

David et Alicia relatèrent l'histoire familiale du shérif, de sa défunte épouse Maria et de leur fils unique Jared pour attirer la compassion du magistrat, convoqué en urgence pour juger cette affaire criminelle.

L'histoire familiale de Jared, particulièrement cruelle, émut profondément le magistrat, même si cela ne justifiait pas le fait qu'il ait causé la mort de deux innocents.

Le magistrat le déclara coupable ainsi que ses complices, pour avoir formé un sinistre projet de révolte contre l'autorité et attenté à la vie des policiers. Après délibération, il décréta la condamnation de Jared au bagne à perpétuité ; les autres furent condamnés à dix ans de bagne. David et Alicia intervinrent pour présenter leurs arguments au juge et le convaincre d'abréger la durée de détention de Jared. Il se laissa fléchir. Par conséquent, quand Jared aura purgé sa peine de cinq ans de travaux forcés, s'il se comportait bien avec les autres bagnards, obéissait au commandant, respectait les gardes, et prouvait qu'il ne recommencerait pas, il ferait encore six ans de prison à

Monterey, aurait droit à la visite de ses proches, et on le laisserait sortir.

Enfin, le jury délibéra sur la culpabilité du dernier accusé. Le shérif fut condamné pour son refus de dénoncer son fils et de l'arrêter, et de ce fait, d'avoir permis l'exécution du complot. Il reconnut publiquement avoir été au courant de tout. Il se retrouvait donc dans l'impossibilité d'exercer la fonction de shérif et devait jurer à l'auditoire de léguer sa charge à l'un de ses employés.

Martin Bart désigna devant l'ensemble des villageois Mike comme successeur. Travis approuvait sa décision. Peu expérimenté, il se sentait trop jeune pour accepter une si grande responsabilité. À vrai dire, son poste lui convenait parfaitement. Lucy était à ses côtés, tous deux se réjouirent pour Mike.

Toutefois, le magistrat reconnut la sévérité de cette sentence, d'autant plus qu'il n'avait pas facilité la tâche à son fils, aux dires d'Alicia. S'il le désirait, Martin Bart pouvait prendre l'ancienne place de Mike. Le grade de policier était moins important certes, mais d'une certaine manière, il conservait son autorité.

Pour se faire une meilleure idée, le jury invita l'auditoire à lever la main pour prendre la parole si quelqu'un voulait déposer une plainte contre l'ancien shérif.

Personne ne lui intenta de procès. Au contraire, tous le tarissaient d'éloges. Ce retournement de situation les affligeait profondément.

Mme. Rachel saisit l'occasion pour porter des accusations contre lui. Elle prétendait qu'il s'agissait d'un homme corrompu. Cependant, le magistrat et le jury n'y prêtèrent pas attention. Alicia fronça les sourcils : désireuse d'entacher son honneur, elle affirmait ce mensonge sans aucun. Non dupes, les villageois se mirent à parler tout haut ; on n'entendait plus Mme. Rachel dont la voix se perdit parmi les autres.

David et Alicia avaient été d'un grand soutien pour l'ancien shérif qu'ils ne cessèrent de défendre, en ne négligeant jamais la vérité : Martin Bart était d'une moralité exemplaire, un modèle pour Monterey.

Suite à sa conversation avec Alicia, Jade choisit d'écouter son message de paix. Elle n'en voulait plus du tout à Jared et elle avait fait le déplacement pour le soutenir durant son procès.

Le jugement rendu, le magistrat retourna siéger dans sa ville.

En sortant du tribunal, Mike interpella l'ancien shérif et lui confia un secret : Depuis un moment, il songeait à lui succéder et ce jour était arrivé beaucoup plus vite que prévu.

— Si j'en avais le pouvoir, je te céderai ma place, lui assura Mike avec compassion. Je souhaite bénéficier de tes conseils et de ton expérience.

— Tu pourras toujours compter sur moi, s'engagea Martin Bart.

Alicia restait à ses côtés pour partager le poids de sa douleur. Martin Bart réalisa subitement une conséquence fâcheuse :

— Je n'aurais plus le même salaire et ne pourrais plus assumer les charges de la maison, à moins de puiser dans mes réserves. Je vais devoir déménager

Fortement embarrassé, il craignait de décevoir Alicia. Mais elle se montra très compréhensive.

— J'avais une grande maison quand tu m'as rencontré, se désola-t-il.

— C'est toi que je veux, et uniquement toi, lui dit-elle avec un large sourire.

Quelques jours plus tard, on vint chercher Jared. Les adieux entre le père et le fils furent déchirants. Martin Bart promit de lui écrire souvent et Jared de lui répondre.

Bien avant son départ pour le bagne, David et Alicia eurent une longue discussion avec Jared pour répondre à ses questions. Ils lui fournirent une Bible. Le jeune homme la lisait tous les jours avec plaisir et priait, sachant qu'il n'était pas seul au fond de sa cellule. Jésus pouvait répondre à ses prières ; ce n'était pas un Dieu lointain. Jared changea radicalement d'attitude, il s'était repenti de la vie qu'il avait menée et accepta Jésus comme son Sauveur. Dieu s'était manifesté à lui et Jared lui avait ouvert la porte de son cœur : il l'avait transformé. Finies ses envies de voler, de vengeance et sa haine irrépressible. Il avait pardonné et vivait mieux. Il ressentait une paix incroyable dans son cœur, se sentait aimé et en sécurité.

Pressés par leur devoir de policier, David, Josh, Sammy et Will annoncèrent leur départ imminent pour Chicago.

Mike et Travis témoignèrent leur reconnaissance à David pour les avoir aidés à résoudre l'enquête ainsi qu'aux trois autres policiers pour leur intervention. Jade remercia aussi David de l'avoir protégée et accueillie chez lui sans jamais se plaindre. Martin Bart le félicita pour son professionnalisme et lui serra la main ; reconnaissant pour tout ce qu'il avait fait. Émotive, Alicia ne put réprimer ses larmes : elle allait être séparée pour la première fois de son grand frère David. Cette fois-ci, ce fut Martin Bart qui la consola : « David reviendra bientôt ».

Ils leur souhaitèrent un bon retour.

David et Alicia firent leurs adieux. Avant qu'il ne monte dans la diligence, ils se prirent dans les bras. Ce dernier, ému autant qu'elle, pleura beaucoup. Alicia se dit en elle-même : « Fini de se réunir pour partager un bon repas, d'enquêter ensemble, de s'amuser, de prier tous les deux, de méditer sur la Bible, d'entendre ses sages conseils… il ne serait plus là. »

— Si vous avez besoin de me parler, il vous suffira de m'écrire.

Ils cessèrent de s'enlacer. David leur dit à tous les deux :

— Je vous enverrai une lettre pour vous avertir de mon retour à Chicago.

— Nous attendons votre courrier avec impatience, répondit Martin Bart ravi.

— Tout ira bien Alicia, c'est une nouvelle vie qui commence

pour tous les deux. Je m'absente mais serai de retour pour votre mariage.

David prit place dans la voiture avec les autres passagers. Sammy et Josh riaient très fort, cela lui mit du baume au cœur de retrouver ses amis. Il leur fit signe par la fenêtre. Ils lui dirent au revoir avec le même geste de la main, et la diligence s'éloigna dans le village.

Martin Bart se plaça derrière Alicia pour l'entourer de ses bras. Son attitude guidée par l'amour la réconforta. Qu'il était difficile de voir partir quelqu'un qu'on aime et de supporter la distance. Alicia se dit en elle-même qu'il fallait l'accepter.

Pendant leur séjour à Monterey, ils avaient passé d'excellents moments ensemble et profité de chaque jour. Elle en gardait de bons souvenirs. Cela lui manquait déjà. Elle ferma les yeux, puis les rouvrit : elle n'était pas livrée à elle-même ; elle allait bientôt épouser l'homme qu'elle aimait.

Une union faite de bonheur les attendait tous les deux. Ils se soutiendront mutuellement et marcheront dans la même direction.

Martin Bart acquit une maison familiale vacante avec un jardin, plus petite certes, mais idéale pour l'emménagement définitif d'un couple. Il emménagea rapidement ; il y vivait seul, le temps qu'ils se marient. Il y avait un bureau, un cabinet de toilette, une cuisine équipée et trois chambres à l'étage. Martin Bart aménagea une pièce au rez-de-chaussé pour recevoir des invités de passage à Monterey. Il ne manquait plus qu'Alicia.

Il avait à cœur de cultiver des légumes, de planter des arbres fruitiers et d'élever des animaux. Le travail de la terre et l'amour donné inconditionnellement aux bêtes lui manquaient.

Malgré la baisse de son salaire, Martin Bart pouvait payer le loyer et vivre sans se priver, à condition toutefois de ne pas faire des dépenses excessives. Comme il s'agissait de l'ancien shérif, on s'était arrangé pour lui faire un prix d'ami.

Avant de signer, Martin Bart avait convoqué sa dulcinée pour qu'elle vienne visiter les lieux et savoir si elle s'y plaisait. Elle acquiesça avec joie. Tous deux s'étaient mis d'accord pour l'acquisition de cette maison pleine de charme.

Alicia continuait de loger à l'hôtel *New Town Hall*. Martin Bart lui paya son séjour.

Martin Bart et Mike conservèrent de bons rapports, les deux hommes n'entretenaient aucune rivalité. Avec le temps, ils finiraient par s'habituer à leur nouveau poste.

Depuis qu'ils avaient mis un terme à leurs différents, Mike et Alicia s'entendaient à merveille. Savoir qu'elle sera bientôt l'épouse de son meilleur ami l'enchantait vivement.

XXX

Martin Bart et Alicia terminèrent les derniers préparatifs de leur mariage. Les serveurs disposèrent sur la table les couverts les plus raffinés. Certains mets du repas de la fête, préparés à l'avance par les cuisiniers, attendaient d'être réchauffés. La gigantesque pièce montée, les entremets et les petits fours de différents parfums, concoctés par plusieurs pâtissiers, reposaient au frais. Martin Bart s'était engagé dans de grosses dépenses pour rendre leur mariage inoubliable.

Les parents d'Alicia, d'un âge avancé, rechignèrent à faire un si long trajet. David trouva les bons mots pour les convaincre de venir. Ils firent donc le déplacement de Chicago à Monterey une semaine à l'avance, escortés par David, et rencontrèrent Martin Bart. La mère d'Alicia l'aima tout de suite : elle le trouvait courtois, bienveillant, probe et travailleur ; il sera un bon mari pour sa fille.

Ils offrirent de l'argent à Alicia pour contribuer à l'achat de sa robe de mariée. Avec la somme restante, elle s'achèterait ce qui lui plairait.

Avant cet événement, Martin Bart et Alicia envoyèrent un faire-part de mariage à toutes leurs connaissances.

Les invités se réunirent sur la place publique et se saluèrent cordialement. Impatients, Taylor, sa mère et sa sœur arrivèrent les premiers. Alicia et ses parents se trouvaient déjà à l'église, rouverte exceptionnellement. On avait fait venir un pasteur à Monterey pour présider la cérémonie de mariage et une chorale.

Une diligence vint prendre Martin Bart devant chez lui. Mike, son épouse et leurs enfants montèrent avec lui pour l'accompagner. Le cortège suivait la voiture.

Arrivés à destination, le pasteur accueillit tout le monde chaleureusement dans la maison de Dieu.

Alicia rougit à l'approche de son fiancé, si élégant dans son costume de marié anthracite. Sa chemise blanche et son nœud papillon noir le mettaient en valeur. Ce dernier éprouva une joie immense en contemplant sa fiancée, tellement sublime dans sa robe de mariée, cachée derrière le voile de son chapeau blanc et parée de ses bijoux. Sa coiffure et son maquillage élaborés la rendaient d'autant plus belle.

Chacun s'installa, la famille d'Alicia et les amis proches des mariés aux premiers rangs ; la petite église fut bien remplie. La chorale se forma rapidement et entonna plusieurs chants, accompagnée des musiciens.

Après cela, le pasteur apporta un message tiré de la Bible. Il lut plusieurs versets bibliques et cita notamment :

1 Corinthiens 7.3 Que le mari accorde à sa femme ce qu'il lui doit et que la femme agisse de même envers son mari.

Proverbe 18.22 Qui trouve une épouse trouve le bonheur : c'est une faveur que l'Éternel lui a accordée.

Proverbe 19.22 Ce qu'on apprécie chez un homme, c'est sa bonté.

Il ajouta :

— L'amour est le plus bel héritage qu'on puisse transmettre ; rien sur cette terre n'est plus grand et plus beau que l'amour. Que notre Dieu, créateur de l'amour et de tout ce qui se trouve ici bas, bénisse votre union. Qu'il soit le pilier de votre couple et votre soutien, qu'il vous comble de bénédictions et vous accompagne chaque jour, dans les bons comme dans les mauvais moments. Au nom de Jésus-Christ, amen.

Martin Bart et Alicia prononcèrent leurs vœux de mariage en s'engageant pour l'éternité. Ils jurèrent fidélité, de prendre soin l'un de l'autre et de se respecter mutuellement.

Le pasteur les unit par les liens du mariage en les déclarant mari et femme et les bénit. Les époux enfilèrent leur alliance l'un au doigt de l'autre et s'embrassèrent. Remplis d'allégresse, tous les invités poussaient des cris de joie, dans un tonnerre d'applaudissements. Les enfants de Mike s'avancèrent vers la mariée et lui offrirent un magnifique bouquet de fleurs ; Alicia rayonnait de bonheur. Elle leur donna un baiser sur le front.

— Notre fille s'est enfin mariée, je suis soulagée. Et toi que je considère comme un fils, quand vas-tu prendre une femme ? demanda la mère d'Alicia à David.

— Je ne sais pas encore, répondit-il en riant.

— Il faut y songer David.

Les mariés et les témoins signèrent le registre de l'église. Ils restèrent encore quelque temps dans le bâtiment pour discuter et profiter des rafraîchissements offerts sur place.

La fête commença en début de soirée. Ils allèrent à la maison des mariés, et passèrent directement à table pour se réjouir autour du repas des noces. Ils mangèrent les plats du festin et burent du vin et du champagne en s'abstenant d'en abuser.

Mike et son épouse avaient eu la brillante idée de faire revenir les musiciens qui jouèrent à la fin du dessert. Beaucoup dansaient et chantaient ; les enfants s'amusaient aussi.

Les discussions se poursuivirent jusqu'à minuit et chacun rentra chez soi. David et les parents d'Alicia dormaient à l'hôtel *New Town Hall* pendant leur séjour à Monterey.

Les derniers invités regagnèrent la rue. Alicia agitait la main pour leur dire au revoir.

Martin Bart retrouva sa femme au seuil de la maison.

— Je suis fatiguée, lui confia-t-elle.

— Moi aussi.

Il se plaça derrière elle, l'entoura de ses bras et lui murmura

tendrement à l'oreille :
— Tu viens, mon trésor ?

XXXI

Un après-midi, il faisait un temps splendide et les oiseaux s'égosillaient dans les arbres verdoyants.

Les mariés étaient couchés. Martin Bart portait un débardeur et un dessous de nuit qui le couvrait de la ceinture aux genoux, blancs tous deux, et Alicia une chemise de nuit bleu nuit à larges bretelles. Elle vint dans les bras de son époux et le serra contre elle.

— Tu pensais donc à ça quand tu me disais que tu veillerais à mon *bonheur* ? dit-elle en insistant sur ce mot.

— Oui, il se trouve dans les bras de ton mari. Tu m'as retenu prisonnier de ta beauté.

Elle l'embrassa avant de lui dire :

— Je t'aime mon amour.

— Moi aussi Alicia, de tout mon cœur. Je suis si heureux avec toi, ma colombe. Avant de mieux te connaître, je me sentais si seul… Il y avait de nombreuses femmes à Monterey, mais mon cœur refusait d'aimer. Je me rappelle très bien de nos retrouvailles. Plus le temps passait, plus je m'attachais à toi. Tu étais beaucoup plus précieuse qu'un grand trésor. À présent, nous sommes mariés et je ne peux pas imaginer vivre sans toi. La vie me paraît si belle à tes côtés. Un homme a besoin d'aimer une femme et d'en être aimé en retour pour connaître un bonheur perpétuel.

Ils s'abandonnèrent à cette étreinte.

Le cœur de Martin Bart était dans la joie, plus qu'il ne l'avait jamais été ces dernières années. Il souhaitait prendre soin de sa femme et s'assurer qu'elle soit heureuse.

XXXII

Trois ans s'écoulèrent.

Un beau matin, alors qu'Alicia se trouvait devant la glace et repoussait ses cheveux à l'arrière, elle se regarda attentivement. Plus loin, son mari ajustait sa chemise. Elle n'osait à peine y croire : son ventre s'était arrondi.

— Je suis enceinte, dit-elle à haute voix.

Son mari se tourna immédiatement vers elle pour la scruter.

— Je suis enceinte ! répéta-t-elle en jubilant.

— C'est vrai ? répondit-il en s'élançant vers sa femme, fou de joie.

Il constata qu'elle ne se trompait guère et la prit contre son cœur. Alicia ne put retenir ses larmes.

— C'est un miracle mon amour, tu me prépares un immense cadeau. Je vais être père ! s'exclama-t-il avec une joie parfaite. Annonçons cette bonne nouvelle à tous nos amis. Ce sera peut-être un garçon... ou bien une fille... je voudrais tant en avoir une. Jésus a exaucé notre prière. Remercions-le. Dieu est grand !